AF562761

destino: un nuevo comienzo

KATY COLINS

Editado por Harlequin Ibérica.
Una división de HarperCollins Ibérica, S.A.
Núñez de Balboa, 56
28001 Madrid

Destino: un nuevo comienzo, n.º 230 - 14.6.17
Título original: Destination Thailand
Publicada originalmente por Mira Books, Ontario, Canadá.
Traducido por María Perea Peña

I.S.B.N.: 978-84-687-8513-4
Depósito legal: M-7908-2017
Impresión en CPI (Barcelona)

Distribuidor para España: SGEL

Gather ye rosebuds while ye may

Abuelo, esta es para ti.

CAPÍTULO 1

Espíritu viajero (n): Un fuerte impulso o urgencia de viajar y conocer el mundo.

Era el día de mi boda. Un día que había estado esperando desde que era pequeña y que había estado planeando y organizando durante los últimos doce meses. Iba a celebrarse en la campiña inglesa, con guirnaldas caseras de banderitas colgando de las vigas de una casona escandalosamente cara y una carpa colocada en el jardín. El arpista iba a tocar una melodía sencilla, pero preciosa, mientras caminábamos por la sala y nuestros seres queridos aplaudían nuestra llegada como señor y señora Doherty. Esa era la parte que más me angustiaba: toda la gente mirándome, esperando que yo fuera una novia radiante y ruborizada cuando, en realidad, sentía terror por tropezarme con la cola del vestido y caerme. Se me encogía el estómago y me sudaban las manos al pensar en que iba a ser el centro de atención, pero había intentado calmarme pensando en que, técnicamente, solo era la mitad del centro de atención.

A estas horas, yo debería llevar mi traje de novia, un vestido de encaje color marfil con cola. Miré el reloj y me di cuenta de que hacía diez minutos que deberían haber llegado los ramos de nomeolvides azules y fresias. Debería estar a punto de sentarme y ponerme en las manos de los carísimos peluqueros que iban a convertir mis rizos en una obra de arte.

Sin embargo, estaba sentada en una incómoda tumbona de plástico, intentando ocultar los lagrimones que se me caían por las mejillas, ligeramente quemadas por el sol, mientras mi mejor amiga, Marie, me pasaba otra copa de ponche malo y aguado del bar de la piscina.

Dentro de una hora, me habría casado con mi prometido, Alex, pero todo eso había cambiado quince días antes, mientras veía un capítulo de *Don't Tell the Bride* mientras revisaba por tercera vez la colocación de las mesas, hecha a imagen y semejanza de una versión en 3D que me había prestado Francesca, la cuñada de Alex. Francesca era la que había ido al colegio con Kate Middleton, y lo había mencionado en todas las conversaciones que yo había tenido con ella. Mientras esperaba a que él volviera a casa después de *otro* día muy ocupado en su trabajo, me había enfrascado tanto en el episodio, durante el que el calzonazos del novio había elegido un traje de novia tres tallas más pequeño de lo que correspondía a su regordeta novia, que no me había dado cuenta de que Alex estaba en la puerta, mordiéndose las uñas mientras se aflojaba la corbata.

—Tenemos que hablar —me dijo, con una voz ahogada y distante.

Tenía una mancha de tinta en la corbata, y yo no dudé que su madre iba a reprenderme por no ser capaz de quitarla. Ella había fruncido los labios muchas veces por mi falta de habilidad en las tareas domésticas. Al principio, Alex se había rebelado; era el último soltero en una familia de varios hermanos mayores ya casados. Yo había sido un soplo de aire fresco en comparación con sus cuñadas, todas ellas, réplicas de Martha Stewart. Sin embargo, cinco años después, aquel soplo de aire fresco y dulce se había convertido en un ambiente cargado.

Nos habíamos conocido en una discoteca de música indie, en Manchester, a la que nos habían llevado nuestros respectivos mejores amigos una lluviosa noche de sábado. Nos tomamos una cerveza malucha en vasos de plástico y charlamos como viejos amigos mientras escuchábamos a los Smiths y a los Kaiser Chiefs y nuestros amigos ligaban el uno con el otro. Después de compartir una gran afición por las patatas fritas con queso, llenas de colesterol, en el taxi de vuelta a casa, y un amor mutuo por la mayonesa con ajo, yo supe que aquello era algo especial.

Pasaron los años, dejamos de ir a discotecas y el avance en nuestra carrera profesional se convirtió en lo más importante. Después de alquilar varios pisos cochambrosos y tener que tratar con caseros cutres, conseguimos ahorrar lo suficiente como para comprarnos nuestra propia casa. Alex había renunciado, orgullosamente, a la ayuda de sus padres, así que no podíamos vivir como los millonarios ni codearnos con las celebridades, como el resto de su familia, pero él se deleitaba con nuestro estilo bohemio, aunque eso significara que a nuestros vecinos pudieran invitarles al programa de Jeremy Kyle. A mí me encantaba que tuviera unas convicciones tan firmes, aunque, a veces, nos habría venido bien una ayudita.

Así que fue inevitable decirle que sí cuando, una noche de junio, Alex me pidió que me casara con él. Bueno, es cierto que no fue el compromiso de mis sueños. Él no se puso de rodillas, solo me pasó la cajita del anillo mientras cenábamos comida india para llevar, mirábamos nuestros iPhones y veíamos a medias *Coronation Street*. Por lo menos, me dejó el último *poppadom*, y eso fue algo, creo. Por supuesto, esa no era la historia que le contamos a la gente. A la gente le dijimos que me había abrazado de repente, que me había declarado su amor incondicional y que había pedido a una pareja de ancianos que nos hiciera una foto, en la que yo aparecía con los ojos empañados de emoción y él, henchido de orgullo. Era una pena que los ancianos no supieran manejar bien la cámara y no tuviéramos prueba de ello. Pero la vida real no era una película de Disney, ¿no?

Sin embargo, con una hipoteca que pagar y una boda para

cuya celebración debíamos ahorrar, habíamos empezado a salir menos y menos. Sí, tal vez nuestra vida se había estancado un poco; la rutina se había adueñado de nuestro mundo y yo podía recitar la programación de la televisión de memoria. Estábamos construyendo un futuro en común, y eso era lo que los dos queríamos, ¿no?

Al ver su cara de cansancio, no reconocí al hombre que me había pedido que bailara con él en una discoteca, varios años antes. Y, al mirarme y ver mi pijama con algún lamparón, tampoco reconocí a la muchacha lozana que le había dicho que sí.

—No va a salir bien. Yo... yo... no puedo casarme contigo —me dijo, retorciéndose la corbata manchada de tinta con los dedos.

Había conocido a otra, a una chica de su trabajo por la que había empezado a sentir algo. Él no quería que las cosas fueran así, pero había cambiado. Los dos habíamos cambiado. No quería decirlo, pero yo no era la mujer idónea para casarse. Como la novia de la pantalla, que llevaba un vestido tres tallas más pequeño del que le correspondía, yo no podía respirar. Él hizo la maleta aquella misma noche y se marchó, mientras yo sollozaba y me bebía una vieja botella de licor de melocotón, tirando la mitad sobre el plano de las mesas de Francesca. Me acurruqué en el sofá, sin querer creer que el mundo se derrumbaba a mi alrededor.

—Vamos, suéltalo todo. Desahógate —me dijo Marie, mientras me frotaba la espalda caliente por el sol. A mí se me caían las lágrimas en el vaso.

Ella había decidido que teníamos que alejarnos de lo que habría sido el gran día, así que reservamos una semana de vacaciones de última hora en el supuesto Saint Tropez de Turquía. Aquel nombre había sido ideado por alguien que, obviamente, nunca había estado en el sur de Francia, porque el antiguo pueblecito de pescadores turco al que habíamos ido se había transformado en un destino de vacaciones lleno de bares con letreros luminosos, puestos de kebab y tiendas de tatuajes. Nosotras ni siquiera habíamos ido al centro. Las últimas noches las habíamos pasado jugando a las cartas en la terraza, tomando alguna botella de vino blanco, Marie despellejando a Alex y yo, fluctuando entre brutales desprecios hacia mí misma y ataques de llanto, porque pensaba que no era lo suficientemente fuerte como para estar sola.

—Gracias. Es solo que… Bueno, es que ya… ya está hecho.

Me aparté algunos mechones de pelo de la cara congestionada y miré a Marie con los ojos hinchados y enrojecidos. Ella se estremeció, no por mi aspecto, sino porque su idea de que unas vacaciones con sol, hombres y servicio de bar con todo incluido no iba a ser la solución perfecta para mi dolor.

Hizo una pausa, y dijo:

—Piénsalo, Georgia: tienes toda la razón. Todo ha quedado en el pasado, y ahora tienes que mirar al futuro. Y, como las dos somos solteras, la mejor forma de superar el día de hoy es hacerle un corte de mangas a Alex y pasárnoslo de miedo. Así que voy a ponerme al mando de la situación. Mi primera orden es ir a la playa.

Marie se puso en pie de un salto, metió sus cosas en una gran bolsa de playa y se caló un sombrero de ala flexible.

—Supongo —dije yo, patéticamente, apurando lo que quedaba de mi copa.

—¡Vamos! Puedes hacerlo. Sé que puedes. Vamos a ponernos morenas, y esta noche vamos a ir a un sitio guay en el que divertirnos las dos solas, como en los viejos tiempos.

Yo asentí. Me recogí el pelo lleno de cloro haciéndome un moño alto y seguí a mi amiga. Mientras bajábamos por el pequeño sendero de roca que iba del hotel a la playa, vimos que todas las tumbonas estaban ocupadas.

—Caramba, está muy llena, ¿no? —dijo Marie, mordiéndose el labio y se puso una mano sobre los ojos para otear a lo lejos, aunque llevaba puestas unas enormes gafas estilo Jackie O.

—Sí, podrías decirlo así —respondí, con un suspiro.

Empecé a desanimarme y a tener ganas de pasar el resto de la tarde durmiendo la siesta en nuestra habitación de hotel, entre sábanas blancas. Empezó a darme vueltas la cabeza al oír el ruido de la risa, los bocinazos de los coches y la música de los diferentes chiringuitos de la playa. ¿Por qué no podía Marie dejarme dormir aquel día y despertarme cuando hubiera pasado la hora de ir a la iglesia, de cortar la tarta y de hacer el primer baile?

—Vamos a alejarnos un poco, cariño. He oído que hay una cala pequeñita que no está muy lejos —dijo Marie, alegremente, como si estuviera de aventuras, aunque la hubieran expulsado de los Brownies por haber provocado una intoxicación alimentaria a su Tawny Owl al intentar conseguir la insignia de cocinera.

Serpenteando por las laderas de las dunas, pasando entre arbustos fragantes y salvando obstáculos rocosos, llegamos por fin a una cala de agua prístina en la que solo había unas cuantas tumbonas. Yo me relajé un poco, porque habíamos encontrado un pequeño oasis de calma para escapar del caos de la ciudad. Ante nosotras se abría una bahía de agua azul topacio, brillante y pura. Extendí los dedos de los pies por la arena y tomé una bocanada de aire que olía a crema bronceadora de coco y a patatas fritas.

Nos acomodamos en dos tumbonas y nos pusimos en biquini. Teníamos la piel enrojecida por el sol. Si Marie no fuera mi mejor amiga, podría odiarla. Su figura era perfecta a pesar de haber tenido ya un hijo, Cole, fruto de una noche de pasión con Mike, un tipo a quien había conocido en el bar de al lado de su casa. Marie tenía una melena pelirroja para la que solo admitía algún retoque, una mente lujuriosa y una personalidad sensible y considerada, y llamaba la atención de todo el mundo en cuanto entraba a una habitación. Ojalá yo fuera más parecida a ella. Siempre había albergado la secreta esperanza de que se me contagiara algo de su chispa.

—Hola, señoras. Soy Ali. Solo las dos tumbonas, ¿no? —nos preguntó un hombre de unos treinta años, sonriente y moreno. No llevaba camiseta y lucía un diente de animal a modo de colgante, que señalaba sus abdominales. En el pecho musculoso tenía un tatuaje que descendía hasta perderse bajo la cintura de sus pantalones vaqueros cortos y desgastados.

—Sí, por favor —dijo Marie, sonriéndole.

—De repente, hace mucho calor por aquí —dijo él, guiñando un ojo, mientras tomaba nuestro dinero.

Marie siguió con la mirada su precioso trasero mientras se iba hacia la caseta de los vigilantes y, después, se volvió hacia mí con una sonrisa.

—Increíble, ¿no?

Yo emití un ruido entre suspiro y resoplido. Los miembros del sexo opuesto estaban tan fuera de mi radar en aquel momento que necesitaba unos prismáticos para verlos.

—Oh, vamos, Georgia. No me digas que semejante tío bueno no te ha hecho sentir una chispita en esa entrepierna tuya tan cerrada —me dijo Marie, mientras yo ponía los ojos en blanco con resignación—. ¿Sabes una cosa? Me ha entrado mucha sed. ¿Quieres una cerveza?

—Qué curioso, el bar está justo al lado de la caseta.

—Puede ser —dijo Marie. Ignoró mi ceja enarcada mientras sacaba de su bolsa un bolígrafo y un vale para una copa gratis que nos habían dado por la calle—. De todos modos, tengo un plan para ti mientras estoy ausente. Creo que ya es hora de que hagas una lista. Sé que te encantan las listas y, además, mi madre siempre me decía que escribiera las cosas cuando tenía alguna duda —afirmó, y se apretó el bolígrafo contra los labios—. Anota todo lo que quieres hacer y ver en la vida. Más o menos, como una lista definitiva, aunque no tengas ninguna enfermedad terminal que te apremie.

Entonces, me dio el bolígrafo y el vale, con la parte no impresa hacia arriba.

—Ya no sé lo que quiero. Creía que lo sabía. Lo tenía todo

perfectamente planeado, pero ahora me siento como si estuviera en el limbo —dije, lloriqueando.

Sin embargo, tomé el bolígrafo, porque era cierto: a mí me encantaba hacer listas. Me resultaba gratificante el hecho de controlar una situación escribiendo las ideas en un papel y marcándolas con un trazo bien grueso una vez llevadas a cabo.

—No. Ya es hora de que dejes de estar deprimida. Hay que hacer cambios y pasar a la acción —dijo Marie, con firmeza—. Lo que ha pasado ha sido un asco. Un verdadero asco. Pero piénsalo así: por lo menos, ya no tienes que volver a ver a la bruja de su madre, ni tienes que preocuparte por encajar en su ridícula familia. Ya no tienes que soportar sus aires de grandeza —prosiguió, frunciendo los labios y saludando como la reina, imitando con bastante acierto a Ruth, la madre de Alex—. No me sorprendería que, durante todo este tiempo, él hubiera estado aceptando el dinero que le ofrecían, pero haciéndose pasar por un tipo común y corriente. Cabrón.

Yo moquiteé sonoramente.

—Sé que es doloroso, pero, por favor, intenta pensar en lo positivo. Si no sabes lo que quieres, piensa en lo que no quieres —continuó Marie. Se detuvo y se ajustó las gafas, mientras Ali la saludaba desde su caseta de la playa, apartando los ojos de un partido de voleibol que estaban jugando a poca distancia de allí—. No quieres estar con el innombrable. No quieres vivir en la habitación de invitados de mi casa el resto de tu vida. No quieres ser una mujer solitaria que vive con un gato...

—Solo porque tengo alergia —dije yo.

—No. No quieres ser solo la mitad de otra persona. Necesitas estar completa, y vamos a conseguir que te recuperes con un plan al efecto —dijo, y sonrió con suavidad—. Solo te pido que lo intentes, por favor —añadió, y me dio un beso en la coronilla. Se ató el sarong a la cintura y se marchó a buscar una copa para cada una, caminando elegantemente por la arena.

Yo miré el papel en blanco con miedo de escribir algo en él, como si fuera vinculante. El problema era que yo siempre había tenido un plan, pero ¿ahora? Ahora solo tenía un espacio en blanco ante mí, como aquel papel entre mis manos sudorosas.

Muy cerca de nosotras, una familia había ocupado unas tumbonas, y todos charlaban animadamente en un idioma que parecía español. Su entonación resultaba exótica comparada con mi marcado acento del norte. Yo nunca había estudiado otro idioma, aparte del francés de la educación secundaria, hacía trece años, del cual no recordaba nada. ¿Tal vez pudiera hacer algo así?

De hecho, aparte de aquel viaje con Marie, llevaba varios años sin salir al extranjero. Como teníamos que ahorrar para la boda y para la casa, mis vacaciones de verano las pasaba haciendo bricolaje y de visita en la casa de vacaciones que tenía la familia de Alex en Edimburgo. Cuando era más joven, siempre había soñado que me gastaría el sueldo en viajes exóticos, pero mi lamentable nómina no daba para tanto. Incluso cuando encontré un chollo de última hora para ir a Benidorm, Alex se había burlado de mí, diciéndome que sería como ir de vacaciones con nuestros vecinos, que solo ese tipo de gente iría a un viaje organizado así y se pasaría todo el tiempo bebiendo cerveza inglesa en un bar irlandés. Cuando yo protesté diciendo que «ese tipo de gente» podía describir a mi familia, él me abrazó y me mordisqueó el cuello. «Oh, Gigi, ya sabes lo que quiero decir. Yo quiero a tu familia, pero tenemos que pensar en el dinero. Mi madre dijo que Ed y Francesca están buscando a alguien para que les cuide la casa de Devon mientras están fuera esta semana».

En realidad, Alex había viajado muchísimo cuando era pequeño, así que yo había sacrificado mis sueños de ver el mundo por él y por su felicidad, intentando convencerme de que, algún día, tendría el pasaporte lleno de sellos. Qué estúpido sonaba aquello.

La familia de al lado sacó un mantel y abrió una nevera llena de cosas que yo nunca había visto. Comida cuyo nombre yo no conocía y que nunca había probado, pero que tenía un aspecto increíble y olía muy bien. Aquello era lo que yo quería hacer. Quería ser la chica que sabía hablar perfectamente otro idioma, que sabía preparar recetas exóticas con ingredientes que yo no podía pronunciar en aquel momento, que tenía historias que contar durante las cenas, «...oh, eso me recuerda una vez que estaba haciendo un retiro silencioso en un monasterio en la India», compartiendo sucesos y narraciones de lugares lejanos, en vez de protestando y gruñendo a causa del aumento de precio de las casas o de los tramos impositivos municipales.

«Bueno, está bien. Puedo hacerlo». Empecé a escribir...

Quiero comerme el mundo. Quiero explorar, viajar, aprender y superar mis límites. Quiero encontrarme a mí misma. Las montañas y el mar serán mis mejores amigos, las estrellas me guiarán hacia casa por las noches y mi lengua estará desesperada por hablar y contar todo lo que he visto. Quiero viajar.

Vaya. El bolígrafo cobró vida propia. Miré el papel mientras metía las piernas por debajo de mí. Parecía que quería convertirme en Michael Palin. Pero ¿cómo iba a conseguir todo aquello? Como antes, tuve la sensación de que el bolígrafo tenía vida. «Déjalo todo y márchate».

«Qué fácil es decirlo, ¿eh, boli?».

«¿Qué te lo impide? No tienes pareja, ni hijos, y pronto no tendrás casa. Solo tienes un trabajo del que te quejas sin cesar porque te sientes infravalorada, pero al que sigues atada como si dieran buenos paquetes de maternidad. Paquetes que no vas a necesitar. Véndelo todo, cómprate una mochila y vete».

Bueno, tal vez el bolígrafo tuviera un poco de razón. Yo trabajaba de secretaria en Fresh Air PR, una pequeña empresa que estaba cerca de Topshop, en la calle principal. Llevaba cinco años trabajando allí y había ascendido desde el puesto de encargada del correo a secretaria de la directora de Marketing.

La misma oficina, las mismas caras, los mismos problemas con la impresora. Me gustaba la idea de no tener que preocuparme de si había elegido la taza buena para hacer el té, de no tener que ir a las fiestas de Navidad, de no tener que escuchar las mezquinas discusiones sobre quién tenía la mejor plaza de aparcamiento y de qué comidas de Boots tenían la mejor relación calidad-precio. Me había acomodado demasiado. Siempre accedía a hacer cosas que no quería hacer para agradar a los demás, y no había intentado convertir en realidad mis sueños por miedo al fracaso o a la vergüenza. La rutina de la vida en pareja había llegado de forma natural con Alex, aunque, algunas veces, cuando miraba la lista de tareas que tenía que hacer, la lista de la compra y nuestra agenda social, que estaba prácticamente vacía, despreciaba la monotonía doméstica.

Sin embargo, ¿adónde iba a ir, y qué iba a hacer?

«Bolígrafo, no me falles», pensé. Cerré los ojos, tomé aire y empecé a escribir.

Bañarme desnuda a la luz de la luna
Bailar toda la noche bajo las estrellas
Probar comida exótica
Montar en elefante
Visitar templos históricos
Explorar nuevas creencias
Subir una montaña
Hacer amigos de diferentes nacionalidades
Escuchar los consejos de una persona sabia
Cometer una locura

Me dolía la mano, pero mi cabeza funcionaba a un ritmo febril. Entonces, la realidad se hizo patente y me entraron dudas. «¿Cómo vas a hacer todo eso? Vas a tardar varios meses en planearlo, en ahorrar y organizarte. ¿Cómo se empieza un viaje así? Nunca has sido tan valiente como para tocar un elefante, y mucho menos para montarte en él. La última vez que hiciste ejercicio estuviste a punto de desmayarte, así que subir el Everest está fuera de toda cuestión, y lloraste cuando te sacaron sangre para el análisis de sangre, así que, ¿cómo vas a hacerte un tatuaje?». La locura más grande que había hecho últimamente era dormir sin desmaquillarme.

Prefería la libertad de ensueño que me ofrecía el bolígrafo a lo que me decía la conciencia.

«Hoy ibas a casarte, ¿o es que se te ha olvidado? Es absurdo que estés sentada aquí, escribiendo sobre la nueva vida que vas a emprender, cuando sabes que no eres lo suficientemente fuerte como para cambiar nada», me dije, reprendiéndome a mí misma.

Bueno, eso ya lo veremos, dijo mi bolígrafo.

CAPÍTULO 2

Drapetomanía (n): Un impulso irreprimible de huir.

Dos horas después, todavía estaba pensando en que tal vez pudiera ver el mundo. Convertirme en mochilera y cambiar mi vida. Caminé hasta la orilla, dejando huellas en la arena, y metí los pies calientes en el agua. Cerré los ojos y respiré la brisa fresca del mar. En aquel momento, ya estaría casada. Ya nos habríamos prometido amarnos, sernos fieles en la prosperidad y en la adversidad, en la salud y en la enfermedad, y respetarnos todos los días de nuestra vida. Se me cayó una lágrima por la mejilla y agité la cabeza. «Ahora es tu momento». Era el momento de hacerme una promesa a mí misma, una promesa que me cambiara la vida: ser feliz.

Volví a las tumbonas. Marie estaba roncando en la suya. Por suerte, Ali no estaba por allí; de lo contrario, aquella imagen tan poco sexy de mi amiga con la boca abierta le habría quitado muchos puntos. Metí mi lista en su bolsa de playa, bajo una revista y un bote de crema para el sol, y le di un codazo. Ella se despertó tartamudeando.

—¿Qué...? ¿Dónde…? ¿Quién…?

Se incorporó de golpe. Tenía cara de dormida, y el pelo, enredado. Yo sonreí.

—Eh, yo me vuelvo al hotel.

—Buena idea. Pásame la botella de agua y me voy contigo. ¿Cuánto tiempo he estado dormida? ¿Me he perdido algo? —preguntó, entre tragos, mientras intentaba peinarse con los dedos.

—No, no mucho —dije yo, despreocupadamente. Decidí pensar un poco más en la lista antes de contarle mis ideas—. Bueno, ¿y qué ha pasado con tu vigilante de la playa? —pregunté, señalando hacia la caseta de Ali con la cabeza.

Ella resopló.

—Resulta que es gay.

Yo intenté contener la carcajada.

—¿Qué quieres decir?

—Pues que llevé a cabo mi clásica maniobra de apoyarme en la barra de forma sugerente para tomar una pajita. Te juro que esa táctica no me ha fallado en la vida.

—¿Así es como te quedaste embarazada de Cole? —le pregunté, bromeando.

Ella se cruzó de brazos.

—¡Exactamente! Ya te he dicho que es una táctica infalible. Y, sin embargo, este ni siquiera ha pestañeado. Como si mi escote no le hubiera encendido nada en el departamento de ropa interior.

—¿Y por eso piensas que es gay?

—No solo por eso. Además, me humedecí los labios y anduve hacia él moviendo el trasero, pero él siguió obsesionado con esos tíos que estaban jugando, y a mí ni me miró.

—Bueno, puede que le encante de verdad el voleibol —sugerí yo.

Ella puso los ojos en blanco. Le había fastidiado mucho que cayera aquella mancha sobre su impecable historial de seducción.

—Hazme caso, yo lo sé. Digamos que le interesaba más ver a esos tipos dándose crema bronceadora que llevar la cuenta de los tantos.

—Ah. Bueno, pero tú sabes que yo te sigo queriendo.

Ella sonrió y cabeceó.

—Lo siento, Georgia. Hemos venido aquí para que tú te

animes, no para que los tíos buenos de Turquía me pongan de mal humor —dijo, y me acarició un brazo—. Por lo menos, ahora sé que mi táctica de la pajita todavía funciona, aunque solo sea con los hombres heterosexuales —añadió, riéndose.

Al oírla hablar, me di cuenta de repente de que aquello era lo que tenía que hacer, ahora que estaba soltera. Hallar el modo de llamar la atención de los hombres. Si a Marie le resultaba difícil, para mí iba a serlo mucho más. Me estremecí al acordarme de que estaba sola. Ya no era la mitad de otra persona, ni su prometida, ni su novia. Solo estaba yo y, muy pronto, tendría que lanzarme a la piscina de las citas. Oh, Dios.

—¿Te encuentras bien, cariño? Te has quedado un poco pálida —me preguntó Marie, y su voz me llevó de vuelta al presente.

—Sí, sí. Estoy un poco cansada, nada más.

—Bueno, vamos a volver al hotel, a comer un poco y a arreglarnos para ver lo que tiene que ofrecernos este pueblecito por la noche. Y no acepto un «no» por respuesta.

Aquella era nuestra última noche de vacaciones. Aunque había sobrellevado bien aquel día, ¿quién sabía lo que podían hacerle unos cuantos cócteles a mi frágil determinación? Sin embargo, tenía la intención de cambiar mi patética vida, así que tal vez fuera buena idea salir de mi agujero y entrar a un bar bien iluminado.

—Está bien —dije, asintiendo.

—¿Cómo? —preguntó Marie. Se inclinó hacia mí y me dio un abrazo—. Creía que ibas a decirme que no.

—Me parece que a partir de ahora voy a intentar decir que sí más veces —respondí con una sonrisa.

—Eso es estupendo, Georgia. Ya sabía que venir aquí iba a ser lo mejor para ti. Y tengo el presentimiento de que esta noche va a ser genial.

Aunque estaba esquelética, y no esbelta, sobre todo debido a mi reciente pérdida de apetito, al mirarme al espejo no me reconocí. Veía la imagen de una mujer glamurosa, bronceada, con el pelo castaño brillante y los ojos ligeramente rasgados, y un bonito carmín en los labios. Marie se había empeñado en transformarme, así que la cara que se reflejaba en el espejo no tenía nada que ver con la antigua Georgia, y yo no sabía si me gustaba. Me sentía azorada con aquel aspecto. Llevaba un bolso de mano de color rosa chillón y unos zapatos de tacón a juego que ella se había empeñado en prestarme, haciendo caso omiso cuando yo protesté diciendo que caminaba como Tina Turner en estado de ebriedad.

—Entonces, andaremos despacio —replicó ella, mientras me ponía un vestido de color dorado claro en las manos.

Era un vestido que me había comprado por un capricho hacía unos años, al estilo de Beyoncé. Ni siquiera le había quitado la etiqueta después de que Alex comentara que parecía que se lo había robado a una fulana barata. Marie debía de haberlo metido a escondidas en la maleta. Ojalá yo hubiera podido ponerme mis pantalones de lino y mi blusa antes de que ella los escondiera.

Al final, salimos hacia el puerto. La noche era cálida, se oía cantar a los grillos y olía a humo de combustible. En el muelle se veían altos mástiles balanceándose suavemente y, más allá, en las colinas, casitas blancas y cuadradas como terrones de azúcar. Sin embargo, había una fila de bares idénticos frente al agua que estropeaba aquel escenario tan maravilloso. Todos los establecimientos tenían un cartel junto a la entrada en el que anunciaban copas de gran tamaño, chupitos gratis y tres bebidas al precio de una. Mientras caminábamos, se nos acercó una chica que llevaba botas forradas de pelo, unos pantalones cortos de lentejuelas y la parte superior de un biquini, y nos puso los brazos morenos sobre los hombros para intentar dirigirnos hacia el bar para el que trabajaba.

—¿Qué tal, damas? Me llamo Mel, ¿estáis de vacaciones? Entonces, habéis venido al mejor sitio. Aquí están las mejores copas y las más baratas de todo el pueblo. ¡Os preparo tres

Vimtos por el precio de uno, y copas con tres medidas de alcohol y un refresco por solo una libra, y os regalo un par de chupitos!

La rubia, que tenía los ojos muy abiertos, como si fuera una loca, nos gritaba con un acento cockney muy marcado, y sin respirar. Yo miré a Marie, que estaba tan incómoda como yo por tener los brazos de una mujer desconocida sobre los hombros.

El bar al que nos quería llevar estaba vacío. Había un toro mecánico esperando pacientemente para lanzar turistas gordos al otro lado del local, y los empleados estaban apoyados en la barra, fumando, mientras las luces estroboscópicas iluminaban intermitentemente las mesas vacías.

—Es muy pronto, pero tenéis que hacerme caso, este es el mejor sitio. ¡Dentro de poco me daréis las gracias por haberos dado mesa, porque va a ser una locura! —nos explicó Mel, al ver nuestra expresión de horror y de decepción.

Había otros dos captadores mirando para ver si Mel iba a conseguir su objetivo o ellos podrían tener la oportunidad de abordarnos si nos dejaba marchar. Al ver que nos miraban como buitres pensando en la comisión que iban ganarse, tuve ganas de tomar a Marie de la mano y llevármela otra vez al hotel.

—Está bien, vamos —dijo ella, y acabó en un instante con mis esperanzas de librarme de todo aquello. «Es la última noche que pasas aquí, no seas tan ceniza, Georgia».

—¡Genial! —exclamó Mel, con una sonrisa falsa—. ¡Seguidme!

Aquel día, en casa, los invitados de la boda deberían estar bailando *Come on Eileen*, tomando copas en la barra libre e intentando ignorar al arrogante padrino de Alex, Ryan, que seguramente se estaría paseando por toda la carpa con la corbata en la cabeza al estilo Rambo. Sin embargo, allí estaba yo, intentando no quedarme sorda con la música del tributo a Freddie Mercury a todo volumen, escuchando lo que le decían a Marie un grupo de muchachos con cara de niño que llevaban unas camisetas con la leyenda «Me emborraché como un piojo en Turquía» y notando las quemaduras del sol en los hombros. No estaba segura de qué era lo peor de todo.

—¡Georgia! ¡Te presento a Rickaaay! —gritó Marie, por encima de la música, haciendo su mejor imitación de Bianca Jackson mientras el chico al que estaba agarrando por los hombros la miraba con desconcierto. O era demasiado joven, o estaba demasiado borracho como para saber qué es lo que hacía ella—. Sus amigos y él son de Cardiff.

—Hola —dijo Ricky, y se inclinó hacia mí para darme un beso en la mejilla, pero se tropezó y lo que me dio fue un golpe en el pómulo con la cabeza. Cuando dejara de hacerme efecto todo el alcohol, iba a dolerme mucho.

—Ah, genial —dije yo, y me froté la cara, estropeándome el maquillaje que me había hecho Marie, siguiendo con toda la atención un tutorial de YouTube. Iba a volver a nuestra mesa para ponerme un poco de hielo, pero Marie me tomó del brazo.

—¡Eh, no te marches ahora! —me rogó, con los ojos brillantes, o de felicidad, o a causa del vodka, y tiró de mí hacia la pista de baile—. Es una maravilla verte sonreír otra vez —gritó, por encima del remix de Bohemian Rhapsody—. Además, creo que tienes posibilidades —me dijo al oído, señalando a Ricky con la cabeza.

Yo fruncí el ceño.

—No sé…

—¡Pues a mí me parece que se le cae la baba!

—No creo que esté preparada para eso.

—A mí me parece que tienes que quitártelo de encima cuanto antes. ¿Quitarte esa escayola? —sugirió, al mismo tiempo que un bailarín muy entusiasta pasaba junto a nosotras y nos daba un golpe con la cadera.

Me quedé mirando a Marie mientras me acordaba de la última vez que ella me había animado para que me quitara algo de encima cuanto antes. Me invadieron los recuerdos de aquella ocasión, con quince años, esperando en aquel frío búnker. Al ver mi cara de póquer, Marie me abrazó.

—Perdóname, se me había olvidado que no soy muy buena celestina —me dijo, cuidadosamente.

—No pasa nada, pero necesito seguir mi propio ritmo. Y no quisiera ser maleducada, pero creo que Ricky todavía es virgen.

—¡Serías una asaltacunas! —exclamó, y se echó a reír—. No, lo entiendo, pero me alegro de saber que todavía tienes ánimos. Además, he leído en algún sitio que, si no lo usas, se te sella —dijo, y siguió riéndose antes de hacerme girar sobre mí misma.

Mientras les enseñaba a Ricky y a sus amigos nuestros movimientos de baile preferidos, hubo algo de alboroto junto a la entrada del local. Marie, con la esperanza de ver a algún famoso de tercera de un reality show de la televisión turca, me llevó a través de la gente para ver mejor la escena. Sin embargo, en vez de un aspirante a estrella de la fama, vimos a una bella mujer vestida de blanco, con una sonrisa, tomada de la mano de un tipo que vestía un traje oscuro. Justo después, entraron varias mujeres con el mismo vestido verde y largo… Rápidamente, entendí que se trataba de una boda.

«No puede ser verdad…». Miré al cielo. Aquella noche, a aquellas horas, yo debería estar bailando un baile lento con Alex, pero estaba frente a otra boda, en compañía de invitados que, una vez acabada la ceremonia, estaban dispuestos a disfrutar de la diversión nocturna. Alex hubiera detestado aquello.

En realidad, Alex hubiera detestado todo aquel viaje, desde las tumbonas de plástico, pasando por los bares de karaoke, hasta la tendencia a fardar que tenían los hombres turcos. Seguramente, habría mirado con reprobación hasta la ropa que yo llevaba. Tomé de la mano a Marie y me la llevé al baño.

—¡Oh, Dios mío! ¿Estás bien? —me preguntó con una mirada de preocupación—. Seguro que has visto a los que acaban de llegar. Puedo ir a pedirles a los porteros que los echen, si quieres —dijo, y empezó a saltar sin moverse del sitio, al estilo de Rocky.

—No, no te preocupes. Me siento un poco mareada, pero también puede ser por esa pecera luminosa que nos hemos bebido —respondí yo, y me incliné sobre la piedra fría del lavabo—. Oh, Marie, al verlos, todo se ha vuelto más real que antes…

—¿A qué te refieres? ¿Necesitas sentarte?

Negué con la cabeza.

—¿No has visto cómo miraba el novio a su flamante esposa? ¡Dios! He notado la descarga de hormonas desde la otra punta. Hace años que Alex no me miraba así. ¡Años! Tal vez sí que haya tenido suerte y me haya escapado de una buena, como tú me dijiste. Y tal vez haya llegado el momento de cambiar algunas cosas en mi vida. He hecho la lista que me pediste.

Marie puso cara de confusión; debía de habérsele olvidado la charla que me había dado en la playa. Yo rebusqué en el bolso y tiré la mitad del contenido al suelo del baño, y le di el papel.

—Léelo. Esto es lo que quiero hacer con mi vida a partir de ahora. Estoy harta de suspirar por algo que, en realidad, es muy probable que ni siquiera haya tenido nunca. Estaba tan concentrada en los preparativos de la boda, intentando asegurarme de que todo estuviera a la altura de las expectativas de su madre y de la perfecta Francesca, que no había pensado en el verdadero matrimonio. Lo último que pensaba era en escribir mis votos, aunque conseguí que él escribiera los suyos. A mí no me salían las palabras —admití, por primera vez en la vida.

Marie intentó enfocar su mirada borrosa en la lista.

—Me da muchísimo miedo lo que puede depararme el futuro, pero tiene que ser algo mejor que compartir mi precioso hogar con un prometido que me engaña, yendo todos los días a hacer un trabajo que detesto para poder pagar las cuentas, y endeudarme aún más por la boda. En este momento de mi vida, debería estar explorando, viendo el mundo, aprendiendo cosas nuevas y encontrándome a mí misma.

Me sentía muy apasionada, y tal vez estuviera gritando. Dios, aquellos cócteles eran letales.

Durante unos segundos, Marie no dijo nada. Después, sonrió ampliamente.

—Eso es fantástico, cariño, y creo que deberías seguir por ese camino. Dios, te voy a echar de menos, pero ¿qué mejor momento que este para largarte por ahí? Me siento muy orgullosa de cómo te has enfrentado a todo. Incluso aunque has visto a esa pareja, lo has hecho muy bien.

—Gracias, pero no habría podido hacer nada sin ti.

—Sí, claro que sí. Eres increíble —dijo ella, arrastrando las palabras al hablar.

—No, tú eres increíble.

—No, tú.

Una chica con el pelo cardado interrumpió nuestro momento de amor al pasar entre nosotras para secarse las manos.

—Quiero lo mismo que hayan bebido ellas —le gritó a una de sus amigas, mientras nosotras nos deshacíamos en risitas.

Entonces, miré el reloj que había sobre los lavabos, y me di cuenta de que nos íbamos de aquel país dentro de pocas horas y ni siquiera habíamos hecho las maletas.

—Bueno, tenemos que irnos —dije.

—Sí, tienes razón. ¡Qué bien me lo he pasado! ¿Sabes? deberías volver aquí y conseguir un trabajo como el de Mel. Eso sería un buen viaje para ti —dijo Marie, mientras me tomaba de la mano y tiraba de mí hacia la salida. Desde que habíamos entrado al baño, los novios habían desaparecido en la pista de baile.

—Eh, sí, puede que sí —respondí, distraídamente.

Conseguimos salir a la calle y escapar de las garras de los captadores de los locales. Todavía oía la línea de bajo y sentía la vibración de la adrenalina en el cuerpo. Bajo la luz brillante de las estrellas que se reflejaba en el agua del puerto, me sentía viva, llena de emoción y de impaciencia por lo que me deparaba el futuro. Si había podido sobrevivir al encuentro cara a cara con otra novia en el día que debería haberme casado, entonces podía sobrevivir a cualquier cosa.

De vuelta en el hotel, Marie se quedó dormida a los cinco minutos de que yo la desnudara, la acostara y encendiera el aire acondicionado. Me desmaquillé, me puse el pijama y me metí entre las sábanas. Me daba vueltas la cabeza por culpa del alcohol, la emoción, y el hecho de que hubiera sobrevivido al encuentro con unos novios, precisamente, aquella noche.

Debería estar con Alex, en la suite nupcial de la casa de campo, después de beber champán en la enorme bañera de burbujas, haciendo el amor como marido y mujer y maravillándonos de lo bien que había salido todo aquel día. El día de mis sueños. Sin embargo, eso era lo que tenían los sueños: que casi nunca se convertían en realidad. Lo que habría ocurrido en realidad era que Alex y yo habríamos discutido porque su amigo Ryan había aludido a otras mujeres en su discurso de padrino. Mi tío Ron, a quien solo habíamos invitado para evitar problemas familiares pero a quien, en realidad, nadie quería en la boda, empezaría a cantar algo inapropiado en el momento de cortar la tarta, y eso provocaría que los padres de Alex discutieran con su hijo acerca de por qué se había casado con alguien de una familia tan ordinaria. Alex y yo habríamos estado demasiado cansados como para llenar la bañera y seguir bebiendo, y nos habríamos quedado dormidos, medio borrachos y con la ropa puesta, en la enorme cama de la habitación. ¿Por qué íbamos a empezar a hacer el amor en aquel momento, cuando llevábamos meses sin hacerlo? Nos habíamos instalado en la apatía, y yo había achacado la falta de interés de Alex al hecho de que estaba cansado porque últimamente siempre trabajaba hasta muy tarde. ¡Qué ingenua! Y pensar que, durante todo aquel tiempo, estaba acostándose con otra.

Miré con cariño a Marie. En realidad, estar tumbada junto a mi mejor amiga en un estado de ebriedad, en Turquía, no era la peor forma de pasar la noche. En aquel momento, estaba contenta pensando que no era el día de mi boda, sino el día en que había hecho planes para empezar una nueva vida.

Lo único que necesitaba era poner en marcha aquellos planes.

CAPÍTULO 3

Hiraeth (n): Nostalgia de un hogar al que no se puede regresar, o que nunca lo fue.

Manchester nos recibió con una llovizna gris cuando bajamos del avión y, desde entonces, no había dejado de llover. Sin embargo, ni siquiera aquella lluvia insistente podía desanimarme. Durante todo el vuelo de regreso a casa, Marie y yo habíamos estado hablando excitadamente de cuándo, cómo y dónde iba a decirle *au revoir* a todo, y eso me impedía pensar en la tarea que tenía por delante.

Todavía debía sacar el resto de mis cosas de mi vieja casa y llevarlas a la habitación de invitados de casa de Marie, aunque hubiera preferido que lo hicieran unas hadas mientras yo estaba de viaje. Nunca había un elfo pícaro a mano cuando una lo necesitaba. Marie había intentado convencerme para que luchara por quedarme con la casa de la que era propietaria a medias.

—El que debería marcharse es Alex, que se vaya a vivir con esa pelandusca de la que tanto se ha enamorado —me había dicho.

Y, seguramente, tenía razón, pero yo no podía soportar la idea de irme a vivir a una casa que tenía tantos recuerdos para mí. Además, yo nunca había vivido sola, y no era lo suficientemente fuerte como para empezar en aquel momento. Por otro lado, no tenía energía para luchar ni enfrentarme a Alex; solo quería resolverlo todo para mudarme.

«Mañana. Mañana lo hago todo. Esta noche, voy a darme un buen baño, a cenar temprano y a comerme el Toblerone gigante que me he comprado en el duty free».

Pasamos por la aduana y salimos de la terminal y, muy pronto, estábamos en la acera frente al edificio de Marie mientras un malhumorado taxista dejaba las maletas sobre el pavimento mojado, evitando de milagro los charcos. Bienvenidas a casa.

Mientras Marie hablaba por teléfono con Cole, yo puse a hervir agua en el fuego para preparar té.

—¡Oh, Dios mío! —exclamó Marie, y entró gritando en la habitación. Parecía que su resaca había desaparecido por completo—. ¡Acaba de llamarme mi agente para decirme que me han vuelto a llamar de un casting que hice!

—¡Qué buena noticia! ¿Dónde, qué, cuándo?

—Me marcho mañana. Tengo que estar fuera unos días, porque el director está grabando exteriores, pero preguntó por mí personalmente para que volviera a una segunda prueba. Es la que intenté hace siglos... ya sabes esa obra de época tan estirada a la que quieren darle un matiz de tensión.

—Ah, sí.

Me acordé de que Marie había pasado nerviosa una temporada, más o menos durante el mismo momento en que yo tenía que decidir si el pinchadiscos empezaba directamente después de cortar la tarta o dejar los discursos hasta más tarde. Había sido estresante para las dos.

—Quieren hacer una versión urbana de *Jane Eyre* y rodarla en Brixton, no en el Lake District, o donde fuera la primera vez. Yo tengo un papel muy pequeño, pero mi representante cree que, si le gusto al director, conseguiría papeles más importantes —dijo con emoción.

—¡Es una noticia buenísima! Bien hecho.

—Lo malo es que no voy a poder ver a Cole hasta dentro

de unos días más, cosa que me mata, pero Mike ha dicho que siga con él y con su madre hasta que yo vuelva, así que tendré que conformarme con las charlas por FaceTime hasta ese momento —explicó Marie, con tristeza.

Teniendo en cuenta que el padre de Cole, Mike, solo había sido una aventura de una noche, realmente había estado a la altura de su paternidad y, entre Marie y él, tenían perfectamente organizado el cuidado del niño. Yo había visto muy a menudo cómo miraba Mike a Marie, con cara de anhelo, cada vez que llevaba a Cole con su madre después de que el niño pasara el fin de semana con él, y me preguntaba si alguna vez lo intentarían y formarían una familia. Vistos desde fuera, parecían perfectos el uno para el otro, y los dos adoraban a Cole, pero, cada vez que yo le preguntaba a Marie algo al respecto, ella cambiaba de tema y decía que solo necesitaba a un hombre en su vida.

—Bueno, la fama tiene un precio —le dije, sonriendo—, pero no va a ser demasiado tiempo, e imagínate la cara de Cole cuando vea a su madre en la tele.

Marie se encogió de hombros, pero yo sabía que ser actriz había sido su sueño desde la infancia, y más en el presente, cuando tenía que mantener a Cole. Se había dedicado a la peluquería para pagar las facturas, pero su vida era el teatro y los argumentos, no el tinte y las permanentes.

Ella se mordió el labio.

—Bueno, entonces, tenemos que sacar tus cosas de casa de ese imbécil esta noche, porque otro día no voy a poder ayudarte.

Tenía razón. Demonios.

No podía pedirles ayuda a mis padres, sobre todo, teniendo en cuenta la espalda de mi padre. Repasé la guía de contactos del teléfono mientras pensaba en los posibles candidatos, pero no podía acudir a los amigos de Alex, ni a parientes lejanos, ni a viejos compañeros de clase con los que llevaba años sin hablar, salvo para felicitarnos el cumpleaños por Facebook; me di cuenta de que no tenía a nadie.

A nadie.

Nunca había sido una niña muy célebre, pero me imaginaba que, en mis glamurosos últimos años de la veintena tendría, por lo menos, un pequeño círculo de amigos mejor aún que el de Friends. Otra cosa más que añadir a mi lista de tareas: hacer más amigos.

—Lo siento, cariño. Lo que deberías hacer es la maleta para tu nuevo papel, no moviendo cajas.

—No, no pasa nada. Solo necesito meter unas cuantas bragas limpias en la maleta y estoy lista —dijo ella, con una sonrisa—. Es más importante que consigas alejarte por completo de ese idiota. ¿Nos vamos ya?

Yo asentí con un gran esfuerzo. No quería ir. No quería recordar nada, ver nuestra casita en la que el grifo de la cocina goteaba si no encajabas una cucharilla por debajo, en la que la tarima crujía en ciertos lugares y la calefacción central hacía un ruido reconfortante al ponerse en marcha. Todavía no estaba lista para despedirme de aquella casa. Sin embargo, ya no era la mía; no podía serlo. Por mucho que lamentara lo que había pasado, en el fondo sabía que no iba a ser una mujer que acudía llorosa a pedirle a su exnovio que volviera con ella. Mis padres me habían criado demasiado bien como para eso. Lo que necesitaba era recoger mis cosas y seguir mi nuevo plan de vida. Paso a paso.

Cuando llegamos, ya había anochecido. Yo abrí la puerta con manos temblorosas. No había nadie, y fuimos de habitación en habitación en silencio. Yo percibí nuestro olor en el ambiente, y empecé a hundirme.

—¿Dónde crees que ha puesto tus cosas? —me preguntó Marie, sacándome de mi patético ensimismamiento.

—Seguramente, en la habitación de los trastos y debajo de la escalera —dije. Eran los dos lugares en los que solíamos echar las cosas que ya no queríamos.

«Tranquila, Georgia, solo son ladrillos y piedras. La casa representa todas las mentiras de Alex. El futuro que ya no puedes tener y que ya no quieres. Nada más que eso».

Abrí la puerta de la habitación de los trastos y me sorprendí, porque todo estaba muy ordenado y cada una de las cajas tenía una etiqueta con el contenido: *Ropa de invierno*, *Libros*, *CD*, *Otros*. Marie se quedó igual de asombrada que yo. Alex era desordenado, desorganizado y alérgico al hecho de limpiar. Yo pensaba que iba a encontrarme las cosas metidas de mala manera en bolsas de basura, pero ¿aquello? Aquello era nuevo.

—Voy a meter esto al coche. Tú sigue buscando —dijo Marie.

Al entrar en el dormitorio, percibí un olor a lejía y a limón. La cama estaba hecha, y todo estaba limpio y, sin mis cosas —los collares colgados del marco del espejo, los zapatos alineados junto a la pared y los libros apilados en el suelo— la habitación parecía más grande y más despejada. Mi pijama rosa no estaba sobre la almohada, no había toallitas desmaquilladoras usadas en la papelera y no había revistas por el suelo.

—Creo que ha puesto las cosas que compartíais aquí, cariño —me dijo Marie.

Estaba delante del gran armario que había bajo las escaleras, y tenía en la mano una nota que había escrito Alex:

Estas son la mayoría de las cosas que pensé que querrías. Las cosas más grandes, como la nevera y la cama, decide tú quién se las queda. Alex.

Miré los regalos de Navidad, los juegos de mesa y los muebles de la terraza que estaban apilados junto a la tabla de planchar y la aspiradora. Era deprimente ver lo que quedaba de cinco años de relación: un marco de fotos roto, un utensilio para hacer puré de patatas y una licuadora casi sin usar. Se me llenaron los ojos de lágrimas. No quería decidir quién se quedaba con las cosas. Solo quería salir de allí.

—No sé si va a cabernos todo esto en el coche —dijo Marie, suavemente.

—No quiero nada de esto. Ya me compraré cosas nuevas. Cosas que sean solo mías, con mi dinero —dije, enjugándome los ojos.

—De acuerdo. Si estás segura…

Marie me acarició el brazo con un gesto protector. Yo asentí y puse la llave de la casa sobre la encimera de la cocina, que estaba impecable. No dejé ninguna nota. No tenía nada más que decir.

Empecé a llorar en cuanto salimos por la puerta. Sentía tristeza porque ya no iba a volver a ver la televisión sentada en el sofá, ni a utilizar el horno. Pequeñas cosas, cosas tontas. Cerrar aquella puerta me pareció algo más simbólico de lo que hubiera debido ser. Me sentí exhausta, aunque sabía que era lo mejor que podía hacer: empezar desde cero y dejar que él se quedara viviendo allí, con nuestros recuerdos. Sin embargo, dejar aquella casa fue un paso muy doloroso hacia mi nueva vida. Una nueva vida que ni siquiera sabía cómo empezar.

CAPÍTULO 4

Epifanía (n.): Un momento de revelación súbita.

El centro de la ciudad estaba lleno de oficinistas y gente de compras. Ya habían estado a punto de chocarse con nosotros tres personas, porque iban con los ojos pegados a la pantalla del móvil, incluyendo un hombre enorme que había estado a punto de tirarme al suelo.

—¿Dónde hemos quedado con tus padres? —me preguntó Marie.

—Eh... en Kendal's —respondí yo, distraídamente, mientras me frotaba el hombro.

—Ah, claro. ¿Te acuerdas de cuando tu madre nos llevaba allí de pequeñas? ¡Nos parecía tan glamuroso! Estábamos deseando ver a algún actor famoso de *Coronation Street* antes de lanzarnos en busca de muestras de perfumes. ¡Mira, ahí están! —gritó Marie, saludando con emoción hacia el otro lado de la calle.

Mi padre le devolvió el saludo con una sonrisa, aunque tenía aspecto de cansado. Mi madre se agarraba el bolso contra el pecho y miraba cautelosamente al vendedor del Big Issue que estaba junto a la fachada de una tienda cercana.

—Buenos días. Perdonad que lleguemos tarde.

—Por fin has llegado, perezosa. Siempre le digo a tu padre que no eres nada madrugadora, ¿verdad, Len? —dijo mi madre, y no dejó que mi padre respondiera antes de acercarse a mí para darme un beso en la mejilla, mientras miraba con desconfianza al vendedor.

—Buenos días, cariño, me alegro de que hayas vuelto ya —me dijo mi padre, y me dio un abrazo, envolviéndome en su familiar olor a jabón.

—Bueno, ¿y cómo es eso de que te vas a convertir en una gran estrella de cine? —le preguntó mi madre a Marie.

Marie se echó a reír.

—Bueno, todavía no, Sheila, es más Hackney que Hollywood, pero no te preocupes, os invitaré a todos al estreno —dijo, con una sonrisa, mientras sacaba cinco libras para el vendedor del Big Issue, que se alejó sonriendo.

—Oh, eso espero. ¿A que es emocionante, Georgia? —preguntó mi madre, y, sin dejarme responder, prosiguió—: Tu madre estará muy orgullosa. ¿Quién habría pensado hace años, cuando Georgia trajo a casa a la chica nueva de clase, que tenía acento del sur y alergia a las patatas fritas y la salsa, que iba a convertirse en una estrella de cine? Es una pena que no tengamos mucho tiempo, porque me gustaría enterarme bien de todo. Pero Len tiene cita para la espalda. Le ha estado jorobando otra vez —dijo mi madre, mientras tomaba a Marie del brazo.

Diez minutos después, estábamos sentados en unos sofás blandos tomando café y galletas. Cuando mi madre dio un sorbo a su taza y Marie fue al servicio, mi padre pudo empezar la conversación.

—Bueno, hija, ¿y qué tal lo habéis pasado? Te has puesto morena. Debe de haber hecho muy buen tiempo —dijo él, sonriendo y señalando mi nariz, que se estaba pelando.

—Ha sido estupendo, pero ahora que he vuelto, todo me parece un recuerdo lejano —dije yo, con tristeza, sin poder librarme de la desazón que me había invadido la noche anterior.

Había estado llorando durante todo el camino hasta casa de

Marie y, después, me torturé aún más abriendo las pocas cajas que habíamos metido al coche. Bajo la ropa cuidadosamente doblada había varios CD, libros de Harry Potter, una caja llena de tickets y tapones de botellas de nuestras primeras citas, fotografías Polaroid borrosas y páginas de revistas con fotografías de playas exóticas, consejos para reservar viajes para parejas y lugares que uno debería ver antes de morir. Lo tiré todo a la papelera, junto a mi lista de deseos. ¿A quién quería engañar?

—Ah, la añoranza de las vacaciones —dijo mi padre, con un suspiro—. Es normal, sobre todo después de lo que has pasado.

—Bueno, entonces, ¿Marie te ha tenido bailando hasta la madrugada con guapísimos chicos turcos? —preguntó mi madre. Mi padre carraspeó y se movió en el asiento.

—Pues no, mamá, ya sabes que no iban a ser una de esas vacaciones.

—Ah. Casi es mejor así. He leído muchos artículos de historias terribles, sobre mujeres que se pasean por calles de países extranjeros borrachas y medio desnudas, y que se despiertan sin un órgano, o algo peor —dijo. Después, enarcó una ceja—. ¿Y qué tal es Turquía? ¿Era bonito el hotel? ¿Estaba limpio?

—Turquía es precioso, maravilloso, de hecho —dije yo, y tomé un sorbo de café—. He tenido tiempo para pensar.

—Ah, entonces, ¿ya les has contado que has hecho un plan para viajar por el mundo? —preguntó Marie, apoyándose en el respaldo del asiento y tomándose el café como si fuera el elixir de la vida.

—¿Qué quieres decir? —preguntó mi madre, que giró la cabeza rápidamente, como un gorrión, hacia mí. Mi madre se burlaba de las historias de mujeres confundidas que agarraban el pasaporte para encontrarse a sí mismas. Las consideraba personas irresponsables y egoístas, con la cabeza llena de tonterías de hippies.

Yo respiré profundamente.

—Bueno, es que durante nuestro viaje Marie me animó

a que hiciera una lista de los países que me gustaría ver y las cosas que me gustaría vivir.

A mi madre se le escapó una carcajada aguda.

—Vaya, la niña soñando, como siempre, ¿verdad, Len? ¿Te acuerdas de aquella vez que se escapó para meterse a un convento después de ver *Sonrisas y lágrimas*? Creía que el autobús del final de la calle llegaba a Austria, pero solo consiguió hacer el circuito de la ciudad y, al final, la encontramos al lado de la iglesia, con una bolsa de plástico llena de strudels de Tesco.

Mi padre sonrió al acordarse de aquel episodio, antes de ver mi cara de nerviosismo.

—Mucho me temo que has heredado mi sentido de la orientación, cariño —me dijo.

—Es una suerte que yo esté con vosotros, porque, si no, Dios sabe dónde acabaríais tu padre y tú —dijo mi madre.

—Pues en realidad, Sheila, Georgia hablaba muy en serio de este viaje —dijo Marie.

Se hizo el silencio durante un momento.

—Oh, por el amor de Dios, espero que lo digas en broma.

Yo solté una risita falsa.

—Sí, sí. Solo era una broma, ¿verdad, Marie?

Marie se quedó desconcertada.

—Dijiste que querías viajar y conocer el mundo. No era ninguna broma —murmuró ella, casi dentro de la taza.

—Umm... Bueno, nos alegramos de que hayáis vuelto sanas y salvas. Yo no podría soportar estar por allí, con toda esa comida extranjera y tanto sol. No, es mucho mejor quedarse con lo que uno conoce —dijo mi madre, cabeceando.

—No sé, amor mío —dijo mi padre, volviéndose hacia ella—. Dicen que viajando se enriquece mucho el alma.

—¡Ja! —soltó ella con desdén—. ¡Enriquecer el alma! Dime eso cuando tu hija esté internada en algún hospital del tercer mundo por haberse comido un filete que resultó ser de perro rabioso. Los atracos, las violaciones, los asesinatos. Ah, no, yo estoy mucho más contenta teniéndola aquí. Ella no podría enfrentarse a todo eso.

En realidad, en el Reino Unido también ocurrían todas aquellas cosas, excluyendo tal vez lo del filete de perro rabioso, aunque la tienda de kebab que había debajo de casa de Marie olía muy raro algunas veces.

—¿Es eso lo que piensas de mí? —murmuré.

—Oh, Georgia —dijo ella, con un suspiro—. Es cierto que has tenido una situación complicada, pero no puedes marcharte sin más. ¿Y tu trabajo, tus amigos, nosotros? No seas absurda. Tienes veintiocho años y has sufrido un shock, nada más. No quiere decir que tengas que salir corriendo y dejar que los demás te saquen las castañas del fuego.

Nos quedamos en silencio. Por suerte, Marie entendía que las situaciones como aquella no eran el mejor momento para mantener una discusión acalorada, aunque estuviera deseando salir en mi defensa.

—Pues a mí me parece una buena idea, cariño —dijo mi padre, con una sonrisa, y acabó con aquel ambiente tan agobiante—. Antes de conocer a tu madre, un par de amigos y yo nos fuimos a hacer el Interrail por Europa, y nos lo pasamos muy bien. Puede que ahora no suene muy exótico, pero corrimos unas buenas aventuras en aquel viaje —explicó, y exhaló un suspiro de nostalgia mientras se perdía en aquellos recuerdos. Sin embargo, mi madre le clavó un codo en el brazo para transmitirle que dejara de animar a su hija.

—Bah, no os preocupéis. Solo era una idea tonta —les dije, y miré a Marie con una expresión de súplica para que cambiara de tema antes de que mi madre se desmayara. Marie estaba jugueteando con un sobrecito de azúcar; sin duda, se había enfurruñado por el hecho de que yo hubiese ridiculizado su plan—. ¿Y qué tal pasasteis vosotros el sábado? —pregunté, intentando adoptar un tono ligero. Sabía que yo no era la única a la que había hecho daño Alex al cancelar la boda. Mi madre llevaba meses presumiendo delante de todo el mundo: «Va a haber una fuente de chocolate, un arpista, y dicen que a lo mejor aparece Kate Middleton, ¿te lo imaginas?».

—Tuvimos un día muy tranquilo. Hizo muy malo, así que nos quedamos en casa. Las fotos habrían salido fatal con un cielo tan gris, cariño —respondió mi padre.

—Supongo. ¿Os ha dicho Marie que le devolví las llaves de la casa anoche? Bueno, a él personalmente no. No quiero volver a saber nada de él —dije, aunque noté un pinchazo en el estómago al recordar que la noche anterior había dejado nuestra casa para siempre.

Mis padres miraron fijamente el fondo de sus tazas de café, y mi madre se movió con incomodidad en su asiento.

—¿Qué pasa? —pregunté, en tono confundido.

Mi madre me miró con los ojos llenos de lágrimas.

—Tenemos que darte una carta, Georgia. Es de él —me dijo y, lentamente, sacó un sobre de su bolso—. Tu padre... bueno, le pidió que la escribiera.

Yo me froté la frente.

—¿Qué? No lo entiendo. ¿Por qué habéis hablado con él? ¿Cuándo?

Marie estaba tan desconcertada como yo. Mi padre estaba haciendo pedacitos la servilleta que había bajo su bollo, evitando mirarme, manchándose los dedos de mantequilla y dejando migas por todas partes.

—Tu padre hizo un descubrimiento que nos disgustó mucho. Todo ocurrió cuando ya te habías marchado a Turquía, y no queríamos estropearte las vacaciones contándotelo —dijo mi madre.

A mí se me formó un nudo en la garganta.

—Mamá, me estás asustando.

—Bueno, pero no te disgustes mucho. Mira, tu padre estaba comprando té en Morrison's, ya sabes que, normalmente, vamos a Asda, pero estaba en el camino de vuelta desde esa nueva Homebase que han construido en Larkberry Lane, así que decidió parar allí.

—Sí, de acuerdo... —dije yo, para que se diera prisa, aunque sabía que era improbable, teniendo en cuenta que en sus conversaciones describía todo tipo de detalles inútiles, cosas que normalmente tenían que ver con la amiga de una amiga que yo no conocía.

—Bueno, como nunca había estado en ese supermercado, no conocía bien la distribución, y mientras recorría uno de los pasillos buscando arándanos para un flan que yo iba a hacer para una fiesta de la iglesia, vio a Alex y a esa... cualquiera —dijo mi madre, frunciendo los labios como si alguien se hubiera tirado un pedo.

Al pensar en ellos haciendo algo tan normal como la compra, se me encogió el estómago. Así que estaban juntos. Lo que Alex sentía por ella no era nada desdeñable, ni se había tratado de un revolcón rápido a causa del alcohol. Eso explicaba el motivo por el que la casa estaba tan impecable: por una nueva mano femenina. Se me encogió el estómago aún más, como cuando me probaba unos pantalones vaqueros ajustados en las rebajas de enero y tenía que meter en la cintura un michelín extra de haberme comido una caja entera de bombones Quality Street.

Mi madre se inclinó hacia la mesa y bajó la voz.

—Hija, estaban en el pasillo de cosas para bebés, mirando los pañales.

Oí que Marie tomaba aire bruscamente. Tardé un instante en comprenderlo.

—Está embarazada, Georgia —me dijo mi padre con tristeza.

De repente, me sentí como si estuviera entre el sueño y la consciencia, como si todo fuera irreal. Les oía susurrar a mi alrededor.

—Ya sabía yo que teníamos que habérselo dicho antes.

—No, tú dijiste que no se lo dijéramos hasta que hubiera nacido el bebé.

—¿Pero qué coño...?

Aquello último debía de ser de Marie, que estaba tan alucinada como yo, y que no se dio cuenta del horror de mi madre al oír su palabrota.

—¿De… de cuánto está? —pregunté.

—Bueno, tu padre no es un experto y yo no la he visto, pero Denise Williams, la recepcionista de la consulta del médico, me dijo que la había visto hace poco y que parece que está de cinco o seis meses —me dijo mi madre, y me tomó las manos temblorosas.

La recepcionista del trabajo de Alex, una tal Stephanie por la que él había roto nuestra relación, estaba embarazada.

—Espera… ¿qué dice en esa carta? —pregunté. De repente, me había dado cuenta de que la gente de alrededor nos estaba mirando. Mi padre le quitó la carta a mi madre y me la pasó.

—No sabía qué hacer —dijo—. Estaba tan enfadado con él… Después de todos estos años tratándolo como si fuera parte de la familia, y que te haya hecho esto… Perdí los estribos. Me acerqué a él y le exigí que me diera respuestas, y él empezó a disculparse y la apartó de en medio. Entonces, le di un puñetazo.

Yo me quedé boquiabierta. ¡Mi padre, dándole un puñetazo a alguien! ¡No, a alguien, no, a mi exprometido! ¡Mi padre, el hombre más bueno y más pacífico a quien yo conocía, llevaba un Rocky Balboa dentro! No sabía qué era lo más sorprendente de todo.

—No me siento orgulloso, porque la violencia nunca es respuesta para nada, pero me cegó la ira —dijo mi padre, y miró al suelo avergonzado—. El guardia de seguridad vio que había un altercado y me sacó del supermercado, mientras Alex nos acompañaba disculpándose y diciéndole al guardia que no quería ir a la policía. Entonces, yo le dije con claridad que quería que hiciera todo el papeleo de la casa rápidamente, que recibieras tu parte enseguida y que el trato fuera favorable para ti. Quería que se alejara de tu vida y pensé que eso sería lo mejor. Ese chico es problemático, y creo que has tenido suerte librándote de él.

Mi padre hizo una pausa para tomar aire, puesto que se había puesto como loco al contarlo todo.

—¡Bien por Len! —gritó Marie.

Yo abrí el sobre con aturdimiento, y saqué documentos hipotecarios y bancarios. En una carta formal, Alex me indicaba qué documento tenía que firmar para que él pudiera comprar mi parte de la casa. Supuse que el dinero lo obtendría del banco de su madre y de su padre. Además, añadía que lo sentía mucho, pero que lo mejor sería que no volviéramos a ponernos en contacto nunca más. Yo no supe qué decir.

—También nos mandó una copia a nosotros, para que yo pudiera ver lo que vas a recuperar y asegurarme de que él no intentara volver contigo. Que con su pan se lo coma. He revisado las condiciones del banco con respecto a la casa y el dinero que vas a recuperar está por encima del precio que deberías conseguir. Solo intenté protegerte. Lo siento mucho, Georgie —dijo mi padre. Parecía que estaba a punto de llorar. Marie, sin embargo, no dejaba de sonreír, como si se alegrara de que, por fin, alguien le hubiera dado un puñetazo a Alex. Yo asimilé todas aquellas noticias poco a poco, mientras mi madre se marchaba al baño con nerviosismo. El repentino silencio se llenó con la voz dulzona de James Blunt, cuya música sonaba por los altavoces que había sobre nuestra cabeza.

De repente, me acordé de una noche normal y corriente que había transcurrido hacía unos meses. Alex me había invitado a cenar a un restaurante nuevo, porque acababan de darle una extra en el trabajo y quería agasajarme, algo que no sucedía desde hacía mucho. Tomamos cócteles en un bar que tenía vistas a la ciudad, comimos una carne que se deshacía en la boca con una deliciosa guarnición y, de postre, nos llevaron el mejor tiramisú que yo hubiera probado nunca. Yo había pensado en ir a la cocina a pedirle la receta al cocinero para dársela a los encargados del catering de la boda. El vino fluyó y tuvimos incluso algunas conversaciones que no estaban relacionadas con la boda, mientras él me hacía cumplidos. A mí me parecía que su teléfono vibraba más de lo corriente sobre el mantel blanco, pero él me tomó de la mano y comentó que era un problema del trabajo, sin mirar ni siquiera la pantalla antes de metérselo al bolsillo.

Claramente, el alcohol me había alterado el entendimiento. Alex trabajaba para una empresa de contabilidad, que no abría los fines de semana, y menos un sábado a las nueve y media de la noche. Debía de ser ella. Tal vez acababa de hacerse el test de embarazo. Tal vez acababan de aparecer aquellas dos líneas azules del resultado positivo. El comienzo de una nueva vida y, aunque yo no lo supiera, el final de la nuestra en común.

Me masajeé las sienes mientras volvía mi madre. Ella miró el reloj y, después, a mi padre.

—Tenemos que irnos ya para que tu padre no llegue tarde al médico.

—Ah. Está bien —dije.

Al mirarlos, vi su expresión de preocupación y dolor por su única hija. Me acordé del día en que Alex y yo nos comprometimos. Todo el mundo sonreía, y corrió el cava mientras la gente hablaba de la boda en la mesa de la cena. Mis padres estaban felices porque su hija fuera a casarse con un buen hombre, de buena familia, que iba a cuidar de ella. No podían haber deseado nada mejor para mí, aunque yo sabía que, a veces, se sentían inferiores comparados con el círculo social de los padres de Alex. Mi padre no le había dado importancia y me había dicho que no tenían por qué ser los mejores amigos de sus consuegros, y que lo que realmente importaba era que yo fuese feliz, y que los nietos no estuvieran lejos. Otra decepción.

—¿Vas a estar bien, nena? —me preguntó mi padre.

Yo sonreí forzadamente.

—Claro que sí. Como me habéis dicho vosotros, he tenido suerte de escapar de esta. Es mejor ser una novia abandonada que una divorciada a los veintiocho años, ¿no?

Mi broma no hizo gracia a nadie, y mi padre me dio un abrazo.

—Te mereces a alguien mejor que él. Esto va en beneficio tuyo, estoy seguro. Cuídate, hija mía —me susurró al oído, y a mí se me llenaron los ojos de lágrimas.

—Lo haré, papá. Buena suerte con el médico. Te llamo después.

Cuando nos quedamos a solas, Marie cabeceó.

—Mierda, no me lo puedo creer. Vaya bombazo —dijo, mientras observaba los papeles que me había enviado Alex—. Imagínate la cara de su madre cuando le diga que va a tener un nieto ilegítimo. Eso no les va a gustar nada en el club de polo —comentó. Al ver mi cara pálida, dijo—: Lo siento, pero tienes que reconocer que a la despiadada Ruth le va a dar algo cuando se entere. Bueno, voy a esperar al último tren, porque necesitamos tomarnos una copa, o irnos de compras para hacer terapia, o las dos cosas.

—No, no hagas eso. No puedes llegar tarde a tu nuevo papel. No te preocupes, no me voy a tirar a un canal, ni nada por el estilo. Que tengas un buen viaje, y llámame cuando llegues, ¿de acuerdo?

Marie asintió poco convencida.

—¿Segura? No quiero dejarte sola después de esto.

—Claro que estoy segura. Alex ya ha estropeado bastantes cosas como para que tu carrera de actriz sea otra de ellas.

—¿No quieres que vayamos a verle para que le digas cuatro cosas bien dichas? —me preguntó ella.

Cuando estábamos en Turquía, había intentado enseñarme a dar buenas respuestas en un enfrentamiento, algo para lo que yo era bastante inútil. Siempre abandonaba una discusión haciéndome reproches a mí misma porque no había dicho lo que debería haber dicho. Marie me había escrito, incluso, una lista de insultos, y me había dicho que tenía que sentirme segura, mantener la calma y que, si titubeaba, perdía. Se había puesto en el lugar de una profesora, diciéndome que considerara el enfrentamiento como una invitación al juego y que, después, me marchara con dignidad, y había recalcado que bajo ningún concepto podía repetir con voz burlona lo que me había dicho la otra persona.

Yo había intentado inventar mis propias respuestas, pero ninguna era tan buena como para convertirse en un clásico. Lo que pensaba estaba demasiado embrollado como para ser capaz de resumir en una sola respuesta elocuente todo lo que quería decirle a Alex. Al darse cuenta de que yo era una causa perdida, Marie cambió de táctica.

—¿Cuál es la mejor manera de llamar la atención de un hombre y volverlo loco?

Yo la miré sin decir nada.

—No hacerle caso. Seguir adelante. Silenciosa, pero letal —dijo ella, con gran sabiduría. Y yo estaba de acuerdo con ella. Si Alex iba a seguir con su vida, entonces yo tenía que seguir con la mía y, de repente, supe exactamente adónde tenía que ir.

CAPÍTULO 5

Patán (adj.): Estúpido, persona grosera o poco elegante.

La agencia de viajes Aventuras Totalmente Asombrosas estaba justo enfrente de Kendal's. Sus luces brillaban como un faro entre una apagada tienda de beneficencia y una farmacia. En el escaparate había una escena de una playa tropical con tumbonas de madera y sombreros que descansaban sobre una tela de rayas junto a un canguro hinchable, y todo aquello parecía fuera de lugar en una calle gris de Manchester. *Aprenda español en Argentina, Encuentre la paz en el Taj Mahal, en India, Recorra el Camino Inca en Perú* y *Vaya de fiesta en Tailandia,* todas aquellas frases figuraban en carteles y prometían nuevas experiencias y aventuras. Yo recordé con nostalgia mis horas sentada bajo el sol, escribiendo una lista de deseos, y recordé también la caja llena de folletos de viajes que llevaba tanto tiempo queriendo hacer. Aquella agencia de viajes me ofrecía la oportunidad de ir a aquellos lugares de verdad y, en aquel momento, ya tenía el dinero para hacerlo.

Respiré hondo y abrí la puerta del local.

Dentro había dos chicos de poco más de veinte años, que llevaban camisetas iguales de color naranja chillón. Ambos alzaron la vista del teclado del ordenador y me miraron. Al instante, volvieron a bajar la vista. Había pufs de color amarillo y verde lima en un rincón, junto a una estantería llena de folletos de viajes, folletos llenos de joyas ocultas, culturas exóticas y mundos nuevos. Me estremecí de emoción hasta que vi el resto del lugar, que hizo que me sintiera anciana y desubicada. Había un mapa del mundo en el que los clientes habían marcado con banderitas los países a los que habían ido. Yo solo podía poner una triste chincheta en Portugal. Un año, mi madre había encontrado un viaje barato, pero se había estado quejando todo el tiempo porque todo era demasiado extranjero. También había hecho algunos viajes en ferry a Francia, viajes que, según mi padre, iban a ser muy enriquecedores culturalmente, pero que habían resultado ser cruceros baratos y rápidos en los que se liquidaban botellas de vino a precio de coste.

Se oía una música repetitiva e irritante que yo había oído en los bares de Turquía. En las fotografías de las paredes había fotos de mujeres con el pelo mojado saludando excitadamente a cámara; la captadora del bar turco, Mel, podría haber sido una de ellas. Mi determinación se desvaneció con tanta rapidez como la moralidad de aquellas chicas en biquini. Tal vez aquello fuera una idea estúpida. Aquel tipo de lugares eran para estudiantes despreocupados, mochileros con cara de niños que compartían habitaciones de hostal, no para una mujer de casi treinta años con una carrera profesional. Sin el apoyo de Marie, me sentía como una tonta en aquella agencia de viajes. Lo mejor sería que echara un vistazo por Internet desde la seguridad de mi dormitorio. O tal vez, incluso… aquello fuera una idiotez desde el principio. Intenté dirigirme disimuladamente hacia la salida, pero era demasiado tarde.

—¿Y bien? —me preguntó uno de los chicos. Era pelirrojo y tenía el pelo engominado, llevaba unas enromes gafas negras de pasta y tenía una barba incipiente. Me hizo una seña para que me sentara frente a su escritorio. En su chapa de identificación había una frase: *Pregúntame lo que es «totalmente asombroso».*

El otro chico estaba concentrado en su ordenador.

—Bienvenida a Aventuras Totalmente Asombrosas. Nuestro lema es «Escapa, explora, evoluciona», o la «Triple E», como nos gusta llamarlo a nosotros —dijo, en un tono monótono, como si estuviera leyendo un guion. La sonrisa no le alcanzó los ojos. Los tenía enrojecidos por la falta de sueño—. Me llamo Rick. ¿Qué puedo hacer por ti? —preguntó. Yo me moví con incomodidad en la silla.

—Eh… Bueno… yo…

—Disculpa, ¿podrías hablar más alto? —me gritó, y yo di un respingo.

—Quiero dejar mi trabajo e irme de viaje —le solté, sorprendiéndome a mí misma.

—Como todos, guapa —dijo él, poniendo los ojos en blanco—. Bueno, y ¿dónde quieres ir, como parte de ese plan tan radical? —preguntó, haciendo unos gestos de comillas con los dedos, muy satisfecho consigo mismo y agitando la cabeza como si todo le hiciera muchísima gracia.

Yo me di cuenta de que miraba mi coleta, mi blusa de flores y mis vaqueros de líneas rectas. A mí me parecía un atuendo bonito, pero era igual que el resto de mi guardarropa soso y apagado, un poco como la dueña. Nunca me había interesado demasiado la moda, siempre había preferido pasar desapercibida antes que destacar. Alex decía que lo prefería así, porque decía que era menos lío no tener una novia que llamara la atención, pero, allí sentada, a mí me parecía que llamaba la atención intensamente.

—Eh… Me gustaría conocer diferentes culturas, probar comida exótica y tal vez, aprender otro idioma —respondí, metiéndome un mechón de pelo detrás de la oreja.

—Eso suena muy bien, pero, ¿dónde está la adrenalina? ¿Las emociones? ¿Quieres que te reserve unas sesiones de puenting en Oz, o unas jornadas de rafting en rápidos en Nueva Zelanda?

Me sentí como si me estuviera tomando el pelo; además, su colega se había puesto a escuchar nuestra conversación, y Rick tenía público. Dios, ¿qué estaba haciendo yo allí? No sabía viajar, ni vivir con una mochila a los hombros, ni compartir una habitación con otros desconocidos. No estaba preparada para relacionarme con los Ricks del mundo. Había estado fantaseando con viajar sin pensar en ningún aspecto práctico, ni en lo difícil que podría ser la realidad.

—Eh... no... Eso no es para mí, en realidad —murmuré.

—Escucha, cariño, me gusta tu actitud, pero tal vez sea mejor que vayas a Viajes de Buen Gusto, que está al final de la calle. Allí pueden venderte un viaje organizado precioso, de dos semanas, a España. Creo que eso va más contigo —dijo Rick, riéndose.

—Eh... de acuerdo. Gracias por tu tiempo.

Me levanté de la silla y me fui hacia la puerta. Me sentía humillada y patética. Era más que evidente que no podía largarme a un retiro de meditación en la India así como así, ¿a quién quería engañar?

Cuando estaba a punto de salir, oí que uno le decía al otro:

—¡Dios! Vaya aguafiestas. ¿Te la imaginas en una rave de la luna llena? Sería como llevar a tu madre... no, a tu abuela.

Estallaron en carcajadas.

—¿Disculpa?

—Nada, nada. Que te lo pases bien en Costa Bianca.

En aquel momento, sentí una oleada de furia. No sé si fue por el hecho de haberme dado cuenta de que Alex iba a comenzar una nueva familia sin mí, o que mi boda de ensueño había fracasado, o el haber oído a mi madre desechar al instante mis sueños de viajar, pero se me puso el cuerpo muy tenso y me hirvió la sangre. No me acordaba de ninguna de las contestaciones tajantes que me había enseñado Marie, así que hice lo más adulto que podía haber hecho: tomé una pila de folletos entre los brazos, tiré una bola brillante que estaba colocada en una consola y, de un golpetazo, derribé la silueta de cartón de unas chicas en biquini que hacían el símbolo de la paz con los dedos. Los dos hombres se quedaron sentados, mirándome boquiabiertos.

—¡Y se dice Costa Blanca, no Costa Bianca, idiotas! —les grité, y salí de allí lo más rápidamente posible.

Me temblaban las piernas y tenía el corazón acelerado. Eché a correr por la calle, tiré los folletos en el cubo de basura más cercano, y me agarré a él para recuperar el aliento.

—¡Eh! —me dijo un hombre.

Me quedé helada. ¿Y si Rick había llamado a la policía? ¿Cuántos años de cárcel podían caerme por haber robado unos folletos? Había visto *Orange is the New Black*, y sabía que no iba a durar ni un segundo encerrada. Miré hacia arriba y me di cuenta de que no era ningún policía. No, mucho peor.

Era Alex.

—Georgia, ¿estás bien? —me preguntó, acercándose a mí, e hizo un gesto de desagrado al ver lo sudada que estaba yo. Él estaba distinto. Parecía más alto, y llevaba ropa que yo no reconocía. ¿Por qué había tenido que encontrármelo precisamente aquel día?

—No quiero hablar contigo —le dije, e intenté contener las lágrimas y calmarme. Me sonaba muy rara la voz. Al respirar, estaba tomando bocanadas de aire de la basura.

—Ya lo sé, pero ¿estás bien? —me preguntó él, señalando el cubo de basura, que estaba a rebosar, y la vomitona sobre la que yo me había parado sin darme cuenta.

Yo negué con la cabeza, como si pudiera conseguir que se desvaneciese. Se me habían quedado las piernas paralizadas, tenía los nudillos blancos y me agarraba con fuerza al cubo de basura para no caerme. Aquella no era la forma en la que me había imaginado que iba a verlo de nuevo. En mis sueños, yo estaba segura de mí misma y llevaba un vestido impresionante, no estaba sudorosa y paralizada por el pánico.

—No tengo nada más que decir. No quiero volver a verte —dije, intentando ser desafiante, con la esperanza de que él no se fijara en que me temblaba la barbilla.

—Está bien, está bien. ¿Has sacado ya tus cosas de casa?

Llevo unos cuantos días sin ir por allí. Por el momento, estoy en casa de una... er... amiga.

Yo asentí, tragando el sabor de la bilis. Sabía a qué amiga se estaba refiriendo.

—Gracias, te lo agradezco. Los dos tenemos que seguir adelante, y todo eso. Tal vez sea mejor que ya no tengas que apoyarte tanto en mí.

¡No podía creerlo! Él era el que se apoyaba en mí. Yo había intentado con todas mis fuerzas convertirme en el ama de casa que demandaba su familia para todas las mujeres, y lo había hecho para que él fuera feliz. Había cocinado, limpiado, planificado los días, le había recordado cuándo era el cumpleaños de su madre y había comprado regalos que ella siempre desdeñaba en cuanto otra de sus nueras le entregaba algún detalle hecho a mano con la sangre de un unicornio. Y me había convertido en la doncella de Alex, en su cocinera y en su agenda. Lo miré boquiabierta, indignada.

—¡No puedo creerlo! Yo...

Me quedé callada, porque acababa de llegar una mujer rubia con mechas y la nariz muy pecosa. Stephanie. Al ver sus rasgos de muñeca, me acordé de ella; me había pedido el cepillo en el servicio de señoras de la empresa de Alex durante la fiesta de Navidad del año anterior. Zorra... Era guapa, por supuesto. Me miró a través de sus largas pestañas, como si estuviera pensando «¿Esta es su exnovia? ¿La que está agarrada al cubo de basura?».

—Oh, hola, ¿nos vamos ya? —dijo Alex, y le quitó la bolsa de la compra de las manos.

Justo en ese momento, yo me fijé en que ella tenía el vientre abultado bajo el jersey de rayas que llevaba.

—Bueno, te dejamos con el cubo —dijo él—. Cuídate.

Alex se despidió, y comenzaron a caminar por la calle sin mirar atrás.

De repente, se me llenó la cabeza de imágenes de su nueva vida, como si fuera Instagram. Ella, con su cuerpo esbelto que, seguramente, recuperaría su esplendor en cuanto diera a luz, sería una atrevida aventurera en el dormitorio, una diosa doméstica en la cocina y la nuera perfecta, inteligente y graciosa, para Ruth. Me los imaginé riéndose de mí, y vi a Alex moviendo la cabeza y preguntándose cómo había podido sentirse atraído hacia mí. Me ardía la cara de vergüenza.

En cuanto Alex y Stephanie se alejaron, me fallaron las piernas, y caí sobre una caja de botellas de sidra. Me sujeté la cara con las manos. «Respira. Respira».

—Aquí tienes —me dijo alguien, y arrojó algunas monedas a mis pies—. Para que comas algo decente.

Yo alcé la vista y me sentí mortificada.

—No soy una mendiga, solo…

En aquel momento, sonó mi teléfono móvil. Lo saqué del bolso y contesté:

—¿Diga?

—¿Georgia? Soy Catrina —dijo mi jefa, malhumoradamente.

Mentalmente, repasé la semana. Yo debía volver al trabajo al día siguiente, así que, ¿por qué me llamaba?

—Ah… Hola. ¿Va todo bien?

—Pues no —dijo ella, y a mí se me encogió el estómago—. Cuando te marchaste a dar vueltas por ahí, parece que se te olvidó un pendrive en el escritorio —me dijo, en tono de furia.

A mí se me secó la garganta. Había seleccionado unas cuantas fotografías que me gustaban en Internet, bueno, tal vez unas cien, para inspirarme y enseñar en el lugar donde iba a celebrarse la boda antes de que se hicieran los últimos preparativos. Y, sí, quizá también le había puesto una banda sonora a la colección de fotos. Había utilizado un pendrive del trabajo para guardarlo todo antes de que Catrina volviera de una reunión y me dijera que estaba perdiendo otra vez tiempo de trabajo, pero debió de olvidárseme meterlo al bolso.

—Desgraciadamente para ti, tu sustituta, Dawn, se encontró el pendrive mientras estabas de vacaciones y lo confundió con su propio USB, y lo llevó a la presentación de la reunión de hoy. Así que en vez de gráficos y estadísticas, los clientes del otro lado del charco y toda la junta directiva, incluyendo al señor Rivers, han visto imágenes nupciales y han oído a Lionel Ritchie a todo volumen.

Vaya. Aquello no era nada bueno.

Sabía que me había pasado de la raya con el montaje de la boda, y ocuparse de cosas personales durante el trabajo no estaba bien, y menos cuando era la segunda vez que ocurría. Sin embargo, me había puesto a mirar páginas de bodas durante la hora de la comida y había perdido la noción del tiempo, hasta que Catrina había venido a vigilarme, ahogándome con su perfume y fulminándome con la mirada. En aquella ocasión, Catrina me había hecho una advertencia verbal, pero solo le había afectado a ella, no a toda la junta. Esta vez, las cosas no tenían buena pinta.

—Oh, Dios… puedo explicártelo…

—Georgia, ¿acaso las copas baratas de la semana pasada te han afectado al cerebro? —me preguntó ella.

A mí se me encogió el estómago. Estaba mareada, y el olor a vómito me llenaba la nariz.

—Catrina, no sé qué decir. Lo lamento muchísimo. Tal vez pudiera hablar con el señor Rivers y explicarle que ha sido culpa mía. Estaba muy estresada planeando la boda, que finalmente no se ha celebrado, y…

Ella exhaló un largo suspiro de aburrimiento y diversión al oírme suplicar por mi trabajo.

—Georgia, no va a ser posible. Ya te he dado bastantes oportunidades para que te esforzaras en mejorar, y no las has aprovechado. Así que no me queda más remedio que despedirte.

—No, espera, yo… —empecé a balbucear, intentando no echarme a llorar.

En aquel momento, sin embargo, lo vi todo bien claro. Podía intentar disculparme y rogar que me permitiera subsanar mi error o… podía permitir que el destino me diera la oportunidad de ser libre. La cara de Rick riéndose de mí por mi aburrida forma de ser apareció ante mis ojos. Oí la voz de mi madre, que me decía que nunca sería una persona valiente, y vi la sonrisa de superioridad de Alex. Me ardieron las mejillas.

—Georgia, ¿me has oído? —me gritó Catrina.

En aquel momento, tomé la decisión.

—Sí. Te he oído perfectamente. Muy bien, muchas gracias por todo —dije, con la voz temblorosa y muy aguda.

—¿Muy bien? —preguntó ella, que debía de haberse quedado asombrada al ver que yo aceptaba tan rápidamente el despido, sin intentar luchar por mi puesto de trabajo—. Bien, pues te enviaré todas tus cosas a tu dirección.

Colgué antes de decirle que ya no vivía en mi antigua dirección. Vaya, parecía que Alex y Stephanie iban a recibir un regalito agridulce de notitas Post-It y algunos objetos horteras de publicidad.

Me puse de pie y recorrí la ajetreada calle con una descarga de adrenalina en las venas. Esa descarga duró hasta que pasé por delante de un Superdrug, momento en el que fui consciente de la realidad de lo que me había ocurrido. Una parte de mí tenía un ataque de pánico, y la otra, una sonrisita desdeñosa. Estaba en paro. Acababa de hacer estragos en una agencia de viajes, mi exnovio iba a ser padre con otra y yo apestaba a vomitona. ¿En qué se había convertido mi vida?

CAPÍTULO 6

Serendipia (n): La ocurrencia casual de algo beneficioso.

Entré en una cafetería Weatherspoon's que había cerca, pedí una pinta de sidra y llamé a Marie.

—No doy crédito —dijo, y siguió repitiéndolo mientras yo le contaba lo que había ocurrido con el chico de la agencia de viajes y durante mi encuentro con Alex y Stephanie, y que Lionel Ritchie había provocado mi despido.

—Ha sido mortificante —dije, cerrando los ojos, intentando borrarlo todo de mi mente antes de beberme todo el vaso de sidra. Las burbujas dulces bajaron por mi garganta con demasiada facilidad para ser la hora de comer de un lunes.

—¿Y estabas agarrada a un cubo de basura? Oh, Georgia, por Dios…

—¡Ya lo sé! No tenía que haber entrado a esa agencia de viajes. Ni siquiera sé que me pasó ahí dentro. De repente, me harté de que la gente se riera de mí. «Oh, ahí va la novia tonta a la que han dejado plantada, esa que dice que quiere cambiar su vida pero que no sabe hacer nada bien. Ah, ahí está la aburrida de Georgia, que ni siquiera se había enterado de que su ex había dejado embarazada a otra. Oh, espere, señora Green, ¿no es esa la novia abandonada a la que le gusta Lionel Ritchie?».

—Ya está bien, Georgia. Nadie piensa eso —dijo Marie, intentando consolarme—. ¿Y cómo ha sido lo de ver a Alex? No sé cómo has podido mirarlo a la cara.

Yo suspiré.

—Creo que todavía no lo he asimilado del todo. Estaba demasiado paralizada por el horror y la vergüenza como para reaccionar como es debido. Pero lo más raro es que, a pesar de no estar preparada para verlo, no sentí ninguna emoción parecida al amor, sino solo humillación por la situación en la que estaba. En realidad, no sentí nada por él.

—Muy bien, Georgia. No lo necesitas y, bueno, hay que reconocer que encontrártelo mientras estabas agarrada a un cubo de basura seguramente no le transmitió el mensaje de que lo habías olvidado y de que tu vida es fabulosa, pero lo único que pasa es que estás un poco perdida. A nadie le va la vida según los planes que se hace, y menos los que se encuentran en un test de una revista.

Yo sonreí, porque sabía a qué test se refería. Un día de verano, cuando éramos adolescentes, unas semanas antes del incidente del búnker, Marie y yo estábamos tumbadas en la hierba del jardín de su casa, respondiendo al test «¿Qué tipo de vida vas a tener?». Lo había encontrado yo en un número antiguo de la revista *Woman's Weekly* de mi madre. Recordé nuestra conversación:

—Pero esto es una tontería —dijo ella, quejándose, mientras yo le preguntaba por sus sueños y sus aspiraciones—. Voy a casarme con Ricky Martin, aunque él no lo sepa todavía.

—De acuerdo —respondí yo, con un suspiro—. Así que te marchas a Puerto Rico a buscarlo y, cuando lo encuentres, ¿qué?

Marie rodó, se tendió boca arriba y se protegió los ojos del sol con la mano.

—Bueno, quiero haberme casado con él a los veintidós años, y haber tenido el primer hijo a los veinticuatro —dijo ella, y las dos nos estremecimos por lo viejas que íbamos a ser entonces—. Después, me convertiré en una actriz internacionalmente famosa y viviremos en Hollywood con nuestros tres preciosos hijos.

—Entonces, lo mejor será que empieces a estudiar más para tus clases de español —le dije yo, bromeando.

—No hace falta, hablaremos el lenguaje del amor —dijo ella, y sonrió antes de apartar el test sin miramientos—. ¿Y tú, señorita Green, qué plan de vida tienes?

A mí se me iluminaron los ojos al hablar:

—Yo quiero viajar, ver más de la vida que solo lo que nos rodea. Y también quiero escribir. Quiero ser periodista de viajes, eso sería guay. ¿Te imaginas despertándote en un país distinto cada día y, encima, que te paguen por contar lo que estás viendo, comiendo y haciendo?

—Entonces, más te vale hacer tests mejores que estos —dijo Marie, con una sonrisita, mientras me daba un golpe con la revista enrollada.

—¡Mira lo que ha pasado con mi plan! —exclamó al otro lado del teléfono, y yo volví al presente—. No conseguí casarme con Ricky Martin y nunca se me hubiera pasado por la cabeza ser madre soltera, pero, aunque Cole no formara parte de mi plan original, ahora no me imagino en qué podría ser mejor mi vida si no lo tuviera a él.

—Para ser justas, no creo que tú seas el tipo de Ricky —le dije, y ella se echó a reír—. Bueno, yo tampoco me he convertido en la sucesora de Judith Chalmers, precisamente —dije, con un suspiro, pensando en mi pasaporte sin utilizar—. Creo que no me había dado cuenta de lo rápidamente que pasa la vida. Un día eres una novata, aceptas el primer trabajo que te ofrecen, convencida de que será un trampolín para otras oportunidades mejores y, al día siguiente, eres vieja, te has anquilosado y estás flácida —dije, con tristeza.

Marie hizo una pausa y, después, dijo:

—Mira, voy a ser sincera contigo un momento, y no te enfades. No había querido decirte nada por lo de la anulación de la boda, pero, en realidad, has cambiado, cariño. Durante el viaje de la semana pasada me he acordado de cómo era la verdadera Georgia. No la que se preocupa todo el rato por Alex, se estresa por los caminos de mesa y por los individuales, no la que mira el tiempo para ver si puede tender fuera la ropa en vez de mirarlo para ver si se puede tomar una cerveza en el jardín, no la que finge que le gusta comer berza y beber zumo de granada. Tú no eras así, pero has cambiado con el tiempo. Puede que te perdieras por el camino, pero ahora te has ganado un billete para empezar de nuevo, para reinventarte y hacer exactamente lo que quieras. No tienes que adaptarte a todos los gustos de Alex, ni seguir las instrucciones de Catrina, sino pensar en lo que realmente quiere Georgia Green.

—Supongo que tienes razón —murmuré, tirando del borde húmedo del posavasos que tenía ante mí. Marie tenía razón en todo. La berza era asquerosa.

—Lo digo en serio, cariño, si yo estuviera en tu situación, sin un niño, claro, entonces me largaría de aquí rápidamente. ¡Cómete el mundo!

—Ah, hola. En un clic estoy contigo. ¡Vamos, funciona de una vez!

Aquel era el saludo de una mujer bastante menuda que estaba luchando contra una impresora casi tan grande como ella. Había papeles por todas partes y la máquina emitía un extraño sonido, como un gorgoteo ahogado.

—Por eso yo lo escribo todo. No me fío de estas cosas. Una siempre tiene el control con un papel y un bolígrafo.

Se pasó una mano arrugada por el pelo cano y se colocó los mechones, que habían formado un halo bien remarcado por la luz que entraba a través de la ventana.

Yo había seguido el consejo de Marie y había salido del pub después de buscar en Google la agencia de viaje más cercana, una en la que esperaba que no me humillaran.

—¿Ha cambiado recientemente el tóner? —le sugerí, acercándome para echarle un vistazo por encima del mostrador—. En mi trabajo teníamos este mismo modelo y lo único que necesitaba era un buen meneo. Así —dije, y le di un puñetazo a la tapa. La impresora despertó con un silbido y comenzó a expedir copias como si fuera nueva.

—Oh, muchísimas gracias. ¿Sabes cuánto tiempo llevo luchando contra ella? La he encendido y apagado muchas veces, he cambiado de papel… y nunca se me ocurrió hacer eso —dijo la señora, con una sonrisa resplandeciente.

—De nada. Me alegro de haber podido ayudar.

—Bueno, pues ahora que ya funciona, puedo presentarme y preparar una taza de té. ¡Es lo menos que puedo hacer, después de que hayas salvado mi cordura! —exclamó. Salió de detrás del mostrador y me tendió la mano manchada de tinta—: Bienvenida a La Fábrica de Recuerdos. ¡La propietaria, exploradora y tecnófoba Trisha a tu servicio! ¿En qué puedo ayudarte?

Aquella mujer menuda era muy distinta a los chicos intimidatorios de la otra agencia. Trisha era más parecida a la abuela de alguien. De hecho, ¿cómo no se había jubilado ya? Tenía el pelo canoso y recogido en un moño, y llevaba collares de oro. Tenía el cuello bronceado. Llevaba un traje pantalón y una chapa de identificación, y olía a incienso y a crema para el sol.

Yo le estreché la mano y sonreí.

—Hola, yo soy Georgia. Aspirante a mochilera, con fobia a los pepinillos y reparadora de impresoras a quien le encantaría tomar un té —dije, con agradecimiento.

—¡Ahora mismo! Aj, yo también odio los pepinillos. No entiendo por qué hay que estropear una buena hamburguesa echándole tiras de algo con color de moco por encima.

—¡Exactamente!

Trisha sonrió.

—Ah, y disculpa el desorden. Normalmente somos dos, pero Deidre se ha tomado unos días libres. Para ser sincera, no sé si va a volver. Su hijo acaba de tener una niña, así que ahora se dedica a los bebés, en vez de a los folletos de viajes —explicó con una risita—. Me alegro por ella, pero, seguramente, me vendría bien tener otro par de manos en la agencia, sobre todo para que se haga cargo de la tecnología moderna. Bueno, voy a hacer el té.

Aunque aquella agencia tenía una situación privilegiada justo al lado de la calle principal, que siempre estaba abarrotada, yo había pasado todos los días caminando junto a ella sin verla. Era un local antiguo y bonito. Mi padre me había dicho una vez que antes había un banco en aquella calle, y me imaginé que algunas de aquellas tiendecitas debían de ser diferentes estancias del banco cuando la entidad se cambió de sitio. Más allá de algunas pilas de papeles, mis ojos se fijaron en una preciosa chimenea de mármol. Bajo mis pies había una gruesa alfombra de un desvaído color ciruela, que cubría en parte los azulejos decorativos del suelo, y las lámparas que colgaban de los altos techos eran grandes faroles de metal dorado. Todo era muy grandioso para una pequeña agencia de viajes.

Aparte de los montones de folletos brillantes y abigarrados, el local tenía colores apagados y oscuros. Había un mapamundi sobre la chimenea y un globo terráqueo que parecía antiguo en una esquina. Se oía una melodía suave, preciosa, exótica.

Trisha se dio cuenta de que yo inclinaba la cabeza para escuchar.

—Es de una tribu de Botswana que conocí cuando estaba recorriendo el país, hace muchos años. Por las noches, los hombres cantaban en el pequeño campamento en el que yo dormía, y sus voces, ritmos y bailes no eran nada parecido a lo que se podía encontrar en una discoteca de tu país. Entré en trance y convencí a los miembros de la tribu de que me dejaran grabarlo con mi dictáfono. No tiene mucha calidad, pero me transporta de nuevo hasta allí.

—Nunca había oído nada parecido —dije yo, y Trisha se fue a hacer el té, canturreando.

En una estantería de nogal había varios montones de folletos separados por zonas, exactamente tal y como los habría colocado yo: los paquetes de vacaciones en Europa, en la parte superior, seguidos de Rusia, China, Asia, África, las Américas, Australia y Nueva Zelanda. Había, incluso, folletos de la Antártida. Trisha tenía todo el mundo allí representado. Al instante, tomé uno de los folletos del sureste de Asia y lo hojeé perezosamente. Había páginas de Indonesia, Malasia y Tailandia, y cada una de aquellas exóticas imágenes me llegó al alma.

—¿Lo quieres con leche y azúcar, querida? —me preguntó Trisha, y yo dejé el folleto en la estantería, nerviosamente.

—Solo leche, por favor.

—Ah, tú ya eres lo suficientemente dulce, ¿no? —me dijo, sonriendo y repitiendo la broma favorita de mi padre.

—Sí, algo así —respondí, con otra sonrisa.

Entonces, caminé hacia la pared opuesta, que estaba cubierta de postales de todo el mundo. Debían de ser de clientes agradecidos, pensé. Distraídamente, tomé una que se había caído al suelo y le di la vuelta.

¡Saludos desde Uganda! Tenías razón, Trish, la tilapia está deliciosa aquí. ¿Quién iba a decir que yo preferiría el pescado antes que un grasiento kebab? ¡Cuánto han cambiado las cosas! Me lo estoy pasando muy bien. Recorrer este bello país es un trabajo muy duro, sobre todo por el calor, pero merece la pena. Espero que estés muy bien y que sigas todas las indicaciones de los médicos, ¿de acuerdo? Muchos besos, Stevie.

—Ah, la mayoría de esas postales son de Stevie, que es todo un aventurero —dijo Trisha, en tono de afecto.

Rápidamente, dejé la tarjeta en la pared, porque me sentí avergonzada por haber leído un mensaje personal. ¿Quién era Stevie, y por qué tenía Trisha que seguir las indicaciones de los médicos? A mí me parecía que era muy vivaz, aunque tuviera aspecto de estar un poco cansada.

Vi que una mano con manchas de la edad me pasaba una taza de té. Trisha me pidió que me sentara con ella en el sofá y me explicó que había comprado aquellas preciosas tazas de color verde esmeralda en Irán, hacía dieciocho años. Trisha no parecía la típica exploradora. En su tienda no había cabezas disecadas de animales colgadas de las paredes, ni sombreros de color marrón de los que debían llevar los aventureros, ni rifles expuestos orgullosamente. Ella parecía más una mujer de las que se queda en casa viendo *A la caza de una ganga* que una mujer capaz de regatear por una vajilla en un mercado de Oriente Medio.

—Este local es precioso, Trisha. ¿Desde cuándo lo tienes? —pregunté, moviendo la mano para señalar aquel lugar misterioso. Los ventanales estaban vestidos con majestuosos cortinones de terciopelo morado, y había una gran lámpara de araña que derramaba gotas de luz dorada de sus lágrimas de cristal.

—Ah, es un gran tesoro —dijo Trisha, sonriendo como si viera por primera vez la tienda—. Mi querido esposo, Fred, que ya murió, y yo, no tuvimos hijos, porque nos pasamos la vida viajando por el mundo. Cuando nos establecimos en Manchester, ya había perdido ese tren, por desgracia. Además, él ya no tenía muy buena salud, así que invertimos todo nuestro dinero en comprar este local y concentramos aquí todas nuestras energías.

—Es un sitio increíble. Debes de disfrutar mucho viniendo a trabajar aquí todos los días, ¿no? —le pregunté. Aquel establecimiento era completamente distinto al horrible edificio gris en el que yo había trabajado hasta aquel momento.

—Lo adoro, y he tenido la suerte de contar con clientes muy leales que me han ayudado, pero voy teniendo una edad, y pronto llegará el día en que tenga que dejarle el negocio a mi ahijado, Stevie —dijo ella, y señaló con la cabeza hacia la colección de postales—. Tiene más o menos tu edad, y es uno de los pocos familiares que me quedan —explicó. Se frotó el cuello e hizo un ligero gesto de dolor—. Siempre me envía postales de los países a los que viaja, sobre todo, por trabajo. En nuestra familia a todos nos pican los pies, ¡no sé si me entiendes!

—¿Tenéis pie de atleta? —pregunté yo.

Trisha se echó a reír.

—No, querida, me refiero a que todos tenemos el impulso de viajar. Algunas veces, me preocupo al pensar que, cuando mi tiempo se acabe, Stevie tenga problemas para establecerse en un lugar indefinidamente. Es muy buen chico, no creas, pero es exactamente igual que su madre cuando tenía su edad: siempre está buscando un nuevo desafío, un nuevo lugar que explorar. No creo que haya vivido más de un año seguido en la misma ciudad.

Dios, aquel tipo era exactamente lo contrario que Alex, que no habría sido capaz de levantarse a apagar la televisión si hubiera perdido el mando a distancia. Al pensar en una vida tan emocionante y divertida, siempre viajando por el mundo, comprendía por qué el chico no quería volver a Manchester a ayudar a su madrina con la agencia de viajes. Sería todo un bajón.

—En realidad, te vi antes. Ibas corriendo con un montón de folletos de la agencia de esos dos idiotas que hay un poco más arriba. Tuve ganas de abrir la puerta y decirte que vinieras, porque estaba segura de que no ibas a encontrar lo que buscas en ese sitio infantil y ruidoso. Deberían avergonzarse por ser tan desdeñosos con alguien solo porque no tiene dieciocho años, no se parece a ellos y no tiene el bolsillo lleno del dinero de su papá para llenar un hueco libre del año con un viaje supuestamente enriquecedor —dijo Trisha—. ¡Ja! Lo único que van a aprender esos chicos es a salir de una cárcel de Bali después de que los pillen en posesión de marihuana. Creen que viajar es solo arriesgar la vida, el hígado y el futuro por hacer una excursión por Asia, con los ojos completamente cerrados ante la belleza y la hospitalidad que los recibe. Pero tú… tú me recuerdas a mí misma cuando tenía tu edad.

A mí se me derramó un poco de té en el plato.

—Oh… eh… ¿de verdad?

—Bueno, por supuesto, no te conozco, pero creo que tú tampoco te conoces a ti misma. Eso puede llegar a ser desconcertante, puede dar miedo, pero también puede ser muy estimulante. Con el paso de los años, he llegado a entender muy bien a los demás. Es necesario poder hacerlo, si quieres ver el mundo. También tienes que entender que todo el mundo tiene una historia, y que muchas de esas historias permanecen ocultas si no las buscas de verdad —dijo Trisha, y le dio un sorbito a su té. Después, me preguntó—: Bueno, y tú, ¿has terminado ya tu trabajo por hoy?

—Me han despedido —respondí, con un sabor amargo en la boca.

—Ah, ya veo. También me he dado cuenta de que no llevas anillo en el dedo importante, y veo una tristeza en tus ojos, así que deduzco que hace poco has tenido un desengaño amoroso, ¿no? —me preguntó. Yo me moví con nerviosismo en el sofá. Estuve a punto de hundirme en los cojines—. Quieres hacer cambios en tu vida, pero tienes miedo de lo que pueda significar eso para ti y para los que te rodean.

—Sí, algo parecido —dije yo. Por supuesto, tenía razón. Después de que yo le contara una versión abreviada de la historia, ella se levantó y me dio un folleto de Asia, el mismo que yo había tomado antes.

—Parece que eres una novata en esto, así que no quiero enviarte a una cabaña de Mongolia. Bueno, al menos no todavía —dijo, con una sonrisa, como si estuviera recordando algo lejano. Por la expresión de su rostro, tuve ganas de alojarme en alguna cabaña de cabras apestosa.

—Creo que Tailandia sería un destino perfecto para ti. La mayoría de la gente habla inglés. Es un país lleno de alegría, encanto y sonrisas. Es allí donde necesitas estar en este momento. Tiene playas, selvas y ciudades, y Bangkok, la capital, es un sitio que todo el mundo debería visitar al menos una vez en la vida.

—Eso suena muy bien —dije.

Pensé en la lista que había sacado de la papelera y fui revisando mentalmente sus puntos: montar en elefante, descansar en playas de arena blanca, culturizarme y visitar templos. Las imágenes que aparecían en aquellas páginas brillantes eran una tentación. De repente, oí la voz de mi madre: ¿Quién iba a ayudarme si me ponía enferma? ¿Y si alguien intentaba drogarme o, peor aún, obligarme a transportar drogas?

Trisha debió de notar mi titubeo, y me dijo:

—Para el viajero que viaja por primera vez, todo puede ser un poco abrumador, así que ¿por qué no te buscamos un viaje en grupo? Viajarías con gente que está en una situación parecida a la tuya, tal vez, viajeros primerizos, o que temen viajar solos, y al mismo tiempo tendrías la seguridad y las facilidades de un viaje organizado.

A mí ni siquiera se me había ocurrido aquella opción.

—Sí, supongo que eso podría funcionar —respondí, y sonreí. Le dije a Trisha la fecha en la que quería salir; básicamente, cuanto antes, mejor. Entonces, ella empezó a teclear en el ordenador.

—Voy a ver... Creo que todos mis viajes más solicitados a Tailandia están completos, al ser una reserva de última hora... Con tus fechas de viaje, lo único que puedo reservarte es esto —dijo, y su impresora empezó a funcionar como si siempre hubiera sido tan eficiente—. Es una empresa familiar y, con suerte, te harán abrir los ojos al mundo.

El itinerario pasaba por Bangkok, Chiang Mai, Kanchanaburi y, después, por varias islas. Había visitas organizadas a templos, mercados callejeros y playas paradisíacas, clases de cocina y clases del idioma.

—Me suena muy bien, perfecto —susurré yo. Sin embargo, me di cuenta de que Trisha tenía una expresión de inquietud—. ¿Qué ocurre?

—Nada, nada. El alojamiento no es de cinco estrellas y, algunas veces, te hará sentirte lejos de casa, sobre todo después de lo que me has contado que te ha ocurrido. Te aconsejo que mantengas la mente abierta y, si todo te resulta demasiado intenso, entonces debes ir a las cabañas de La Mariposa Azul, en esta isla de aquí —me dijo, y me señaló una isla diminuta en medio del océano, más allá de la isla Koh Phangan, llamada Koh Lanta—. Allí cuidarán de ti.

Una hora más tarde, después de comerme un paquete de galletas casi entero y tomarme varias tazas más de té, lo teníamos todo terminado. Había reservado un viaje de seis semanas ¡y salía dentro de diez días! No quería preocuparme por lo que iba a hacer cuando terminara el viaje y yo volviera a Manchester. «Deja de intentar planificar el futuro y, por una vez, déjate llevar». Trisha me ayudó a solicitar un visado urgente para Tailandia, contrató un seguro de viaje, pidió cita para que me pusieran algunas vacunas y me dio una lista de todo lo que tenía que meter en las maletas. Me dolían las mejillas de sonreír. Ya no había vuelta atrás.

¡Oh, Dios mío! Georgia Green iba a viajar.

CAPÍTULO 7

Eleuteromanía (n.): Un intenso e irresistible deseo de libertad.

Aquella noche era mi cena de despedida, y también era la primera vez que veía a mi madre desde el ligero desencuentro que habíamos tenido por teléfono la semana anterior, cuando yo le había contado lo que iba a hacer.

—Georgia Louise Green —me dijo. Oh, Dios. Me había llamado por mi nombre completo—. ¿Por qué, cuando te he llamado al teléfono del trabajo, una mujer muy maleducada me ha dicho que te habían despedido?

Me sentí como si tuviera de nuevo once años, cuando acababa de romper accidentalmente dos perros de porcelana de mi madre, que estaban sobre la repisa de la chimenea. Sin querer, golpeé con un pie el perro de la izquierda al dar una patada alta mientras bailaba un disco de las Spice Girls con demasiada energía. Pensé que mi madre no se daría cuenta si rompía los dos y los escondía al fondo de la basura. Lo que olvidaba era que mi madre tenía un olfato de sabueso a la hora de percibir el más mínimo cambio en su entorno. Me castigó un mes entero, y tuve que ahorrar la paga de un mes para reemplazarlos.

—No me han despedido… eh… Lo he dejado yo —respondí, con la esperanza de que estuviera sentada.

—¿Cómo? —gritó mi madre, de una forma tan estridente, que tuve que apartarme el auricular de la oreja.

—Tengo que cambiar de aires y salir de Manchester una temporada. Sabes que mi trabajo no me hacía feliz y que no iba a ninguna parte, así que lo dejé.

—Esperaba que esa mujer tan arrogante estuviera equivocada y todo hubiera sido un malentendido —dijo ella, e hizo una pausa. Después de reflexionar, me preguntó—: Bueno, ¿y qué vas a hacer? ¿Ya tienes en mente otro puesto?

—Voy a viajar —dije, y, sin esperar a ver cuál era su reacción, continué—: He comprado un billete de avión para irme a Tailandia. Voy a viajar y a conocer mundo, mamá.

Hubo un silencio al otro lado de la línea y, después, un profundo suspiro.

—Oh, Georgia. ¡Dijiste que todo era un juego tonto que estabas jugando con Marie, no que fueras a hacerlo de verdad! Entiendo que has pasado por algo muy difícil, pero salir corriendo de esta manera no es la solución. No puedes huir del pasado. Siempre te encontrará.

—Mamá, no estoy huyendo del pasado. Voy a cambiar mi vida. Seguro que quieres que yo sea feliz, y creo que voy a serlo si viajo —le dije, con seguridad y con un poco de miedo, porque nunca había sido tan atrevida con ella.

—Pero… pero ¿cómo vas a sobrevivir? ¡Nunca has hecho nada por ti misma!

Yo me estremecí al oír aquel comentario. Era cierto, claro, y me dolía no haber sido más independiente durante mis veintiocho años de vida.

—No te preocupes, mamá, voy a estar muy bien. La gente dice que se debe tratar a los extraños como amigos a los que todavía no has conocido.

Intenté no pensar en que, seguramente, le estaba latiendo con fuerza la vena de la sien izquierda mientras manteníamos aquella conversación.

—Sí, pero también dicen que una de cada tres víctimas de

un asesinato conoce a su asesino —replicó ella—. Sabes que el mundo es un lugar muy peligroso, y tu padre y yo siempre hemos querido que estuvieras a salvo. Si estás al otro lado del mundo, no podremos protegerte. Yo no voy a poder dormir ni una sola noche mientras estés lejos. ¿Eso no lo has pensado?

—En realidad, mamá, quiero pensar en mí misma. Solo en mí misma, por una vez en mi vida.

Hubo un silencio. Yo me arrepentí inmediatamente de lo que había dicho.

—Bueno, bueno, pues muy bien. Espero que no te arrepientas de este viajecito. Ahora tengo que colgar —dijo, y me colgó, dejándome sin aliento, mirando con horror el auricular.

No había vuelto a tener noticias suyas, pero mi padre me había enviado algunos mensajes de apoyo en secreto. #NO TE PREOCUPES POR TU MADRE. ÁNIMO, HIJA MÍA. LOL.

Claramente, no sabía lo que era un hashtag, pero su pensamiento estaba allí, en toda su gloria y en mayúsculas.

—Entonces, ¿estás nerviosa por lo de mañana? —me preguntó Marie, en el taxi, de camino al restaurante chino.

—Sí —dije, con un mohín—. ¡Un poco! Aunque creo que estoy más excitada que asustada.

—¡Lógico! ¿Excitada por todos los tíos buenos a los que vas a conocer? —me preguntó, y me guiñó un ojo mientras le devolvía a Cole a su jirafa Sophie, que él había tirado al suelo.

—¿Es que solo piensas en eso? —pregunté, poniendo los ojos en blanco. No sabía qué le pasaba a Marie en aquel momento, porque estaba más obsesionada con los hombres de lo que yo la había visto nunca.

—No, no solo —dijo ella, y me sacó la lengua, lo que hizo reír a Cole—. Pero debes de haberte imaginado a todos esos tíos buenos, bien morenitos, de todas partes del mundo, que también estarán de viaje? Reconoce que hay algo sexy en un tío que se va por ahí a explorar el mundo, a enfrentarse a lo desconocido, sin temer los desafíos y los obstáculos del camino —explicó, y añadió con un suspiro—: Qué viril y aventurero.

—Como Stevie —dije yo. Al instante, me tapé la boca con la mano. ¿De dónde había salido aquello?

—¿Stevie? —preguntó Marie, mirándome rápidamente, con los ojos brillantes—. ¿Quién es Stevie?

Yo negué con la cabeza.

—Olvídalo.

—¡Vamos, suéltalo! Si me estás ocultando a un hombre, te juro que te echo del taxi y vas a tener que ir andando hasta el restaurante.

—¡Está bien! Siento decepcionarte, pero no hay nada que ocultar. No sé nada de él.

—¿Es que estás ligando en Internet? ¿En Tinder? —me preguntó excitadamente, e hizo ademán de sacar el teléfono del bolso.

—¡No! Stevie es el ahijado de Trisha, la encantadora señora de la agencia de viajes. Vi postales suyas de todo el mundo en la agencia, y leí una.

Marie se quedó decepcionada.

—¿Postales?

—Sí, su ahijado le había escrito desde lugares increíbles. Leí una por accidente, y me pareció un tipo encantador, aventurero, cariñoso y bondadoso —dije.

Por fin, me detuve y carraspeé. Marie me estaba mirando de un modo misterioso, con una sonrisa de astucia.

—Lo único que pasa —continué— es que tengo una imagen en la cabeza, la del hombre con el que me gustaría estar en el futuro, que es como este Stevie.

Cerré los ojos, esperando que ella se echara a reír, pero se quedó callada. Abrí un ojo. Marie me estaba mirando comprensivamente.

—Es una locura, ¿no?

Marie negó con la cabeza.

—No, claro que no. Me alegra mucho que estés pensando en el futuro, en los hombres, otra vez…

—En un futuro muuuuyyy lejano.

—Sí, claro, muy lejano. Pero, de todos modos, es una señal positiva, cariño.

Yo sonreí. Aquella era una de las muchas razones por las que Marie era mi mejor amiga: no le parecía extraño que yo tuviera un enamoramiento de un tipo al que no conocía.

—Y, nunca se sabe —continuó ella—, tal vez te encuentres al tal Stevie cuando estés de viaje, te cases con él en una playa exótica y tengas un montón de hijos, y seas feliz para siempre.

Me eché a reír.

—Sí, y tal vez algún día tú te des cuenta de que Mike es tu media naranja.

Ella se puso a colocarle bien las correas del asiento a Cole, haciendo caso omiso de mi broma.

—Umm... Sí, claro. Ya hemos llegado.

—No te vas a librar de esto tan fácilmente. Algún día te darás cuenta de que tengo razón y de que no quiero que te quedes hundida si ese día es demasiado tarde para que Mike siga esperándote.

—Georgia, yo estoy bien —me dijo, dándome unas palmaditas en el dorso de la mano—. Mike y yo... lo nuestro no funcionaría. Tuvimos a Cole, nos divertimos, pero esto es todo. Y, de todos modos, yo me divierto demasiado estando soltera como para volver con él.

Entonces, sacó un billete de su monedero para pagar al taxista. Yo la conocía lo suficiente como para saber que estaba diciendo la verdad, pero que al mismo tiempo se estaba engañando a sí misma. Tal vez todo aquel interés por los otros hombres se debía a que no quería admitir sus verdaderos sentimientos por el padre de su hijo.

—¡Y vamos, que tenemos que ir a divertirnos a una cena! —exclamó.

Desde que habíamos llegado al restaurante, que estaba casi vacío, ni mis padres ni yo habíamos mencionado la discusión. Parecía que había una tregua en mi noche de despedida. Marie me había regalado unas gafas de sol, una linterna y una tarjeta escrita por Cole, que encantó a mis padres. Mamá y papá me dieron un sobre lleno de baht tailandeses y una alarma antiviolación. Al parecer, cuando la habían probado en casa, antes de ir al restaurante, a mi madre había estado a punto de darle un infarto. Supuse que aquella era su rama de olivo.

—También quería darte esto, nenita —me dijo mi padre, y se sacó un sobrecito marrón del bolsillo del pantalón vaquero.

—Ya me habéis dado suficiente. No esperaba ningún regalo, sinceramente.

—Creo que te gustará esto —dijo él, sonriendo.

Yo vacié el contenido del sobre en la palma de la mano y vi que se trataba de una fina cadena con una medallita.

—Es un san Cristóbal, el santo patrón de los viajeros —me explicó—. Mi padre me lo regaló cuando empecé mis breves viajes. Da buena suerte y protección al viajero que lo lleva.

—Vaya... Gracias —le dije yo, y le apreté la mano, mientras Marie se inclinaba para cerrarme el broche de la cadenita en la nuca.

Mi padre me guiñó el ojo y carraspeó.

—Te pega, Georgie. Sé que nos has prometido que te vas a cuidar mucho, pero es para que tengas un poco más de protección —dijo, un poco lloroso.

—Gracias. Papá, esto es muy bueno. Es el comienzo de algo nuevo. Voy a tener mucho cuidado, y os llamaré en cuanto pueda. Casi ni vais a notar que me he ido.

Él me revolvió el pelo.

—Sabes que te adoramos. Estamos muy orgullosos de ti, y queremos que te lo pases como en tu vida. Dios sabe que, si yo tuviera tu edad, haría lo mismo que tú.

—Bueno, ya está bien de emoción —dijo mi madre, enérgicamente—. ¡Ooh, mira! Galletitas de fortuna.

La camarera, muy sonriente, puso un cuenco de helado de fresa delante de Cole, y cuatro galletas de la fortuna envueltas en plástico al lado, para los adultos. Tomamos una cada uno, y rasgamos el envoltorio rojo.

—Que el sol luzca para iluminarte el camino —leyó Marie—. Bueno, pues eso espero, porque no vería nada a oscuras.

—Oh, como los pobres noruegos —dijo mi madre, sentidamente.

—No, querida, ellos pueden andar perfectamente, lo único es que en invierno tienen menos luz solar que nosotros —la corrigió mi padre, riéndose—. ¿Quién escribirá estas bobadas? —preguntó. Después, leyó su mensaje—: «Sé valiente, porque los valientes luchan hasta la victoria». Bueno, pues sí que he tenido una dura batalla contra mi clematis… pero creo que he ganado —dijo, con una sonrisa.

Una de las cosas de las que mi padre disfrutaba más desde que se había jubilado era de cuidar su pequeño pero impecable jardín. Cada vez que iba a verlo, se calzaba sus sandalias Crocs amarillas, que mi madre le había comprado en el mercado, convencida de que eran muy chics, y me mostraba con orgullo sus macizos de flores recién plantadas, o el abono orgánico que habían comprado en Homebase cuando estaba de oferta.

—Eso es clave —me decía, señalando con la cabeza la bolsa de abono y asintiendo sabiamente.

—Me toca a mí —dijo mi madre, y se puso las gafas de leer para poder ver las letras diminutas—: «Una mala palabra que se pronuncia una vez siempre será repetida» —dijo—. Oh, seguro que se refiere a que Viv, la del número veintitrés, ha estado cotilleando otra vez sobre mis plantas colgantes. Incluso le ha echado el ojo a mis hortensias, pero no voy a decirle jamás el secreto de su esplendor.

—Bien hecho —dijo Marie, mientras le limpiaba la boca a Cole. Después, me miró para que yo abriera mi galleta. Lo hice, pero estaba vacía.

Metí las uñas por todos los resquicios y, finalmente, la aplasté, pero no había nada. Yo no tenía fortuna.

—Oh, Dios mío. Yo no tengo fortuna, ¡no tengo futuro! Esto no es un buen presagio, teniendo en cuenta que salgo de viaje mañana mismo.

Me pareció que iba a hiperventilar. Mi padre rebuscó entre las migas, mientras mi madre lo fulminaba con la mirada por haber reservado en aquel restaurante, y me dijo que me calmara. Marie estaba intentando captar la atención de la camarera para que nos llevara otra galleta, o para pedirle la cuenta, o para pedirle una copa, lo que llegara antes.

—No te asustes. Es un error en el control de calidad de las galletas —dijo mi madre—. ¿No es eso, Len? —le preguntó a mi padre, que me ofreció su galleta de la fortuna antes de que Cole agarrara con sus deditos regordetes la fina tira de papel del mensaje.

—De todos modos, todo esto es una bobada. No te preocupes, cariño —me dijo, mientras le quitaba el papelito de la boca a Cole. Cole se puso a llorar malhumoradamente.

Yo todavía estaba intentando recuperar el aliento, cuando la camarera me puso algo alcohólico delante.

—Vamos, bébete eso —me ordenó Marie.

Yo apuré la copa de un trago y, mientras el alcohol descendía quemándome la garganta, empecé a relajarme. Tal vez tuvieran razón. Solo era un error en la cadena de producción de las galletas. Sin embargo, me di cuenta de que estaba intentando darme ánimos a mí misma al ver la cara de preocupación con la que me miraban todos cuando llegó la cuenta.

Mierda. Yo no tenía fortuna.

Si hubiera podido retroceder en el tiempo, le habría pedido otra galleta a la camarera, porque lo que me deparaba el futuro no podía haberse quedado en una fábrica china de galletas de la fortuna.

Nunca había volado sola a ninguna parte, así que tenía una mezcla de emoción, miedo y esperanza en el estómago. Todo era nuevo, desde las bebidas que ofrecían las azafatas, hasta las películas que se podían elegir en la pequeña pantalla del respaldo del asiento delantero, pasando por la manta áspera y el antifaz de algodón. Llegué a Dubái seis horas después. Allí tenía una escala de dos horas antes de tomar el vuelo siguiente, que iba a Bangkok. Seguir la corriente de pasajeros en aquel aeropuerto tan enorme era abrumador. Mientras caminaba con la mochila en la espalda entre la muchedumbre, percibí los olores de las tiendas caras y oí fragmentos de conversaciones en idiomas extranjeros.

Por fin, encontré una zona donde había ordenadores que podían utilizarse gratuitamente, y pensé que podía pasar allí un rato revisando Facebook por última vez. Tenía algunos mensajes de familiares lejanos en los que me deseaban un buen viaje, y me sorprendió que mamá y papá se lo hubieran dicho a alguien; me imaginé la vergüenza que habían debido de sentir al tener que cambiar la historia, explicando que me había convertido en una novia abandonada y, después, en Dora la Exploradora. Aquella mañana, cuando me habían dejado en el aeropuerto, ninguno habíamos mencionado el galletagate, entre lágrimas, abrazos y quejas por el robo que era el precio del aparcamiento diurno.

Por los altavoces anunciaron un vuelo de Tannoy, mientras yo revisaba mis correos. Me encontré con uno de la madre de Alex y, confundida, lo abrí.

Querida Georgia:

Por favor, llámame en cuanto recibas este mensaje. Entiendo que, tal vez, no quieras saber nada de mi familia ni de mí, pero tengo que darte cierta información urgentemente.

Recuerdos,
Ruth Doherty

Leí tres veces el correo. ¿De qué estaba hablando la madre de Alex, y por qué me escribía? Nunca habíamos llegado a congeniar, y ella nunca se comunicaba conmigo directamente, aparte de enviarme los correos electrónicos sobre las bodas de sus otros hijos, y pasarme los contactos de los carísimos proveedores que teníamos que contratar.

Oí otro anuncio del vuelo de Tannoy, que estaba embarcando. Los pasajeros se dirigían hacia las azafatas sonrientes que esperaban junto a las puertas. No tenía mucho tiempo para contestar, y decidí salir de mi cuenta de correo sin hacerlo. Corrí hacia la azafata y le entregué mi tarjeta de embarque y el pasaporte. Después, entré en la pasarela para embarcar en el avión.

Cuando, por fin, estaba sentada en mi asiento con el cinturón abrochado, escuchando las instrucciones de seguridad, me obligué a mí misma a olvidarme de todo. A partir de aquel momento, tenía que mirar al futuro.

Próxima parada, Bangkok.

CAPÍTULO 8

Dépaysement (n.): La desorientación que se siente en un país o cultura extranjeros, la sensación de ser un pez fuera del agua.

—¿Georgia Green? ¿Usted Georgia Green?

Un señor tailandés muy bajito me tiraba de la manga arrugada en medio del vestíbulo de llegadas del Aeropuerto de Bangkok.

—Sí, soy yo —dije. Me sentí aliviada al darme cuenta de que no iba a tener que intentar descifrar el mar de carteles que había delante de mí—. ¿Es usted… Kit? —le pregunté, rebuscando la información sobre mi llegada.

—Sí. Yo, Kit, usted, señorita Green —dijo él, tocándose el pecho con un dedo huesudo y clavándomelo después en el brazo—. Sígueme.

Yo asentí y me colgué la pesada mochila de los hombros. Aunque Marie tenía una precisión militar a la hora de hacer equipajes, yo me sentía como si se me hubiera colado un polizón en la mochila.

Salimos del vestíbulo e inmediatamente noté un calor pegajoso mientras Kit me llevaba hasta el coche. Al ver aquel montón de hierro oxidado, pensé que era una muestra de humor tailandés y que el verdadero vehículo de transporte con aire acondicionado estaba escondido detrás.

No tuve tanta suerte.

—Suba. Dame mochila —me ordenó él, y abrió una puerta cuyas bisagras chirriaron ruidosamente.

Al instante, percibí un olor a perro y a humo de tabaco concentrado. En el salpicadero polvoriento había algunas figuras de Buda pegadas con *Blu-Tack*, aunque apenas se veían entre el humo. Kit era muy fuerte, pese a su estatura y delgadez, y me quitó la mochila de los hombros con un solo movimiento, lo que me alivió el dolor del cuello y los hombros. Antes de que yo pudiera quejarme del olor que había dentro del coche, Kit se puso al volante, encendió la radio y me indicó que entrara con un gesto de los dedos.

—No sé si esto es muy seguro. Me esperaba un vehículo un poco más nuevo y un poco más… eh… ¿fresco? —grité, para hacerme oír por encima de la música, mientras me abanicaba con el pasaporte. Después de un viaje de dieciséis horas, no estaba de humor para bromas.

—¡Este coche muy bueno! —gritó Kit, bajando con esfuerzo la ventanilla—. Esto aire acondicionado —dijo, y sonrió.

Yo me mordí el labio sin saber qué hacer. Llevaba allí menos de una hora, y ya estaba perdiendo toda la valentía.

—*Mai pen rai!* —ladró él.

Yo no sabía qué estaba diciendo, pero me percaté de que era mi única opción, así que subí al coche. Se me pegaron pelos de un perro negro en el pantalón de algodón, y unos paquetes de tabaco crujieron a mis pies.

Bienvenida a Tailandia.

—Bueno, y ¿dónde están los demás viajeros del grupo? —le pregunté a gritos mientras nos poníamos en marcha. El ruido de aquel motor tan antiguo competía con el cantante de la radio.

—En hotel. Queda en Bangkok dos noches y después nos vamos. Hotel muy bonito. Chica muy guapa —respondió él, y se humedeció los labios. Increíblemente, consiguió esquivar a toda velocidad a un enorme camión mientras me miraba el pecho por el espejo retrovisor. Yo cerré los ojos y me agarré al brazo pegajoso del asiento.

Él ni siquiera se inmutó.

Para olvidarme del mareo que me producía la conducción de Kit, me puse a mirar por la ventanilla. En la distancia se erguían elegantes rascacielos, más allá de las zonas desérticas que nos separaban del centro de la capital. A ambos lados de la moderna autopista que estábamos recorriendo había grandes carteles con fotografías del rey y anuncios de refrescos escritos en tailandés. Al aproximarnos al peaje, Kit redujo la velocidad y me dijo que tenía que darle cuatrocientos baht para pagar en la cabina. La cantidad me pareció sospechosamente superior a los ciento cincuenta baht que indicaban en las guías de viaje que yo había devorado antes de llegar. Como tenía demasiado calor y estaba demasiado cansada como para discutir, le di los billetes. Después, me puse a observarlo. Era mayor de lo que había imaginado; debía de tener casi cincuenta años, y tenía un ligero parecido con el señor Burns de los Simpsons, con una calvicie incipiente, la piel bronceada y arrugada y unas enormes ventanas de la nariz.

Un poco después, habíamos dejado la autopista y habíamos entrado en calles con un gran ajetreo. Me estaba volviendo loca con la cacofonía de cláxones y gritos, con los colores fuertes de las fachadas de las tiendas, el olor a comida frita y grasienta, la visión de los niños de la calle y los altos edificios plateados. Aquel sitio era toda una mezcla de lo rústico y lo moderno, de lo pobre y lo rico, de una herencia orgullosa y de establecimientos sexuales sórdidos. Pasamos a unas calles más tranquilas, dejando atrás un McDonald's y un Subway. El gueto de mochileros al que llegamos podría haber estado perfectamente en casa, salvo por los idiomas y los insectos fritos, que yo nunca había visto en los puestos del mercado de mi barrio.

El hotel se llamaba Finales Felices y… ¿No era eso un eufemismo para el hecho de recibir un… ejem… regalo de una prostituta? Estaba segura de que se lo había oído comentar, entre risas, al mejor amigo de Alex, Ryan, cuando estaban hablando sobre la despedida de soltero de Alex, en Ámsterdam. Mi fiesta de despedida había sido mucho más calmada, puesto que, para disgusto de Marie, Francesca se había empeñado en organizarla diciendo que era una tradición familiar. Nosotras habíamos pasado un día relajándonos en un carísimo spa, en Cheshire. Francesca y Ruth se habían pasado todo el tiempo criticando a las otras invitadas mientras yo intentaba explicarle a Marie que darles un puñetazo no iba a mejorar el día. Estuve a punto de encogerme al recordar lo aburrida y apagada que fue aquella supuesta última noche de libertad. Bueno, ya no existía la aburrida de Georgia.

Entre una tienda veinticuatro horas llamada 7/11 y un callejón lleno de pintadas estaba el hotel, que necesitaba desesperadamente una visita del canal TLC. Seguí a Kit por el vestíbulo. En la recepción había un adolescente aburrido que estaba jugando con su teléfono y que no se percató de nuestra llegada hasta que Kit carraspeó. Entonces, el chico se irguió con un sobresalto y sonrió forzadamente.

—Bienvenido a Finales Felices —dijo, como un loro. Kit puso los ojos en blanco y le ladró algo en un tailandés muy rápido. Después, se dirigió a mí—: Va a su habitación y a las ocho reunimos para cena de bienvenida. No llega tarde.

Entonces, me dio la llave de mi habitación, mientras el adolescente flacucho se marchaba con mi mochila al hombro, sin demasiado esfuerzo. Yo asentí rápidamente hacia Kit y salí corriendo detrás del chico por un pasillo oscuro pero fresco. Tenía tiempo para echarme una siestecita rápida y darme una buena ducha. En una de las paredes de la habitación compartida había un viejísimo aparato de aire acondicionado que movía el aire pegajoso de un lado para otro. Había una cama individual y dos camas en litera, y una mesilla de noche de caoba entre ellas. Sobre las sábanas de color naranja había un pato hecho con una toalla blanca y manchada, que observaba orgullosamente la escena y cuyo pico apuntaba hacia una pequeña ventana que había enfrente. La ventana estaba enrejada y daba a un muro de ladrillo. A través de los cuarterones rotos, se oían los cláxones de los coches y los gritos de la calle. Trisha tenía razón: allí no había lujo.

Me senté en la cama, intentando no prestarle atención a una pareja que gritaba junto a la ventana, flexioné las rodillas y apoyé la barbilla en ellas. Estaba en Bangkok. No me parecía real. Bueno, ciertamente, aquello no era el Hilton y aquel Kit parecía un poco básico, pero yo había hecho lo que había dicho que iba a hacer. Por primera vez en mi vida, había tenido las pelotas de tomar una decisión y cumplirla. Sentí una mezcla de emoción y aprensión.

—Mira, aquí es. Habitación seis.

—No, en la llave dice «habitación nueve».

—La tienes al revés, boba.

—No, claro que no.

Oí unas voces femeninas muy agudas en el pasillo, y volví al presente. De repente, se abrió la puerta, y entraron las dos chicas más atractivas que yo hubiera visto en mi vida. Una tenía el pelo largo y rubio muy pálido, casi blanco, y la otra, una melena ondulada de calor caoba.

—Dios Santo, ¿es que para esta gente no existe el mantenimiento? —preguntó la pelirroja, con cara de pocos amigos, antes de darse cuenta de que yo estaba allí—. Ah, hola —dijo, al verme, con el entusiasmo de alguien que iba a someterse a una revisión de cérvix.

—Hola, hola… eh… Me llamo Georgia. ¡Supongo que somos compañeras de habitación! —dije, con demasiada energía, caminando hacia ellas con torpeza para estrecharles la mano. Obviamente, todo el café que había tomado durante el viaje estaba haciéndome efecto.

Ella se señaló el pecho con una mano esbelta, sin mucho entusiasmo, y dijo, ignorando mi mano tendida:

—Amelie.

Después, señaló a su amiga y añadió, con acento canadiense:

—Luna.

Su amiga sonrió a medias y, después, ambas metieron sus voluminosas maletas en la habitación, tirando mi mochila al pasar.

—Bueno, me pido yo sola —dijo Amelie, y se dejó caer sobre la cama en la que yo había estado sentada. La falda de su vestido estampado se infló a su alrededor y cubrió mi equipaje de mano.

—Oh, yo…

—Guay, literas —dijo Luna, interrumpiéndome. Subió por la escalerilla de madera y se dejó caer boca abajo sobre el colchón de la cama de arriba, como si tuviera siete años.

—No sé si es muy seguro…

Antes de que yo pudiera terminar, se oyó un crujido y un chirrido de muelles. Luna se convirtió en un sándwich.

—¡Aaaarg! —gritó.

Amelie se echó a reír a carcajadas.

—Oh, Dios mío, no puedo llevarte a ningún sitio.

—¡Ayúdame! No te rías. Georgina, haz algo —gritó Luna, aunque su voz sonó amortiguada por la colcha sucia que la había engullido. La cama superior se había hundido tanto que casi tocaba la de abajo.

—Me llamo Georgia, pero no importa —murmuré, y subí rápidamente la escalerilla mientras Amelie se dejaba caer al suelo agarrándose los costados de la risa.

—¡Ayúdame! —gritó Luna, moviéndose frenéticamente. Yo la agarré de la mano y tiré de ella hacia arriba. Entonces, la chica consiguió ponerse en pie, y empezó a sacudirse el polvo de los pantalones azul claro y la camiseta de tirantes—. Si me he hecho alguna herida grave, los voy a demandar —dijo, malhumoradamente, y se marchó al baño pasando por encima de Amelie, que seguía riéndose.

—Yo no pienso compartir mi cama contigo —dijo Amelie, gritándole a la espalda—. Georgina, vas a tener que hacer los honores.

—Me llamo Georgia —dije, en voz baja—. Entonces, ¿vosotras ya os conocéis?

Amelie se inclinó sobre su maleta y empezó a abrir la cremallera.

—Sí. Por desgracia.

—¡Eh! Querrás decir por suerte —dijo Luna, desde el baño—. Y yo no voy a compartir cama con nadie.

Yo miré la cama destrozada.

—Tal vez deberíamos pedir en recepción que nos cambien de habitación.

—¡Qué dices! Nos lo cobrarían, y Dios sabe qué más cosas. Antes de darte cuenta, estarías pagando la reforma de todo este antro.

—Bueno, en realidad, fue Luna la que rompió la cama — dije yo, que no quería pagar por un daño que había provocado ella con su lanzamiento al colchón. Después de todo, yo tampoco podía gastar más de lo debido. Se hizo el silencio, y Amelie me miró con los ojos entrecerrados.

—Georgina, cuando compartes una habitación, lo compartes todo. No puede haber individualismos en un equipo.

Yo asentí rápidamente y me miré los pies.

—Claro, claro.

—Vamos a decir que estaba así cuando llegamos, ¿de acuerdo? —me espetó Amelie, y se puso a revolver entre la montaña de ropa de su maleta.

Yo me mordí una uña, y Luna salió del baño y puso los ojos en blanco al ver la destrucción que había causado.

—No es culpa nuestra que hagan unos muebles tan malos aquí —dijo.

—¿De acuerdo, Georgina? —insistió Amelie, fulminándome con la mirada.

¿Por qué quería ser tan honrada? Mentir iba en contra de

mi carácter, pero, claramente, no iba a hacer amigas con aquella actitud.

—De acuerdo —dije, en voz baja.

Después de darme una ducha que duró eternamente a causa del hilo de agua fría que salía del grifo, me sentí más limpia y más despierta, y preparada para conocer al resto del grupo del viaje. Las dos chicas, que se habían duchado antes que yo, se vistieron sin romper nada más, y se habían marchado a averiguar cuál era la clave de la wifi sin esperarme. Yo me puse unos pantalones negros de lino, una camiseta de color gris y unas sandalias negras de tiras finas, para enseñar mis uñas recién pintadas. Me hice una trenza y me maquillé ligeramente.

Después, me obligué a salir con paso firme a la recepción, aunque, por dentro estaba muerta de miedo al pensar en a quién iba a conocer. Trisha me había dicho que era un grupo de hombres y mujeres de edades entre los dieciocho y los cuarenta, que quería conocer y experimentar la cultura tailandesa y atesorar recuerdos para toda una vida. El problema era que a mí nunca se me había dado bien conocer a extraños, porque siempre me había preocupado no dar la mano con la fuerza necesaria, o que mi mirada no fuera lo suficientemente fuerte y, al final, siempre acababa apretando demasiado y abriendo demasiado los ojos, para compensar.

Había un grupo de gente con la misma cara de inseguridad que yo. Estaban sentados en unos sofás de color beige junto a la puerta principal, mirando a Kit, que estaba dándoles la información que tenía en una tablilla de madera. Yo hice un vago movimiento de la mano para saludar a todo el mundo a la vez. Perdedora. Amelie y Luna estaban concentradas en sus teléfonos móviles, sin prestar atención al resto de la gente.

—Gente, esta es señorita Georgia, también en grupo —dijo Kit, y me señaló con el brazo. Yo sonreí tímidamente y me senté en la única silla que quedaba libre—. Llega tarde. Ahora, nos conocemos todos. Todos levantar y decir su nombre, su país y por qué han venido.

Los primeros en levantarse fueron tres chicos que llevaban chalecos fluorescentes y pantalones cortos, más adecuados para Ibiza que para la recepción de un hotel tailandés. Tenían el físico de unos jugadores de rugby, con las orejas en coliflor y cicatrices en la cabeza, que todos llevaban afeitada.

—Somos Jay, Sean y Magnet —dijo uno de ellos, con una voz grave, dando orgullosamente un golpe en el brazo de sus amigos al presentarlos.

—¿Magnet? —preguntó Kit.

—Sí, porque es muy bueno con las mujeres. Las atrae a todas, ¿verdad, chicos? —respondió otro, y los tres se echaron a reír—. ¡Tenemos veintiún años, somos de Essex y hemos venido para emborracharnos, ligar y pasarlo a lo grande! Claro que sí.

Oh, Dios mío.

Se dieron un golpe con el pecho cada uno, y se dejaron caer en el sofá de nuevo. Luna fue la siguiente en levantarse, y tuvo que tomar a Amelie de la muñeca para que dejara el teléfono móvil y participara. Amelie suspiró y se levantó como si fuera un gran esfuerzo, ignorando a los tres chicos, que la miraron sin disimulo. En la cara de las chicas había una mezcla de temor y aburrimiento. Eran exactamente igual de glaciales que Elsa y Anna, de *Frozen*.

—Somos Luna y Amelie. Tenemos diecinueve años, somos de Edmonton, Canadá, y hemos venido porque queremos conocer mundo —dijo Luna, y bostezó.

Justo en aquel momento, el recepcionista adolescente se acercó al grupo con una bandeja llena de bebidas de color naranja adornadas con sombrillas de papel, para deleite de los tres chicos.

—Aquí tienes —dijo un hombre, y me pasó un vaso.

—Gracias —respondí yo, al tomar el cóctel, que tenía un potente olor a fruta.

El hombre tenía los rasgos pequeños, como de lirón, y llevaba unas gafas con una fina montura de metal. El trío de rugby podría romperlo como si fuera una ramita.

—De nada, aunque no sé si será seguro beberlo —me respondió, con un marcado acento francés.

Limpió el borde del vaso con una servilleta, cuidadosamente, antes de probar la bebida. La chica que estaba a su lado, que también parecía un ratoncito tímido, sacó de su bolso un frasco de gel antibacteriano. Le puso una gota en las manos, que él agradeció besándole la mejilla. Después, se puso de pie.

—Hola a todos. Me llamo Pierre, o Peter, para los angloparlantes. Tengo veinte años, y esta es mi novia, Clare, que tiene diecinueve —dijo. Clare sonrió y saludó con la mano, y la delicada pulsera de plata que llevaba tintineó suavemente—. Hemos venido para pasar unas vacaciones antes de que yo empiece en un trabajo nuevo.

—Bueno, última chica —dijo Kit, mirándome con cara de malas pulgas e interrumpiendo a Pierre, que sacudió algo del cojín del sofá antes de volver a sentarse rígidamente.

Yo respiré profundamente y me puse en pie:

—Eh… Hola, me llamo Georgia. Tengo… eh… veintiocho años, y soy de Manchester, Inglaterra —susurré, intentando no dejarme amilanar por las miradas de Amelie y de Luna—. He venido porque me gustaría conocer a gente nueva, tener nuevas experiencias y vivir un poco…

—Muy bien, OK —dijo Kit, y me cortó tan rápidamente que yo me hundí en mi asiento. Me sentía como una madre que había llegado demasiado pronto y había interrumpido la fiesta de sus hijos adolescentes. Ni siquiera había pensado en que podía ser la más mayor del grupo—. Primero, cenamos en un sitio muy bonito, después, vamos a Khao San Road.

Mientras hablaba, los chicos dejaron los vasos vacíos en la mesa de centro y emitieron ruidos parecidos a aullidos.

—Mañana, pasamos día en Bangkok. Muy ocupado. Después, vamos en tren a isla. No poder llegar tarde.

Se dio la vuelta y se alejó, mientras el grupo se preparaba para salir.

Yo me levanté rápidamente para alcanzarlo.

—Discúlpame, Kit, pero ¿has dicho algo de ir a una isla? Creía que primero íbamos a ir a Chiang Mai.

—Sí, exacto —dijo él, mientras se sacaba un pequeño grano amarillo de entre los dientes con un palillo.

—Pero… Las islas están al sur de Tailandia, y Chian Mai está en el norte, ¿no?

—Sí, vamos allí primero. Después, volver —me espetó él. Claramente, quería terminar con la conversación y retirarse.

—Pero… a mí me dieron un itinerario diferente —dije, y se me aceleró la respiración al ver desaparecer el itinerario que yo pensaba que íbamos a seguir.

—Cambio plan. Nuevo plan, plan muy bueno. *Mai pen rai.*

Entonces, Kit se dio la vuelta y se alejó rascándose la entrepierna, y yo me quedé mirando de manera suplicante al adolescente de la recepción.

—¿Sabes por qué lo ha cambiado? —le pregunté. Intenté mantener la calma mientras me sacaba del bolsillo trasero el itinerario impreso que me había dado Trisha, en el que aparecían templos y cursos de cocina—. ¿Y qué significa «*mai pen rai*»?

—*Mai pen rai* significa «no hay ningún problema». Te está diciendo que no te preocupes —dijo el muchacho. Estudió la hoja que yo le había dado y respondió en un perfecto inglés—: Lo siento, pero esto parece un itinerario antiguo. Kit se ha hecho cargo del negocio familiar y ha hecho cambios en el tour.

—Pero… pero… ¿tú sabes lo que vamos a hacer cada día?

Yo había memorizado el plan para calmarme los nervios. Sabía que mi voz sonaba demasiado aguda y mi actitud era casi infantil, pero estar tan lejos de casa, sin conocer a nadie y sin saber lo que íbamos a hacer cada uno de los días del viaje me provocaba un nudo de ansiedad en el estómago.

—Por favor, no te preocupes. Estoy seguro de que va a ser

muy divertido, pero es difícil razonar con Kit. Si yo fuera tú, disfrutaría todo lo posible de nuestro precioso país, aunque todo no sea tal y como esperabas —me dijo, aunque su sonrisa de disculpa no sirvió para calmarme.

Me di cuenta de que el grupo se dirigía a la salida, así que le di las gracias y pensé que me pondría en contacto con Trisha a la mañana siguiente para informarme mejor de cuál era la situación. Después, seguí al grupo apresuradamente, porque no quería quedarme atrás.

Entramos a un restaurante para turistas que había cerca del hotel. Yo me senté entre Pierre y Clare y, durante la cena, charlamos de cosas intrascendentes. Intenté no establecer contacto visual con Magnet, ni con Jay, ni con Sean, que se metieron los palillos de comer en los agujeros de la nariz e imitaron el sonido de las morsas varias veces. Luna y Amelie solo hablaron con la camarera para pedirle la comida, y volvieron a las pantallas de sus móviles. Me dije que, al ser la primera noche, todo el mundo estaba cansado y nervioso. Si todas las comidas eran como aquella, las próximas seis semanas iban a ser muy incómodas. El restaurante estaba en mitad de Khao San Road, así que, después de pagar la cena a escote, nos fuimos a explorar la zona.

En el itinerario original, la visita a aquella meca de los mochileros estaba planificada durante el día, lo cual me parecía muy bien. Yo no quería estar allí cuando anocheciera. Las fuertes luces de los letreros de neón me dañaban los ojos doloridos por el jet lag; la cacofonía de músicas diferentes que emergían de los locales era una tortura, y olía a noodles, a pollo frito y a cóctel dulzón. Las prostitutas que pasaban a nuestro lado les guiñaban el ojo a los hombres del grupo, y los niños de la calle corrían a nuestro alrededor y nos pedían limosna.

—¡Me voy a emborrachar! —anunció a gritos Magnet, dándose golpes en el pecho, y empezó a hacer sonidos como un mono; tal vez, allí, aquello fuera como una llamada para el cortejo, porque muchas chicas de los bares, que llevaban sombreros Stetson brillantes y estaban con hombres occidentales, gordos y con bigote, se giraron de forma seductora al oírlo.

Parecía que Pierre y Clare se arrepentían de no haber llevado máscaras esterilizadas para evitar inhalar los olores de aquel desenfreno. Luna, con su pálido pelo rubio, destacaba como un faro en aquella calle oscura y sucia. Al ver la cara de horror de Amelie, pensé que mi expresión debía de parecerse a la suya.

—Nosotros volvemos ya —dijo Clare, y se agarró a Pierre.

Ya se habían dado la vuelta cuando yo respondí:

—Ah, sí.

—¡Esto es un asco! Nosotras también nos vamos —dijeron Amelie y Luna, después de que un tipo borracho con el pelo lleno de rastas le lamiera el brazo a Luna.

—Eeh… Creo que yo también me marcho —le dije a Jay; una anciana estaba intentando venderle una ranita de madera que croaba si se le pasaba un palo por unas protuberancias talladas en su espalda.

—No, quédate a tomar una, ¿no? ¡Estamos en el puñetero Bangkok, nena!

Me tomó del brazo y, con la otra mano, apartó a la mujer rudamente. La mujer se retiró y escupió en el suelo. Las luces, las caras desconocidas y el movimiento constante me desorientaban.

Bueno, me pareció que estaba a salvo en grupo, y los chicos debían de estar tan cansados como yo. Una copa no podía hacerme daño.

¿No?

CAPÍTULO 9

Borrachín (adj.): Aficionado a las bebidas alcohólicas.

Alguien había decidido tocar el tambor en la puerta de la habitación, y mi cabeza retumbaba al ritmo de los golpes. Un dolor ardiente me quemaba el pecho. Me levanté del suelo; Amelie y Luna ya habían ocupado las camas cuando yo llegué a la habitación, a las tantas de la madrugada, y tuve que tomar la colcha y tenderme en el suelo, con una toalla como colchón.

Mierda. Me golpeé un dedo del pie contra la papelera y caí hacia atrás, en la cama vacía y deshecha de Amelie. Me levanté y caminé, tambaleándome, hacia la puerta. Al abrir, me encontré con la cara de enfado de Kit.

—¿Qué?

—¡Tarde! A desayunar, y salimos —ladró, mirándome un segundo a los ojos. Después, bajó la mirada y sonrió lentamente.

—De acuerdo, está bien. Bajo en diez minutos.

Cerré la puerta rápidamente, preguntándome por qué no me habían despertado las chicas para bajar a desayunar juntas. Al pasar por delante del espejo, vi que tenía marcada la almohada en la mejilla derecha, y el pelo tan revuelto, que podría albergar a una familia de estorninos. Se me habían abierto unos cuantos botones de la camiseta, y se me veía el sujetador.

«Magnífico. Lo que faltaba para aumentar la tendencia lasciva de Kit». Me cambié la camiseta por una limpia, me eché desodorante y me puse un par de pantalones de color caqui y unas sandalias robustas de caminar. Después, bajé a desayunar con los demás.

—Buenos días —dije, con la voz ronca. Las gafas de sol no consiguieron protegerme demasiado de la luz cegadora que había en el comedor.

—Por fin. Te hemos estado esperando —me reprochó Amelie, con la boca llena de huevos revueltos—. Deberías comer algo antes de que nos marchemos.

Ella tenía un aspecto muy fresco. Llevaba una camiseta estampada y unos vaqueros cortos, y tenía una trenza perfecta que le caía por la espalda. Olía a jabón de manzana. A juzgar por su gesto de desagrado, yo no era la única que percibía mi propio olor a recién despertada, que no había podido disimular con el desodorante.

—No puedo comer más que una tostada —dije.

Me serví una taza de café del bufé y me senté lentamente.

Ningún otro miembro del grupo me dio los buenos días. Ni siquiera me miraron.

—Ah, aquí está —dijo Sean, apoyándose en el respaldo de su silla de plástico.

—¿Qué tal tu pezón? —me preguntó Jay, que estaba sentado a su derecha, pellizcándose el pezón a sí mismo.

—¿Qué? —pregunté yo, y carraspeé para intentar liberarme de la aspereza de la garganta. Entonces, pensé que iba a vomitar. Dios, qué mal me encontraba.

—La última vez que aceptas una apuesta con nosotros, ¿eh? —dijo él, y los tres se echaron a reír, mientras todos los demás miraban el plato de su desayuno.

—¿De qué estáis hablando?

Los tres chicos se desternillaron de risa.

—Bueno, me da igual —dije, y cabeceé lentamente, diciéndome a mí misma que lo mejor era ignorarlos.

Luna me dio un codazo y me miró con los ojos muy abiertos.

—¿De verdad no te acuerdas de nada?

—No, ¿de qué tengo que acordarme? Me estoy asustando un poco.

—Todo el mundo estaba hablando de eso antes de que llegaras. Parece que anoche te emborrachaste mucho.

—No me he dado cuenta de lo fuerte que es la cerveza tailandesa hasta que me he despertado y me han dado ganas de abrirme la cabeza y sacarme el cerebro atrofiado. No me acuerdo de nada, no.

—Quizá sea lo mejor. Los demás piensan que te has hecho muy amiga de esos tres —dijo Amelie, señalando a los tres monos que había al otro extremo de la mesa.

—¡Oh, Dios! Por favor, decidme que no he hecho nada con ninguno de los tres —gemí, maldiciendo los chupitos que me había tomado en el bar de karaoke, lo último que recordaba.

—No, creo que incluso comatosa tuviste sentido común y no te quitaste las bragas, y menos con ninguno de esos idiotas. Pero hiciste una apuesta con ellos y, según los demás, perdiste —dijo Amelie, y frunció los labios.

—¿Qué apuesta? —pregunté, estrujándome el cerebro para acordarme. De repente, se me encogió el estómago. Estaba empezando a recuperar algunos fragmentos de la noche, a todo color.

Bailando a lo loco en un sitio llamado Karma Club, con un hombre calvo que tal vez fuera estadounidenses, a juzgar por cómo arrastraba las palabras, mientras él giraba sus caderas gordas hacia las mías; subiéndome a un escenario destartalado con un delfín inflable en las manos, para hacer de bailarina de los tres idiotas, que estaban asesinando una canción de Oasis; chicas del bar, muy guapas, bostezando sobre taburetes desvencijados, luciendo sus pechos operados mientras jugaban a Connect Four; yo misma, sentada en el pavimento, con una herida en la rodilla que debí de hacerme al caer del escenario, manteniendo una conversación íntima y sincera con un chico, o una chica, que quería venderme Viagra.

Cerré los ojos para intentar acordarme de más cosas. Nunca había tenido semejante resaca, nunca había perdido la conciencia de una borrachera. Entonces, lo recordé todo de golpe. Yo había desafiado a uno de los tres idiotas, a Sean probablemente, a beber. Obviamente, envalentonada por algunos cócteles baratos y horribles, había pensado que podía ganar el juego, porque se me había olvidado que él había presumido de ser el mejor bebedor de su equipo de rugby de la universidad.

—La apuesta era que, si tú ganabas, él se haría un piercing en el pezón y, si ganaba él… —dijo Amelie, y yo me palpé el sujetador—… tú te harías el piercing —terminó ella, con una expresión que no era de preocupación ni de diversión.

Yo eché a correr al baño de señoras, cerré la puerta de uno de los servicios, me subí la camiseta y me bajé el sujetador, con cuidado y con la esperanza de que Amelie estuviera equivocada.

No.

Mi pezón izquierdo estaba inflamado, y la piel del pecho estaba arrugada y enrojecida alrededor de una barra plateada y brillante.

Oh, Dios Santo.

Ahora que estaba empezando a desvanecerse el efecto del alcohol, el pezón empezaba a dolerme. Estaba demasiado hinchado como para tocarlo, y la herida supuraba ligeramente. No podía imaginarme qué nivel de higiene habría en el establecimiento de piercings. Me senté sobre el inodoro y posé la cara en los azulejos frescos de la pared, sin preocuparme de si me entraba una infección; iba a morirme de vergüenza de todos modos. Acababa de llegar a Bangkok y ya me había hecho un piercing en el pezón. Si aquello era solo el comienzo del viaje, ¿quién sabía qué más cosas iban a suceder?

—¿Qué puedo hacer? —le pregunté a Luna, que había venido a buscarme al baño con un tubo de pomada antiséptica.

—No lo toques, o te quedará cicatriz. Yo tengo una cicatriz en la rodilla de una vez que me caí de un burro en el colegio, y la tengo porque no dejé de tirarme de la costra. Toma, écha-te de esto. Y, después, Kit ha dicho que tienes que darte prisa, porque todos te están esperando.

—Gracias —dije, y tomé la pomada—. Eh… ¿Cómo es que te caíste de un burro?

Ella posó la esbelta pierna sobre el lavabo para señalar una línea que apenas se notaba.

—Sí, tenía seis años y era la obra de Navidad. No era un burro de verdad, solo una figura de cartón, pero de todos modos me hice daño —dijo, y yo empecé a pensar que me ganaba en torpeza.

—¿En qué estaría pensando? —me pregunté a mí misma, y me estremecí al notar la pomada fría en la piel.

—Parece que no estabas pensando. Vamos, date prisa.

Los juerguistas de Khao San Road de la noche anterior estaban durmiendo la mona, algo que yo lamentaba no poder hacer, pero la calle se estaba llenando de turistas, trabajadores y conductores de tuk tuk que tocaban erráticamente la bocina. Yo me había preparado previamente para pasar aquel día visitando templos en Bangkok, que poseía más de cuatrocientos. El más grande de todos ellos, Wat Pho, era la principal atracción para los turistas debido a su Buda dorado, recostado y relajado, de más de quince metros de altura. Había pensado que, por fin, iba a poder tachar uno de los puntos de mi lista de deseos. Sin embargo, Kit nos dijo que íbamos a comer comida tailandesa de verdad y después, a hacer un crucero por el río Chaophraya. Comida y aire fresco era lo que necesitaba para despejarme la cabeza.

Recorrimos caminando la Yaowarat Road, situada en el distrito Samphanthawong, el más antiguo de la ciudad, donde podían comprarse aparatos electrónicos, peluches y donde había una gran concentración de tiendas de oro que brillaban bajo el sol brumoso. Para caminar por los callejones serpenteantes teníamos que permanecer muy juntos. Era difícil no pisar a la gente que vendía su género sobre mantas en el suelo. Los tailandeses caminaban con determinación entre la gente, porque estaban acostumbrados a que su territorio se viera invadido por los trotamundos.

A mí se me hacía la boca agua al pasar por delante de los puestos que vendían noodles recién hechos, pinchos de pollo asado, sopas especiadas y pad Thai. Mi resaca necesitaba grasa, y pronto.

—Estos puestos son terreno abonado para todo tipo de enfermedades —dijo Pierre, despreciativamente al verme salivar—. No tienen ningún tipo de higiene.

—En realidad, listo, es mejor comer la comida de estos puestos, que está recién cocinada. Solo tienes que mirar la clientela —le dijo Amelie, señalando la larga cola de tailandeses que esperaban a que les sirvieran, y puso los ojos en blanco ante la ignorancia de Pierre—. La comida de los hoteles y los restaurantes puede llevar ahí, sudando en el plato, varias horas.

—Pero, por lo menos, el plato estará limpio. Clare y yo tenemos la inteligencia de no arriesgar nuestra salud solo por comer un aperitivo, ¿a que sí? —le preguntó a su novia, y le lanzó una mirada de advertencia.

—*Oui* —respondió ella, con muy poco convencimiento.

No obstante, Kit siguió caminando por delante de los puestos hasta el final de la calle, dejando atrás los deliciosos olores. Yo volví la cabeza y dije adiós, en silencio, a la comida, intentando no relamerme. Esperaba que Kit nos impresionara con sus conocimientos de su propia ciudad.

«Él debe de conocer todas las joyas escondidas y, seguramente, quiere que probemos una auténtica comida tailandesa, la mejor de todo Bangkok».

Sin embargo, yo estaba aprendiendo poco a poco que Kit siempre prometía demasiado y cumplía demasiado poco; nos detuvimos delante de un puesto callejero que estaba lleno de delicias locales, sí. El único problema era que se trataba de insectos.

—Puaj —dijeron Clare y Luna al unísono. Yo tuve que tragar la bilis que me subió por la garganta seca.

—No será esto la comida, ¿verdad? —preguntó Pierre, que se quedó pálido al instante.

Kit asintió.

—La mejor comida de Bangkok. Muy buena. Buena para cuerpos.

—Bueno, pues no vamos a correr ese riesgo —dijo Pierre, y sacó el frasco de gel antibacteriano para las manos. Le puso unas gotas a Clare en las manos.

—Esto es épico. Espera a que lo oigan los chicos cuando se lo contemos —dijo Magnet por encima de Pierre, con los ojos brillantes, observando cómo ensartaban los insectos fritos en pinchos de madera. Los tres amigos no perdieron el tiempo y se pusieron a comer sin problemas.

—Yo no me voy a meter eso en la boca —dijo Luna, abanicándose con un espejo de bolsillo.

—Yo tengo algo que puedes meterte a la boca y que sabe mucho mejor. ¿Te apetece? —le preguntó Sean, guiñándole un ojo.

Luna puso más cara de desagrado ante la sugerencia de Sean que ante los insectos que tenía enfrente.

—Ni en sueños.

Sean fingió que se ofendía.

—¿Qué? Solo es una floma. Alégrate, amor.

El resto del grupo lo miró para que se explicara.

—Ya sabéis, ¿no? Mezcla entre flirteo y broma. Bueno, da igual. De todos modos, tú eres una calientapollas —gruñó él.

Luna hizo un mohín y se alejó hacia la pareja francesa, que se había retirado a un rincón, como si estar cerca de los insectos pudiera contaminarlos.

—Bueno, ¿y tú? ¿Te atreves, o no? —me preguntó Jay, lamiéndose los dedos grasientos. Yo me había sentado en un alféizar de cemento, a la sombra, y estaba respirando profundamente para no vomitar por todas partes. El calor, el hambre y la resaca eran una combinación letal.

—Psst. Pues claro que nos atrevemos —dijo Amelie, y me tomó del brazo—. Vamos, Georgina.

—Eh... Espera. ¿Qué?

Amelie tiró de mí hacia el puesto.

—Así aprenderán —dijo, con los ojos muy brillantes de excitación—. ¿Puedes prestarme el dinero para comprarlos? Te lo devuelvo después.

—Eh... sí, claro —dije yo, y busqué el cambio en mi bolso—. Yo voy a pasar.

—¿Qué? No, claro que no. No seas cobardica. Pensaba que habías venido a tener nuevas aventuras. No te hagas ahora la remilgada cuando llevas un piercing en el pezón —dijo, y me miró con escepticismo.

—No puedo hacerlo.

—Puedes, y vas a hacerlo. Por favor, queremos un pincho de cucarachas —le dijo a la vendedora—. Bueno, deja de remolonear y paga.

Yo pagué y tomé dos pinchos de cucarachas intercaladas con escarabajos.

—No lo vas a hacer, ¿verdad? —me preguntó Pierre, muerto de asco.

Amelie sonrió con dulzura y se acercó el pincho a los labios.

—Preparadas, listas... ¡Ya!

Yo cerré los ojos y mordí uno. Tuve que hacer un esfuerzo por no escupir el interior duro y gomoso del animal y masticar las patas y el caparazón duro, y me lo tragué con toda la rapidez que pude. Dios, acababa de comerme un insecto. Abrí los ojos y vi que Pierre me miraba como si quisiera echarme el gel antibacteriano en la boca. Amelie y los tres chicos se estaban riendo y señalándome, y ella tenía en la mano su pincho intacto.

—¡Tú no te lo has comido! —grité, y mi estómago dio un rugido, cosa que hizo reír aún más a Jay, Sean y Magnet.

Amelie adoptó una expresión de inocencia, con los ojos verdes muy abiertos y las cejas enarcadas.

—Lo siento, Georgina, supongo que se me ha pasado el hambre de repente.

Yo no tuve tiempo de responder, porque Kit dio unas palmadas para llamar nuestra atención. Estaba fumándose un cigarro y charlando animadamente con un hombre calvo que sudaba mucho y se apartaba las moscas de la cara con un periódico lleno de manchas.

—Bueno, muy divertido. Muy bien. Ahora, este es Pravat, él conduce barco de fiesta en río —dijo Kit.

—¿Acabo de oír que va a haber una fiesta en el barco? —le pregunté débilmente a Pierre, pensando en lo mucho que había maltratado a mi hígado la noche anterior, y que mi estómago contenía en aquel momento una cucaracha frita. No podía creer que Amelie me hubiera engañado así. Yo era una ingenua.

Pierre asintió y confirmó mis temores. No iba a ser un paseo tranquilo y relajante por el río, sino una fiesta ruidosa. Se me llenaron los ojos de lágrimas, pero pestañeé y me dije que había ido a aquel viaje para probar cosas nuevas, aunque en aquel momento echara tanto de menos mi escritorio junto al despacho de Catrina.

CAPÍTULO 10

Aguafiestas (adj.): Persona que turba cualquier diversión o regocijo.

Nos pusieron unas pulseras fluorescentes en la muñeca y un vaso lleno de líquido rosa en la mano. El fuerte olor de aquella bebida alcohólica con aquel color artificial me revolvió el estómago. En aquel momento, olía a una mezcla de humo de gasoil, agua de mar, pescado y alcohol, y aquello, sumado al vaivén del barco, solo podía provocar una cosa: vómito.

Eso fue lo que ocurrió exactamente trece minutos después.

Recorríamos lentamente el río Chaophraya, ante las miradas fulminantes de tailandeses y turistas que, comprensiblemente, se sentían molestos porque nuestro pinchadiscos destruyera la paz poniendo a todo volumen *Gangnam Style*, cuando me dio un vuelco el estómago y la boca se me llenó de saliva. No sabía dónde estaba el baño más cercano, así que me incliné sobre la barandilla y vomité tan discretamente como pude. Por suerte, Clare estaba a mi lado y, al segundo, me dio una botella de agua y un paquete de pañuelos de papel, aunque no consiguió disimular el asco que sentía al verme.

—Han sido las peores veinticuatro horas de mi vida —gruñí mientras me enjugaba los ojos doloridos—. ¿Cuánto falta para que volvamos a tierra firme?

Ella arrugó la nariz y me dio un caramelo de menta.

—No tengo ni idea, pero he oído decir a alguien que va a haber juegos para beber dentro de poco.

—Oh, por favor, no —dije.

Podríamos ser los extras de un programa del tipo de *Malia: Uncovered*. Marie y yo nos quedábamos absortas viendo esos programas vulgares, riéndonos con los comentarios sarcásticos de la voz en off: «Becki, de Leeds, les ha dicho a sus padres que va a pasar sus primeras vacaciones con sus amigas, con la familia de una de ellas, en Portugal». Bueno, pues si a los padres de Becki les hubieran gustado esos programas nocturnos, se habrían llevado un buen disgusto al saber que su angelito intentaba sacarse una copa gratis simulando movimientos sexuales con un desconocido.

—¿Por qué no vas tú a buscar algo de beber, y yo le digo a Pierre que encuentre un buen sitio para sentarnos? —me gritó Clare, por encima de la música, antes de perderse entre la multitud. Rápidamente, esquivó a un chico muy delgado, con terribles quemaduras por el sol, que estaba borracho y que estaba haciendo pis en la cubierta. Al fijarme en un adolescente con aparato dental y otra pareja con acné besuqueándose a mi derecha, me sentí como si hubiera interrumpido algún programa sobre jóvenes inexpertos que aprovechaban un año sabático después de terminar el instituto para encontrarse a sí mismos, pero, en realidad, solo encontraban clamidia y remordimientos.

Alguien anunció por un micrófono:

—Bueno, todo el mundo a las mesas y ¡manos en alto! ¡Esto está a punto de empezar de verdad!

La gente corrió a subirse en las mesas pegajosas con los brazos en alto. Fue un mar de miembros, voces y salpicaduras de alcohol sobre mi cabeza. Un tipo muy sonriente se paseó con una cámara por cubierta, consiguiendo que las chicas mostraran sus pechos pálidos que destacaban como luces por el contraste con el bronceado del resto de su piel. Los hombres del crucero silbaron y jalearon. Jay, Sean y Magnet estaban en su elemento interrumpiendo con preguntas y comentarios tontos a dos chicas que participaban en un concurso de camisetas mojadas.

Como era de esperar, Luna y Amelie eran el centro de atención. Los adolescentes las toqueteaban y las miraban como si estuvieran en presencia de dos supermodelos, cosa que podría ser cierta, para ser sincera. Las dos chicas estaban felices con tanta admiración, posaban para los selfies y me recordaban la figura de cartón a tamaño real, en biquini, que yo había tirado en mi ataque de rabia en Aventuras Totalmente Asombrosas. Con señales de la paz incluidas.

El barman me dijo que no había refrescos a bordo, ni agua, así que me dirigí hacia Clare y Pierre, que tenían cara de horror, con vasos de vodka aguado y un líquido con sabor a naranja. De repente, un tipo con un moño grasiento se puso delante de mí.

—Tienes que bebértelo ahora —declaró, tambaleándose. Olía a sudor y a tabaco revenido, y se me revolvió aún más el estómago.

—No, no te preocupes —le dije.

—Vamos, abuela... Tienes que bebértelo —gritó, más alto que la música, y los demás se nos quedaron mirando.

—No, gracias —dije yo, y le di la espalda entre molesta y avergonzada.

—¡Eh, chicos! No se lo va a beber —dijo el tipo, y volvió a colocarse delante de mí—. Son las reglas, ¿es que no lo sabes? —añadió.

—¿Qué reglas?

—La regla de la mano izquierda —bramó él—. Si llevas una copa entera en la mano izquierda, te la tienes que beber —explicó, y siguió con una serie de gritos—: ¡Bébetelo! ¡Bébetelo! ¡Bébetelo!

—No, gracias —dije, con más firmeza. Ojalá se fuera al cuerno...

—¡Ooooh! ¡Ha dicho que no!

Fue como si la música se parara y todo el mundo me mirara a mí.

La gente empezó a abuchearme. Un grupo de extraños me estaba abucheando por no respetar las reglas de un juego para beber que yo ni siquiera sabía que existían. Formaron un círculo a mi alrededor y me miraron fijamente. No pude soportar la presión y me bebí la copa, ignorando la saliva que se me formó en la boca, y dejé el vaso de un golpe sobre la mesa, mientras los demás me vitoreaban.

—¡Todavía eres capaz, cariño! —dijo el chico maloliente, el que me había desafiado, y me dio una palmada en la espalda antes de marcharse con sus secuaces en busca de la siguiente víctima. Yo me dejé caer en el asiento duro y manchado de cerveza que había frente a Clare, con las mejillas ardiendo y con espasmos en el estómago.

—Creía que tenías resaca —dijo Pierre, con una sonrisa maliciosa. Ya había desinfectado el borde de su vaso, y le dio un sorbito a la bebida.

—Y la tengo —gruñí yo, y me masajeé las sienes. Oí más vítores desde la popa del barco. Otro que había cometido el error de llevar la copa en la mano izquierda. ¿Qué demonios estaba haciendo allí?

Pierre estaba hablando con Clare en francés, supuse que de mí, a juzgar por las miradas comprensivas que me lanzaba Clare. El hecho de oír aquellas palabras incomprensibles mezcladas con un horrible remix de Rhianna intensificó mi sensación de soledad. Trisha me había dicho que aquel tour estaría lleno de gente que viajaba sola por primera vez, no que sería la carabina de todos los que ya tenían pareja.

Cuando Pierre fue al servicio, Clare acercó su banco al mío.

—¡Mira qué bonito está el cielo! —exclamó, con un jadeo de admiración.

Yo alcé la cabeza y miré hacia lo que ella señalaba. Tenía razón: estábamos en primera fila de un final de día espectacular. El sol se estaba poniendo y había teñido el cielo de color melocotón y naranja. Los colores eran como pinceladas en un cielo que iba oscureciéndose. Poco a poco, se fueron apagando, hasta que el sol se hundió en el mar y desapareció en el horizonte. Nadie más del barco se había dado cuenta.

—Vaya, lo mejor de este viaje en barco —dije, con toda la energía que me quedaba.

Clare asintió.

—Bueno, ¿y dijiste que eres de Manchester? Siempre he querido conocerlo. ¿Está cerca de Londres? Fui una vez con el colegio, y tuvimos que probar una salsa caliente de color marrón. No me acuerdo de cómo se llamaba, pero en Francia nunca la había comido —dijo, con un mohín de desagrado.

Yo estaba a punto de explicarle cuáles eran los placeres de la salsa típica inglesa cuando me sentí como si me hubieran dado un puñetazo en el pecho. El pinchadiscos había puesto nuestra canción. Nuestro primer baile. Era lo que estaba sonando cuando nos conocimos. Alex se sabía toda la letra, y yo fingí que también cantaba, aunque solo me sabía el estribillo. Mientras a él se le entrecerraban los ojos marrón oscuros de la risa, yo había intentado cantar inventándome una nueva letra que nos había provocado hilaridad. Él me había estrechado contra su cuerpo, gritándome por encima de la música que nadie le había hecho reírse nunca con una canción de los Smiths.

A mí se me llenaron los ojos de lágrimas, y me puse las gafas de sol. La angustia y el dolor de la canción, que en realidad trataba de la muerte y era deprimente, se convirtió en otro remix de música disco y, afortunadamente, eso acabó con la tristeza y la nostalgia que me corroían el pecho.

—Georgia, ¿estás bien? —me preguntó Clare, con preocupación—. Te has quedado muy pálida.

Yo asentí y tragué saliva.

—Lo siento. La salsa no estaba tan mala. Tal vez sea una de esas cosas a las que uno tiene que acostumbrarse.

Al ver su expresión tensa, y oír nuestra canción destruida

por un ritmo electrónico y unos silbidos ensordecedores, me enjugué los ojos con los pulgares y me eché a reír.

—No te preocupes, Clare, es cierto que la salsa típica inglesa es algo a lo que hay que acostumbrarse.

El resto del paseo en barco transcurrió sin más lágrimas ni vómitos, por suerte, entre himnos de fútbol, peleas de agua y chupitos obligatorios para todo el mundo.

Con la mano izquierda, por supuesto.

CAPÍTULO 11

Soledad (n.): Estado de reclusión o aislamiento.

—¡Date prisa! ¡Vamos a perder el tren! —gritó Amelie.

Luna y ella arrastraban sus maletas por la explanada de la estación, que estaba abarrotada, y recibían miradas fulminantes de la gente cuyos grupos atravesaban sin miramientos.

—Te dije que era mejor traer mochila —dijo Luna, gimoteando. Le faltó muy poco para no pasar por encima de los pies de un chico que se había quedado boquiabierto mirando a la pareja del pelo de colores y los pantalones holgados iguales.

—¿Es que no ves la pinta que tiene el resto del grupo cargando con esas cosas tan feas? Cállate y corre —respondió Amelie, resoplando.

Yo corrí todo lo rápidamente que pude con mis quince kilos de mochila a los hombros, para reunirme con los demás, que esperaban en el andén abarrotado. Después, recorrimos apretujados los pasillos de un tren que debía de llevar en servicio de los años sesenta y llegamos a nuestro vagón. Afortunadamente, dejamos atrás vagones llenos con asientos corridos mucho más baratos, en los que hombres de mejillas rubicundas llevaban cajas de madera con pollos vivos y ancianas sostenían bolsas de plástico llenas de mangos en el regazo. Un revisor del tren, muy sonriente, transformó nuestros asientos en literas con los rápidos movimientos de un mago, sacó sábanas blancas almidonadas y mantas de color verde menta, y todo mientras el tren salía de la estación. Habíamos llegado a pocos segundos de la marcha del tren.

Todos nos habíamos quedado dormidos aquella mañana, porque habíamos llegado muy tarde de la estúpida fiesta en el barco, y Kit no nos había dicho a qué hora teníamos que levantarnos y estar preparados para ir a la estación, así que todos habíamos tenido que engullir algo de comida, hacer la maleta y salir corriendo a la estación en el último minuto. Era la primera vez que yo lo veía agobiarse, mientras le ladraba órdenes al grupo, cuyos miembros estaban sufriendo los efectos de la horrible fiesta del barco. La expresión «tener resaca» era un eufemismo.

Por otro lado, la herida que me había hecho el piercing en el pezón todavía estaba inflamada y enrojecida, pero, hasta que reuniera valor para tocarla para sacar la barra de metal, lo único que podía hacer era ponerle capas espesas de crema antiséptica y mantener la esperanza de que no se me gangrenara. Me sentía fatal. Ni siquiera tuve energías para quejarme cuando Kit me tiró por encima su vaso de zumo de naranja; pagué sin rechistar un misterioso impuesto por la habitación a la hora de dejar el hotel, sin cuestionarlo, y me mordí un labio cuando Magnet se me coló por delante y me pisó para saltar al taxi.

Amelie me había mirado cautelosamente en la recepción. Estaba pendiente de si yo confesaba que la litera de la habitación se había roto. Yo me limité a asentir amablemente mientras el adolescente me preguntaba con alegría si todo había sido de mi agrado durante la estancia. Respondí que sí. El chico estaba evitando muy bien la expresión de furia de Kit, que parecía querer decir que nuestra tardanza era culpa del recepcionista, como si el propio Kit no fuera el culpable de la desorganización de nuestro tour. Amelie sonrió lentamente para demostrarme su aprobación por el hecho de haber mantenido cerrada la boca. «No puede haber individualismos en un equipo».

Todo me parecía un desafío, y tenía las emociones exacerbadas por la falta de sueño y el exceso de alcohol. Además, había dormido sobre un edredón en el suelo las dos últimas noches, intentando ignorar el galimatías de Luna, que hablaba en sueños. Mi cura normal para la resaca consistía en ver Netflix en pijama comiendo Nutella directamente del bote, no ir como un borrego por la capital de un país extranjero con un calor asfixiante con un señor Burns tailandés muy malhumorado.

Aquel iba a ser el viaje en tren más largo que había hecho, pero estaba deseando tener una cama en condiciones, aunque fuera una litera en un tren, tiempo para escribir en mi diario de viaje y aislarme del resto del grupo.

—Georgia, ahí —me dijo Kit, señalando con uno de sus dedos sucios la litera superior.

—Ten cuidado, no la rompas —dijo Amelie, y yo me ruboricé. Kit se quedó desconcertado y, después, se alejó para mostrarles a los demás sus camas.

—Solo era una broma. Caramba, no pongas esa cara —respondió ella, y puso los ojos en blanco antes de darle un golpe a Luna con la cadera para apartarla de la litera que le había tocado.

Yo subí y cerré la delgada cortina de nylon, bloqueando el comentario de Luna, que se quejaba de que su manta olía a pies. Con un suspiro de alivio por poder tener algo de tiempo a solas, saqué mi iPod. Marie me lo había puesto al día, y ya no tenía canciones de los Smiths. Sin embargo, no tenía batería. ¡Demonios! Bueno, no tenía importancia; decidí escribir en mi diario de viaje. Sin embargo, tampoco pude hacerlo, porque se había salido toda la tinta del bolígrafo en la mochila. Al intentar sacarla, se me mancharon todos los dedos de azul. ¡No era posible!

Así que, entre que tenía que intentar no quedarme dormida sobre el pecho izquierdo y que no podía beber demasiada agua para no verme obligada a bajar por encima de algún pobre tailandés que estuviera durmiendo en la litera inferior para ir al baño, me eché a llorar. Sentía una terrible nostalgia, y me estremecí de dolor por mi antigua vida. Quería estar cotilleando con Marie, tomando té y comiendo bizcocho en el nuevo invernadero de mis padres, mientras mi padre cuidaba las plantas.

Allí no conocía a nadie. Clare era la única que se había comportado como una amiga, pero, a juzgar por cómo me miraba Pierre, yo no era de su agrado. Estuve a punto de reírme por lo equivocadas que estábamos Marie y yo al pensar en el tipo de mochileros que me iba a encontrar en el viaje. Nada de tipos guapos y aventureros como Stevie. Stevie, ¡ja! ¿Por qué estaba pensando en él? Me engañaba a mí misma pensando que podía existir un hombre como Stevie y, si existía, ¿por qué iba a interesarse en mí?

¿Cómo era posible sentirse tan sola rodeada por tanta gente? Se suponía que aquel viaje iba a ser diferente, con menos desastres y más sonrisas. A oscuras, en aquel vagón, entre conversaciones susurradas y ronquidos, dejé que se me cayeran las lágrimas. ¿Cómo había terminado allí? En casa lo tenía todo: un hogar precioso, un hombre que creía que me quería, una familia que me apoyaba, un trabajo e independencia. ¿Por qué había dejado todo eso para ir hasta allí? Sin embargo, yo no lo había dejado: me lo habían quitado, dijo una vocecita en mi cabeza. Cualquiera podía pensar que tenía el control de todo, y que está siguiendo un plan que necesariamente tiene que llevar a cabo: un hombre, una casa, una carrera profesional, una boda, hijos, etc. Sin embargo, no era posible controlar las cosas. Yo no podía controlar si Alex pensaba con la cabeza o con otra parte de su anatomía, ni el hecho de no haberle caído nunca bien a mi jefa, ni que se librara de mí a la primera oportunidad, ni que nuestros amigos me abandonaran y se pusieran del lado de Alex cuando rompimos. Ni siquiera podía controlar el itinerario de aquel tour.

¿O sí? ¿Debería haber hecho algo más? ¿Qué podía haber

hecho? Oh, ¿a quién quería engañar? Estar allí no iba a resolver nada. Me preguntaba qué estaría haciendo Alex en aquel momento. No podía asimilar que tuviera una novia nueva y que fuera a ser padre. Me lo imaginaba jugando con la Play Station, con sus pantalones grises de correr viejos, con los que no lo veía nadie, solo yo. Él me acariciaba la pierna mientras yo leía junto a él, y él dejaba la partida a medias, diciendo que yo le distraía demasiado. Entonces, tiraba de mis tobillos hasta que yo estaba tumbada en el sofá, riéndome. Él me acariciaba el cuello con la nariz y hacía ruiditos tontos de animal mientras fingía que me quitaba la ropa a zarpazos. Teníamos una historia en común, y podríamos recuperar aquellos momentos. Seguro.

Había intentado ser fuerte ante el mundo y convencerme de que podía aspirar a algo mejor que estar con un tipo que me había hecho algo así. Sin embargo, todo era una actuación. Era débil, lo necesitaba y lo echaba de menos. Recordé el correo electrónico que me había enviado su madre. ¿Y si aquel mensaje tan importante era que todo había sido una equivocación, que Stephanie nunca había estado embarazada y que ellos dos no habían sido más que amigos, que Alex quería volver conmigo? Me invadió la ansiedad. Me aferré al san Cristóbal que me había regalado mi padre, froté su cara como si pudiera obtener alguna fuerza de él, y tomé la decisión.

Cuando llegáramos a las islas, hablaría con Kit y le diría que me marchaba a casa. Seguramente, perdería todo el dinero que había pagado por aquel viaje, y me sentí un poco angustiada por lo mucho que había pagado para tener aquella experiencia. Sin embargo, arreglar las cosas tenía un precio. Si podía corregir algunas cosas y, después, restablecer la vida que tenía en Manchester, debía intentarlo. Mi madre tenía razón: salir corriendo y pensar que podía hacer aquel viaje no era la respuesta. Tenía que volver a casa y mejorar allí. Me enjugué los ojos y me acurruqué bajo la manta áspera. Al menos, había intentado hacer un viaje de mochilera, aunque no fuera para mí. Mientras el antiguo tren avanzaba moviéndose de un lado a otro, por fin el sueño se apoderó de mí.

Siete horas en un tren destartalado, más cuatro horas y media esperando en una estación diminuta en medio de ninguna parte al amanecer, debido a otra negligencia de Kit, y dos horas de viaje en ferry más tarde, llegamos.

Sin embargo, yo noté que toda mi tensión desaparecía al ver las vistas paradisíacas de las playas de arena blanca de la costa de Koh Pa Sai. Las palmeras inclinadas sobre la playa daban sombra a las personas que estaban tumbadas en la arena. Otros nadaban en el agua turquesa. Solo se oía el suave chapoteo de las olas y, a lo lejos, los motores diésel de los botes de pesca.

Bienvenidos al paraíso.

Incluso nuestro hotel era toda una mejora de categoría, después de la celda de cárcel en la que nos habíamos alojado en Bangkok. Este lugar era todo un lujo, y Amelie, Luna y yo teníamos una cama para cada una. No había ventanas con barrotes sucios, ¡había una terraza con vistas al mar! Bueno, era un espacio desvencijado que cualquier inspector de seguridad cerraría inmediatamente en Inglaterra, con una silla de plástico y un cenicero lleno de colillas… ¡Pero era una terraza! Podía tocar las hojas de las palmeras, y olía a una reciente barbacoa en la playa. La brisa cálida que entraba en la pequeña habitación me curó algunas de las preocupaciones y algo de la nostalgia que me habían abrumado durante el viaje en tren. Pero no todo se había resuelto; todavía tenía que decirle a Kit que me marchaba. Aunque ya no estaba tan convencida de hacerlo como cuando había salido de Bangkok.

—Kit ha dicho que tenemos que reunirnos con él en uno de los restaurantes de la playa para comer. Parece que hoy llega uno nuevo al grupo —dijo Luna, que estaba intentando encender el aire acondicionado.

—Si está bueno, me lo pido. Si no, puedes quedártelo,

Georgina —dijo Amelie. Soltó una carcajada exagerada y me dio una palmada en la espalda.

—Gracias, pero no estoy buscando ninguna relación —dije, estremeciéndome del picor que me había dejado en la espalda. Ya había dejado de intentar corregirlas con respecto a mi nombre.

—Espera... no serás lesbiana, ¿verdad? —me preguntó Luna, entrecerrando los ojos como si, de repente, hubiera saltado sobre ella.

—No. Es que hace poco que sufrí una ruptura —dije. ¿Por qué les contaba eso? Me iba a marchar al día siguiente. Tal vez, por eso. ¿Qué importancia podía tener?

Amelie, que estaba deshaciendo la mochila, alzó la vista.

—¿De verdad? —preguntó. Dejó varios biquinis que tenía en la mano y ladeó la cabeza—. ¿Qué pasó? A nosotras nos lo puedes contar.

Yo me mordí el labio y tomé aire. Aquella era la primera vez que mostraban algún interés por conocerme.

—Bueno... iba a casarme, lo tenía ya todo preparado y contratado, ¿sabéis? —ellas asintieron. Yo carraspeé, porque me había puesto un poco nerviosa al ver que me miraban con tanta atención—. Pero, entonces... Dos semanas antes de la boda, él lo canceló todo, y yo me enteré de que me había estado engañando con otra —dije. Esperé a ver cómo reaccionaban. Luna se estremeció, pero Amelie se quedó impasible—. Después, me echaron del trabajo, así que... Bueno, mi mejor amiga me ayudó a decidirme, y preparé este viaje. Parece una tontería, pero tengo una lista de cosas que quiero hacer.

—¿Una lista? —preguntó Amelie, apoyándose contra la pared.

—Sí, cosas que quiero ver y hacer durante el viaje.

—¿Y qué cosas son?

—Pues, por ejemplo, montar en elefante, hacer alguna locura y... no sé. Encontrarme a mí misma.

Me encogí un poco. Dicho así, parecía infantil.

—Guay —dijo ella, como si fuera la cosa más estúpida que hubiera oído en su vida—. Si eso es lo que quieres... Yo prefiero dejar que sea la vida quien dicte las cosas. Ya sabes, dejarme llevar.

Yo asentí con azoramiento.

—Eh... sí, supongo que sí. Bueno, ¿y vosotras? ¿Cómo es que habéis terminado aquí? —pregunté. Quería cambiar de tema; llevaba pensando en Alex las últimas veinticuatro horas, y necesitaba concentrarme en otra cosa.

Amelie suspiró y cerró los ojos.

—Como ya he dicho, nosotras nos dejamos llevar por la vida. ¿Verdad, Luna?

Luna asintió distraídamente.

—Entonces, ¿es la primera vez que viajáis de mochileras?

—Sí. Siempre lo hacemos todo juntas, no puedo librarme de ella —dijo Amelie y, sin dejar que Luna respondiera, continuó—: Pero es la primera que hacemos un viaje tan largo. Después, vamos a seguir nosotras solas. Vamos a ir a Camboya, y a Bali, y puede que pasemos una temporada en un monasterio indio. Después iremos a Oz, o a Fiji, o algún sitio guay de esos.

—Vaya. Eso parece maravilloso. ¿Y por qué habéis venido con un grupo a Tailandia, si después vais a ir en solitario? —pregunté, con suavidad.

Amelie se molestó ligeramente.

—Bueno, hay gente que no está de acuerdo con mis... Quiero decir, con nuestras decisiones. A nosotras nos gusta vivir el momento, ¿sabes? —dijo. Luna solo estaba escuchando la conversación a medias, pero asintió a lo que estaba diciendo Amelie—. Así que yo... Bueno, nosotras, decidimos venir en grupo para contentar a nuestras familias, para demostrarles que íbamos a estar seguras y que sabemos lo que hacemos. No necesitamos estar aquí, ni que nos cuiden como si fuéramos niñas pequeñas. Y menos, con este grupo de perdedores. No te ofendas —me dijo, y me miró, como si me estuviera retando a reaccionar de algún modo. Yo no respondí—. Pero no se pueden ganar todas las batallas —añadió, con un resoplido.

Yo no entendía por completo lo que quería decir, pero, aunque estábamos allí por diferentes motivos, me sentí aliviada al saber que no era la única que no lo estaba pasando bien en aquel tour.

—No te preocupes, no me ofendo. El viaje tampoco es como yo había pensado.

—Es que… ¿qué le pasa a este grupo? Esa pareja de franceses tan raros, con más drama que un grupo de teatro… Y no digamos nada de esos tres monos descerebrados…

Lo que opinaba de los demás me dejó horrorizada. Claramente, los chicos del grupo no eran exactamente mentes privilegiadas, pero eran inofensivos. Y, en cuanto a Clare, era la única que había hecho un esfuerzo conmigo, que había intentado conocerme.

Ella enarcó una ceja.

—¿No estás de acuerdo conmigo?

—Eh… bueno, supongo que no los elegiría para ser amigos míos en casa —dije, con todo el tacto que pude, aunque yo nunca había tenido el carisma suficiente como para poder elegir amigos.

Aquella respuesta debió de ser lo suficientemente buena para Amelie, porque se encogió de hombros y siguió revisando su ropa, antes de lanzarle a Luna una tensa pregunta sobre un top de Victoria's Secret que le había prestado. La conversación había terminado.

CAPÍTULO 12

Abúlico (adj.): Sin interés, ni vigor, ni determinación.

Por fin estábamos a punto de salir de la habitación, después de que Luna se cambiara de ropa tres veces y, al final, se decidiera por el primer conjunto. Yo le recordé a Amelie que desenchufara su alisador de pelo y entré por última vez al baño antes de ir a reunirnos con el resto del grupo. Un poco antes, Luna había ido a pedir el código de la wifi, pero Internet en el hotel no funcionaba bien, así que no pude hablar por FaceTime con mis padres, como quería hacer. Yo les había enseñado a utilizarlo antes de marcharme, y esperaba poder ver sus caras, decirles que aquel viaje no era para mí y que iba a volver a casa en cuanto pudiera. Sin embargo, como no podía entrar en Internet, no sabía cuándo iba a suceder aquello, así que les envié un mensaje de texto rápido para decirles que había llegado bien, que estaba perfectamente, obviando la parte del piercing, por supuesto, y que nos veríamos pronto.

Recorrimos un camino serpenteante, esquivando tuk-tuks, y llegamos a un pequeño restaurante al aire libre que había en la playa para conocer al nuevo viajero que no había podido unirse al grupo en Bangkok. Yo intenté captar la atención de Kit para decirle que tenía que hablar con él urgentemente, pero, cada vez que me acercaba, él tenía que hacer una repentina llamada de teléfono o tenía que ir a ver a un contacto de negocios que había visto caminando por la playa. Así pues, pedí la comida con todos los demás. Justo cuando nos habían servido un plato de curry verde tailandés, se oyeron unos gritos infantiles de Luna y Amelie. A juzgar por sus risitas, el nuevo integrante del tour acababa de llegar.

—Este es Dillon. Él está ahora con vosotros —dijo Kit, y nos presentó al recién llegado con una sonrisa de astucia.

A mí se me pusieron los ojos como platos. ¡Era guapísimo! Tenía el pelo corto y rubio, los pómulos marcados y la nariz llena de pecas. Asintió a modo de saludo al resto de la mesa, mientras Kit hacía las presentaciones con poca gracia. Amelie y Luna se irguieron un poco, y se echaron el pelo hacia atrás mientras daban sorbitos sugerentes a su bebida; aquello hizo que Jay, Sean y Magnet emitieran gruñidos de fastidio. Había un lobo nuevo en la manada. Sabiendo que iba a marcharme pronto, no tuve la energía necesaria para ponerme simpática con otro desconocido, aunque fuera tan guapo como Dillon. Sonreí un instante y seguí cenando. Aunque debía admitir que era un soplo de aire fresco tener cerca a alguien así.

Acababa de tomar un bocado cuando él captó mi mirada y me sonrió.

—¿Puedes pasarme la sal, por favor? —preguntó, con una voz grave y profunda.

—Claro, aquí tienes —dije, después de tragar todo lo rápidamente que pude. Le pasé el salero, derramando un poco sobre el mantel.

—¡Vaya! Eso da mala suerte, si eres supersticioso —dijo él, y con otra sonrisa, echó algo de sal por encima de su hombro, hacia atrás—. Tú eres Georgia, ¿no?

—Sí, y tú eras… —pregunté, e hice una pausa, intentando aparentar que no me acordaba de su nombre para ganar tiempo, beber un poco de agua y conseguir tragar todo el arroz.

—Dillon —respondió él, con una sonrisa, y clavó sus ojos castaños en los míos. Dillon, fuerte, masculino, con pinta de explorador y rompecorazones. Marie se volvería loca si estuviera allí.

—Bueno, ¿cuánto tiempo llevas con el grupo? —me preguntó. A mí me pareció oír resoplar a las chicas canadienses al ver que él había comenzado a hablar conmigo antes que con ellas.

—Eh... Unos pocos días. Creo que hubo un error con el tour que yo había reservado. ¿Y tú?

—Yo llevo una temporada sabática, unos meses viajando por el sur de Asia y, ya sabes, encontrándome a mí mismo —dijo, con una sonrisa, mostrando su dentadura blanca y perfecta—. Vuelvo a casa pronto y pensé que, como he hecho la mayoría del viaje solo, sería agradable pasar un tiempo con otras personas, antes de regresar a la normalidad.

Yo estuve a punto de decirle que era una pena que no pudiéramos charlar más porque me marchaba a casa al día siguiente, pero, por algún motivo, me callé. A medida que fluía la conversación, con más facilidad de lo que yo hubiera pensado nunca con un monumento semejante mirándome con tanta intensidad, fuimos desvelándonos en qué trabajábamos, él, de fontanero en la empresa de su padre, de qué ciudad éramos, él, de Bristol, cuál era el mejor lugar que habíamos visto hasta aquel momento durante nuestro viaje, él, Angkor Wat, en Camboya, al amanecer, qué edad teníamos, él, veintiocho, y más cosas. No me había dado cuenta de que, al final, éramos los únicos que seguíamos sentados en el suelo del restaurante.

—¡Vaya! Creo que deberíamos irnos para dejar que limpien —comenté, sonrojándome.

—Sí, tienes razón. ¿Te apetece darte un baño rápido? —preguntó él mientras estiraba los brazos musculosos por encima de la cabeza.

—Eh... Sí, de acuerdo —dije yo.

Miré hacia el mar de color turquesa y, entonces, vi a Amelie dándole crema a Luna en la espalda. «Es lógico que Dillon quiera ir con los demás. Seguro que está aburrido de hablar conmigo durante horas». ¿Qué hombre con sangre en las venas no iba a querer que le pusieran crema en el cuerpo aquellas dos bellezas?

Amelie dejó el factor quince y saludó como si no se hubiera dado cuenta de que Dillon las estaba mirando.

—Ahí no —dijo él, apartando la vista de las hermanas de *Frozen* y clavándola de nuevo en mí—. Se me ocurre algo mejor.

De repente, a mí se me quitó de la cabeza la idea de decirle a Kit que iba a marcharme.

Dillon regateó fácilmente con el encargado de la tienda de motos y, muy pronto, estaba subido a una moto y pasándome un casco.

—Has montado en moto más veces, ¿no? —me preguntó.

—Sí —dije yo, aunque era mentira. Aquello no podía ser tan difícil.

—Muy bien, ponte el casco y agárrate fuerte. Las carreteras dejan mucho que desear, pero yo te cuido, no te preocupes —me dijo, y me guiñó un ojo.

Yo monté en la moto, pidiéndole silenciosamente al cielo que el seguro de viaje me cubriera si algo salía mal. A Alex nunca le habían interesado las motos ni los coches; su afición favorita era hacer el perezoso en el sofá viendo la televisión, o ir al pub del barrio. De la nada, me surgió el pensamiento de si Stevie se ponía alguna vez unos pantalones de cuero y recorría países lejanos en moto. «¡Concéntrate, Georgia! ¡Concéntrate en no morir!». Dillon me agarró los brazos y se los colocó alrededor del cuerpo.

—Agárrate, nena —gritó a través de la visera del casco.

Recorriendo caminos de tierra, atravesamos campos verdes, dejamos atrás palmeras que se mecían con la brisa y colegiales que jugaban y se reían. Yo percibía el olor de Dillon, su sudor, de la crema bronceadora y del humo de la moto. Era embriagador. Después de conducir durante veinte minutos, nos paramos cerca de un grupo de restaurantes, una tienda y un hotel elegante. Dillon me ofreció una botella de agua, y yo le di sorbitos con mesura, aunque estaba deseando bebérmela a tragos.

—Ya hemos llegado. Deja el casco aquí, y vamos.

—Estupendo. Estoy impaciente.

Le devolví la botella y noté el roce de sus dedos, lo que me causó un cosquilleo. ¿Por qué sentía aquella atracción por un chico al que ni siquiera conocía? Dillon me tomó de la mano como si fuera lo más natural del mundo, y nos llevó hacia el interior del hotel.

—Oh. Es más pijo de lo que me imaginaba.

De repente, me sentí azorada, porque tenía el vestido sucio y arrugado, el pelo aplastado por el casco y manchas de sudor bajo los brazos. Sin embargo, no quería soltarme de su mano para intentar arreglarme un poco.

—Relájate, tienes muy buen aspecto —dijo Dillon, con una sonrisa, mientras la impecable recepcionista lo miraba con los ojos abiertos como platos—. Es por aquí.

Saludó con un asentimiento y abrió una puerta pesada de color marrón.

—Oh, vaya —susurré yo.

Detrás de aquella puerta había unas vistas increíbles de toda la isla y del mar brillante y, delante de nosotros, una piscina desbordante rodeada de tumbonas con colchonetas de color lavanda y sombrillas. Sonaba una música relajante, y los camareros del bar nos saludaron sin demostrar ninguna preocupación por cómo íbamos vestidos. Dillon me soltó la mano y dejó nuestras bolsas de la playa junto a la tumbona más cercana.

—Es genial, ¿verdad? Ponte cómoda, yo voy a buscar algo de beber para los dos —dijo, sonriendo, y se marchó hacia la barra, donde le dio la mano al barman, además de varias palmadas en la espalda.

Yo tomé aire para meter el estómago y me desvestí rápidamente, intentando adoptar una pose seductora en la tumbona, preguntándome si tenía algún lado bueno.

—¿Te encuentras bien? Parece que te ha dado un calambre —me dijo Dillon, con el ceño fruncido, al acercarse a mí.

—No, no, solo estaba... estirándome —respondí. Me sentí avergonzada, y me moví.

—Ah, bueno... Toma, te he traído una cerveza.

Me pasó una botella fría, cruzó los brazos por encima del pecho y se quitó la camiseta negra que llevaba. Él ya iba en bañador y, cuando sonrió, yo respiré profundamente y volví a meter tripa. Me daba vergüenza de mi cuerpo, porque estaba tan blanca que casi brillaba junto al dorado de su piel.

—Vamos. El agua tiene demasiada buena pinta como para quedarse aquí.

Yo caminé por las baldosas calientes, contenta, porque él iba delante y no podía verme la celulitis. Nos metimos al agua y, al instante, me sentí aliviada del calor.

—Bueno, Georgia, ya nos hemos contado lo principal, pero ¿por qué no me dices por qué estás aquí de verdad? No me pareces de las típicas mochileras que he conocido durante este viaje.

—¿A qué te refieres? —le pregunté mientras nadaba suavemente.

—Bueno, a que no llevas rastas, no llevas pulseras en el tobillo ni en las muñecas, no llevas tatuajes de Buda, y tu toalla de playa de Barbie no es precisamente de intrépida exploradora, no te ofendas, por favor.

—Es Ariel, no Barbie, y... bueno, tienes razón, soy novata en esto y no puedo disimularlo.

—Pues eres refrescante —me dijo, y me guiñó un ojo. Entonces, se sumergió por completo, y no vio mi enorme sonrisa y mis mejillas sonrojadas.

«Nadie me había dicho nunca que soy refrescante. Y menos, un chico tan guapo como él».

Sonriendo para mí, observé las magníficas vistas.

—Nunca había estado en un lugar tan maravilloso.

—Pues eso es un escándalo. No quisiera pasarme de la raya, pero tú pareces del tipo de chica que se merece estar siempre en lugares impresionantes.

Yo sabía que él acababa de decir una cursilada y, si le contara aquella conversación a Marie, ella fingiría que tenía náuseas, pero Dillon tenía algo que me resultaba diferente. Era como si no estuviera recitando clichés, sino que se hubiera sorprendido de verdad.

Yo sonreí débilmente.

—Creo que la brisa marina te ha afectado al cerebro.

—Lo digo en serio, Georgia. Como ya he dicho, eres muy refrescante —repitió, y me miró a los ojos, con tanta firmeza, que yo aparté la mirada—. ¿No te gusta que te haga cumplidos? —preguntó él.

—No, no es eso, es que no estoy acostumbrada y no creo que me los merezca, sobre todo viniendo de ti —respondí, antes de poder contenerme. Él sonrió y me besó las puntas de los dedos.

—Te mereces mucho más que alguien como yo, de eso estoy seguro.

Yo sonreí y permanecí callada. Los pocos conocimientos de seducción que tenía me dieron a entender que contándole que mi novio acababa de dejarme plantada pocos días antes de la boda solo iba a conseguir que se largara buceando hasta el borde de la piscina con desesperación por escapar de una novia obsesa.

—¿Quieres que tomemos un poco el sol? —me preguntó.

—Sí, por favor. A tu lado me siento como Casper, el fantasma.

Él se echó a reír.

Salimos de la piscina y, dejando un rastro de agua, nos dirigimos a las tumbonas.

—¿Y quién te ha hablado de este sitio? —le pregunté, mientras me tendía al sol.

—Eh… Oí a dos tipos hablando de él en un bar y pensé que tenía que venir a conocerlo. En Inglaterra me encanta conducir, pero ir de casa al trabajo y del trabajo a casa no tiene ni comparación con conducir por el paraíso —respondió, mientras se pasaba la toalla por la cara.

Realmente, era el hombre más guapo que yo había visto en mi vida; tenía alguna cicatriz por el cuerpo, que le añadía aún más atractivo. Alex era el tipo más aburrido del mundo comparado con él. Las siguientes horas pasaron entre cumplidos, baños y relajación en las tumbonas.

Volvimos cuando empezaba a atardecer. Sin embargo, me dio la sensación de que tomábamos un camino distinto para volver a la ciudad.

—¿Nos hemos perdido? —le grité, por encima del ruido del viento, y a través de los cascos.

—Relájate —me dijo él, y aceleró.

Yo intenté tranquilizarme. «Todo va bien. Él está relajado y sabe lo que hace».

Entonces, Dillon frenó, miró a su alrededor con el ceño fruncido y siguió por una carretera diferente antes de que yo pudiera preguntarle qué sucedía. Oh, mierda. Había llegado mi final. Me había capturado una banda de trata de blancas. Había visto *Venganza* un millón de veces, así que, ¿por qué había accedido a marcharme con un tipo que estaba fuera de mi alcance, en un país a miles de kilómetros de mi casa? Mi madre tenía razón. Iba a morir. Dillon aceleró, y yo tuve que agarrarme con más fuerza a su cintura. Salió de la carretera y recorrió un sendero entre los árboles y, lentamente, frenó en medio de un claro a la sombra.

Yo tenía que dejar un rastro, al estilo de Hansel y Gretel. Mientras Dillon apoyaba la moto en el pie de cabra, yo saqué el bote de crema bronceadora y empecé a echarla en el suelo.

Él se giró hacia mí, enjugándose el sudor de la frente.

—Bueno, sígueme, pero es una sorpresa.

—Ah… de acuerdo.

—Georgia, creo que se te está cayendo la crema del bote —dijo, y lo tomó de mis manos. Después, me tapó los ojos con una mano antes de que yo pudiera protestar.

—Soy un poco torpe —le dije—, así que es mejor que me digas adónde vamos.

Había visto muchos episodios de *Mentes criminales* y sabía que siempre había que hacer caso al asesino, crearle un falso sentimiento de seguridad hasta que llegaran los agentes del FBI. Me arañé el pie con algo, y eso me devolvió a la realidad.

—Te tengo bien agarrada, te lo prometo —me dijo, con calma. De repente, se detuvo—. Ya hemos llegado —susurró, y quitó la mano—. Abre los ojos, Georgia.

¿Qué iba a ver? ¿Una fosa? ¿Al resto del grupo con los ojos vendados y aterrorizados? ¿Una horca?

Lentamente, abrí los ojos, y me quedé boquiabierta.

Estábamos a mucha más altura que antes. La piscina desbordante y el hotel no eran más que un puntito a nuestra derecha. Ante nosotros se extendía el mar azul y, en el centro del horizonte, la puesta de sol más asombrosa que yo hubiera visto nunca. No había ningún obstáculo para la vista, y el panorama era tan bello que me dio un escalofrío. El cielo azul oscuro estaba atravesado por jirones de color melocotón, naranja y rojo sangre, y tenía brillos dorados.

—Es precioso —dije. Me sentí como una tonta por haber dudado de él.

—Me alegro de que te haya gustado —dijo Dillon, con una sonrisa, y me frotó los brazos—. Vamos a volver ya. Te has quedado fría.

Después de mirar por última vez aquel cielo tan increíble, atravesamos el bosque y llegamos hasta la moto. Cuando llegamos al hotel, Dillon me preguntó:

—Bueno, entonces, ¿nos vemos pronto?

—¿Tú no te alojas aquí también?

—No, hubo una equivocación con mi reserva, así que me han alojado en otro sitio —dijo él—. Lo he pasado muy bien contigo, Georgia —añadió, mientras tomaba el casco de mis manos.

—Yo, también —respondí, y volví a sonrojarme.

—Mira, si no tienes planes mañana, me encantaría volver a salir contigo.

Yo noté un cosquilleo de felicidad en el estómago.

—No, no tengo planes —dije.

—Perfecto. ¿Te recojo a la una de la tarde?

—Sí, me encantaría —respondí, con una sonrisa.

Entonces, con delicadeza, me metió el pelo detrás de las orejas y tomó mi cara en ambas manos. Con el más ligero de los asentimientos, me abrazó por la cintura y me besó.

CAPÍTULO 13

Novato (n.): Una persona inexperta.

De: GGreen@hotmail.co.uk
Para: SassyM@ymail.com
Asunto: ¡No te lo vas a creer!

Hola, cariño:

¿Cómo va todo? ¡Tengo muchas cosas que contarte! El tour empezó peor que yo cantando, y las dos sabemos que eso es muy malo. En serio, no te creerías lo que me ha pasado. Pero ha mejorado mucho, ¡porque he conocido a un chico! Ya lo sé, ya lo sé, te dije que ni siquiera estaba buscando a nadie, pero es que él tiene algo especial. Se llama Dillon, está buenísimo, tanto, que todavía no sé por qué se ha interesado en mí, y ayer pasamos la tarde juntos, y fue mágico. ¡Y hoy va a venir a recogerme, dentro de un rato, para salir otra vez! Tengo un buen presentimiento con este. ¡A ti te caería fenomenal!

¿Cómo va el rodaje? Voy a intentar llamarte pronto, porque echo de menos tu voz. Bueno, te dejo. Dale un beso enorme a Cole de mi parte.

Muchos besos

Georgia

Aquella mañana, al despertarme, había descubierto que o Amelie y Luna habían desenchufado mi iPhone, que yo había dejado cargando durante la noche. Intenté cargar la batería todo lo posible mientras me preparaba, sobre todo, para poder enviarle un mensaje a Marie para poder enseñarle lo guapo que era Dillon. La electricidad ya fallaba lo suficiente allí como para que aquellas dos interfirieran. Minimicé la aplicación del correo electrónico del teléfono y me lo guardé en la bolsa de playa al oír que Dillon llegaba en la moto. Salí por el vestíbulo de mármol del hostal y, al verlo, noté un cosquilleo en el estómago. Al instante, me acordé del beso. Su lengua sabía exactamente lo que tenía que hacer, y sus labios sabían a sal y, ligeramente, a cerveza. Era dominante, pero en un sentido agradable. Obviamente, estaba acostumbrado a llevar las riendas. Hacía años que no me besaban así, con su lengua deseando más, la respiración acelerada y sus grandes manos agarrándome por la cintura.

—Buenos días —dije alegremente.

—Hola. Estás muy guapa, como siempre. ¿Preparada?

—Sí. ¡Vamos! —respondí, y me subí a la moto de un salto, como una profesional. Me relajé rápidamente a su espalda, y disfruté al notar la brisa cálida en la cara. Al poco, Dillon paró junto a una cabaña desde el que se divisaba el mar de Andamán. Las suaves olas dejaban rastros plateados en el verde jade del agua.

—¿Vamos a pasar el día en la playa? —pregunté.

Bajé de la moto intentando sacarme el biquini de entre las nalgas sin que él se diera cuenta.

—No —dijo él, con una sonrisita, y se encaminó hacia la cabaña. Allí, un tipo blanco con rastas en el pelo lo saludó de una palmada. Aquel aspirante a Bob Marley salió desde detrás del mostrador y me dio un abrazo.

—Hola, señorita —me dijo, con acento de Birmingham—. Soy Nige, y voy a ser vuestro guía hoy —dijo, tocándose el pecho con la mano.

—Ooh, ¿cuál es el plan? Él no me ha dicho nada —respondí yo, y le di un suave codazo a Dillon, que se echó a reír frotándose las costillas.

—Espera y lo verás. Te prometí que era una sorpresa, y Nige es el tipo idóneo para ayudarnos.

Yo me sentí intrigada.

Seguí a Nige hasta otro cobertizo. Cuando abrió la puerta, vi que en su interior había filas de trajes de neopreno y equipamiento de buceo. Era terrorífico.

Íbamos a bucear.

Me mareé. Sumergirme tanto en el mar, respirando de manera artificial y sin poder tocar el fondo no estaba entre mis principales aspiraciones. A mí no me daba miedo el agua, pero siempre había preferido tener los pies en tierra firme. Obviamente, Dillon no esperaba que mi reacción fuera quedarme en silencio.

—Eh, ¿estás bien? Te has quedado pálida, nena —dijo, e hizo que me sentara en la arena, mientras Nige, ajeno a mi expresión de terror, seleccionaba todo lo que íbamos a utilizar—. No te habrás asustado, ¿no?

—No, no. Estoy bien. Creo que solo necesito comer algo —dije yo, mintiendo.

—Ah, buena idea. Vamos a desayunar mientras Nige lo prepara todo. Volvemos dentro de cinco minutos, tío —le dijo Dillon a Nige, y Nige respondió haciendo el símbolo de la paz.

En un chiringuito de bambú que estaba cerca del cobertizo, yo picoteé los bordes de un bizcocho de arándanos y tomé una taza de café fuerte, mientras Dillon me hablaba animadamente de lo mucho que le gustaba bucear y del mundo que estábamos a punto de ver. Al ver su apasionamiento, me sentí desesperada por impresionarlo, aunque estaba tan lejos de mi zona de confort que apenas conseguía guardar la compostura. Sabía que podía haber elegido a las bellezas de Amelie y Luna para bucear, en vez de elegirme a mí, que era mucho más vieja y más sosa.

«Vamos, Georgia. Puedes hacerlo. Deja de subestimarte. Puede que le gustes de verdad».

Comí lo más lentamente posible, pero sabía que no podía postergar más lo inevitable. Íbamos a bucear, y tenía que reunir valor y estar a la altura.

¿Qué podía pasar? Bueno, podía ahogarme, sí, además de quedar como una idiota delante de Dillon. Intenté apartarme aquellos pensamientos dramáticos de la mente mientras Nige me ayudaba a ponerme el traje de neopreno. Mientras metía tripa, miré a Dillon, cuyo cuerpo parecía especialmente diseñado para el traje, que le quedaba como una segunda piel.

Había una pequeña piscina escondida detrás de unos arbustos tropicales. Nige era profesor de buceo, y me enseñó las maniobras básicas. Mientras, en un banco de madera que había cerca, Dillon charlaba con dos chicas que parecían recién salidas de una pasarela y que, por supuesto, también habían ido allí a bucear. Me sentí como una niña que estaba aprendiendo a nadar, y más avergonzada a cada minuto que pasaba. Intenté concentrarme en lo que me estaba diciendo Nige, pero solo podía oír lo que decía Dillon: «impresionante», «alucinante» y otras expresiones por el estilo, que las dos supermodelos celebraban riéndose y tocándole los bíceps. De vez en cuando Dillon me saludaba y las chicas seguían su mirada, hasta que se echaron a reír al ver a aquella ballena varada en la piscina de los niños.

Aquello era mortificante.

—Georgia… Tierra llamando a Georgia… ¿Has oído lo que te he dicho sobre esto? —me preguntó Nige, señalando un botón negro que había a un lado de la máscara.

—Sí, lo siento. Lo he oído. ¿Sabes? Acabo de acordarme de que todo esto ya lo he hecho —dije, aunque era mentira. No pareció que Nige se lo creyera—. Sí, de repente, cuando me has puesto esto… ejem, esta cosa, me he acordado de repente. Así que, con esta recapitulación rápida, ya ha sido suficiente.

Otra mentira.

Estaba desesperada por salir de la piscina y pensaba que bucear no podía ser tan difícil. Nige iba a controlar mi botella de oxígeno y a hacer la mayor parte del trabajo preliminar, y yo no quería dejar solo a Dillon demasiado tiempo. Así debía de sentirse Victoria cuando David estaba lejos, pensé. Nige miró hacia donde estaban las chicas, a las que yo estaba fulminando con la mirada.

—Eh, entonces, Dillon y tú estáis… ¿juntos? —preguntó, mientras me ceñía una correa alrededor de la botella de oxígeno, que ya tenía adosada a la espalda.

—Um… No, no. No lo sé —dije, y alcé los ojos para mirarlo. Tenía el rostro curtido por el sol, y las rastas rubias recogidas con un trozo de cuerda deshilachada.

—Bueno, pues mira, chica, si vas a salir por ahí con él, tienes que aceptar que no vas a ser la única. Parece que a todo el mundo le encanta Dillon, y tienes que estar preparada para compartir tus juguetes. Tienes que calmarte, chica. Es un tío guay, pero a los chicos como él siempre les gustan las surferas, ¿sabes?

—Eh… Sí, supongo que sí. ¿Y tú conoces mucho a…?

Justo en aquel momento, Dillon entró en la piscina y nadó lentamente hacia nosotros, y las chicas empezaron a soltar risitas.

—Bueno, entonces, ¿estás lista para que nos vayamos? —preguntó, interrumpiendo mi conversación con Nige. Se apartó el pelo húmedo de la frente mientras le caían gotas de agua por el torso.

—Sí, todo lo lista que puedo estar —dije. Tenía que demostrarles a aquellas chicas y a él que podía hacerlo.

El plan habría salido bien si yo hubiera prestado atención a las cosas que me había dicho Nige.

Subimos al bote de Nige, que olía a pescado y a combustible, y empezamos a navegar por unas aguas oscuras en las que pronto íbamos a bucear. No se veía el fondo. Las dos divas del buceo sacaron el iPhone y empezaron a soltar risitas.

—Eh… ¿podemos hacernos un selfie todos juntos? —le preguntó a Dillon una de ellas, la que tenía tatuado un ancla en cada uno de los huesos de las caderas.

Él se quedó sorprendido.

—Eh… sí. Claro, ¿por qué no?

La tatuada soltó un gritito, como si estuviera en primera fila de un concierto de Justin Bieber, y me puso el teléfono en las manos. Después, pasó los brazos alrededor de Dillon y de su amiga e hizo su mejor mohín de patito.

—¡Es una foto perfecta! ¡Sonreíd!

Yo apreté los dientes, hice la foto y le devolví el teléfono.

—¡Oh, Dios mío! ¡Qué mal he salido! ¡Haznos otra! —gimoteó su amiga, aunque no tuviera ni un pelo fuera de su sitio. Me devolvieron el iPhone, y Dillon me miró como pidiéndome disculpas. Yo suspiré de nuevo.

Hice la segunda foto, y debió de gustarles, porque se pasaron el teléfono y la miraron con atención, haciendo zoom para alejar y acercar la imagen.

—Georgia, ahora te toca a ti —me dijo Dillon, y me guiñó un ojo. Aquello me pilló por sorpresa.

—Ah. Eh… Está bien.

Las dos chicas me miraron con cara de pocos amigos y se guardaron el teléfono rápidamente en la bolsa.

—¿Tienes tu teléfono? —me preguntó Dillon. Yo asentí, y rebusqué en mi bolsa—. No os importa, ¿verdad, chicas? —les preguntó, amablemente. La tatuada tomó mi teléfono y se puso en pie de manera vacilante, intentando mantener el equilibrio mientras le decía a Dillon que no, que no le importaba en absoluto. Pero sí le importaba. —Bueno… Tres, dos… —dio un paso hacia atrás—… uno… ¡Aaarg! —gritó, al perder el equilibrio. Se había resbalado con un charco de agua que se había formado sobre la cubierta debido a las salpicaduras que producía el viento. Se le disparó la pierna derecha hacia delante y estiró los brazos hacia los lados. Para intentar amortiguar la caída, se agarró a un lado del bote, plantó su trasero diminuto sobre el banco y soltó mi iPhone. Yo lo vi volar a cámara lenta por el aire y caer al agua por detrás de nosotros.

—¡Noooo! —grité, ignorando sus juramentos por lo mucho que le dolía el trasero. Rápidamente, miré al agua en busca de mi precioso teléfono. No había ni rastro—. ¡Mi teléfono es mi vida! —exclamé, y me giré hacia los demás con cara de pánico. No parecía que ellos se dieran cuenta de lo importante que era.

—Pero… tienes seguro de viaje, ¿no? Puedes pedir otro —respondió Dillon, mordiéndose el labio.

—¡Sí, pero no sé cuánto van a tardar en dármelo! He perdido muchísimas fotos, mensajes de texto, números de teléfono… —dije, y se me aceleró el corazón al darme cuenta—. ¡Y todavía me quedan cinco semanas aquí, sin teléfono!

La chica tatuada se avergonzó, pero no pidió disculpas.

—Ha sido un accidente —dijo, con un resoplido, y se tocó las nalgas sugerentemente.

—Sí, solo ha sido un accidente, nena —dijo Dillon, para intentar calmarme—. Tal vez esto sea para mejor. Los teléfonos nos conectan con nuestra vida en casa, pero, cuando estás de viaje, tienes que liberarte de las distracciones de la vida que has dejado atrás. ¿No es así, Nige?

Nige estaba fumándose algo que parecía un porro, ajeno a lo que acababa de ocurrir.

—¡Sí, tío! ¡Dejarlo todo atrás! *¡Bye bye!*

Dillon se giró a mirarme, asintiendo como si Nige acabara de dar el discurso del ganador en los Óscar.

—Yo perdí el teléfono cuando estaba haciendo senderismo en Vietnam. Al principio, es duro, pero, de verdad, dentro de unos cuantos días ni siquiera notarás que no lo tienes.

Yo me encogí de hombros lentamente; no estaba segura de si me lo creía.

—Bueno, ¿preparada para bucear, nena? Eso te quitará de la cabeza el teléfono —dijo él, y sonrió. Yo me sentí tonta por haberme puesto tan frenética por algo tan pequeño. Había perdido cosas más importantes durante las últimas semanas, a mi prometido y mi trabajo. Además, era mochilera, así que, seguramente, Nige tenía razón: tenía que vivir el momento.

—Te va a encantar, hazme caso —añadió Dillon.

—Umm…

Fue lo único que pude decir, porque me estaba concentrando en respirar para no desmayarme.

Alzamos las aletas a la vez y Dillon me tomó de la mano para que cayéramos juntos al agua. Esperaba que aquellas chicas lo vieran bien. Cuando estábamos en el agua, Nige me indicó con un gesto que empezara a utilizar la máscara para respirar, señalando hacia abajo. El peso de la bombona de metal me hundía más rápido de lo que yo había pensado. El resto del grupo ya se había sumergido.

La presión del agua me apretó la máscara contra la cara y me la clavó en los pómulos. Las olas me golpearon las mejillas. Lo único que veía era el casco del bote y las aguas negras y amenazantes.

Oh, Dios. Iba a morir. En una supuesta cita.

Empezaron a salir burbujas de mi máscara, y aquella respiración antinatural debajo del agua hizo que empezara a jadear cada vez más rápidamente a medida que me sumergía. Quería arrancarme la máscara, salir a la superficie y respirar aire de verdad, pero Nige estaba detrás de mí, y no podía ver que yo me estaba poniendo histérica. Solo distinguía a Dillon, que iba por delante, acompañado por una sirena rubia que se movía sin esfuerzo y señalaba peces que yo no veía a través de las burbujas de mi pánico.

Me estaba ahogando. ¿La gente no se daba cuenta de que respirar bajo el agua era antinatural? Tenía que salir, y rápidamente. Con un gran esfuerzo, levanté las aletas hacia Nige, que me rodeó y se colocó frente a mí y abrió unos ojos como platos al darse cuenta, por fin, de que yo estaba en shock. Moví el dedo hacia la superficie intentando soltarme de él.

¿Por qué tardaba tanto en sacarme de aquella pesadilla?

Entonces, recordé lo único que había asimilado mi cerebro: que si uno salía a la superficie demasiado rápidamente, sus pulmones podían estallar.

¿Y la gente hacía aquello por diversión?

Los segundos me parecían minutos, y aparecieron puntos negros en mi visión. Al final, después de una eternidad, salimos a la superficie. Nige me arrancó la máscara y me sujetó mientras nadaba para mantenernos a flote y alcanzaba una cuerda del bote.

—Tía, ¿qué te ha pasado? —me preguntó. Estaba pálido de preocupación mientras me quitaba las aletas y me empujaba hacia arriba por la escalerilla. Yo tomé bocanadas de aire fresco. No pude decir nada, y me caí en la cubierta.

—Has entrado en un estado de pánico ahí abajo. Nunca había visto algo así —dijo—. Toma, bébete esto y come esto.

Me pasó una botella de agua y un paquete de galletas azucaradas mientras yo seguía allí tirada, escupiendo agua salada, agradecida por seguir viva. Ya ni siquiera me importaba haber perdido el teléfono.

—Pensaba que te lo estabas tomando con calma para sumergirte, no sabía que no te estaba gustando nada. Creía que ya habías buceado más veces.

—No. He mentido. Solo quería impresionar a Dillon. Por favor, no se lo digas. Ya me siento como una idiota —le dije, gimoteando.

—Eso no está bien, tía. No se puede mentir en algo así. Puede ser muy peligroso.

Yo no pensaba que Nige pudiera ser tan severo. Sin embargo, a los pocos segundos, dejó de fruncir el ceño y me miró comprensivamente.

—No te preocupes, le diré que ha habido un problema con una de las cintas de tu botella de oxígeno y que se me olvidó tomar una de repuesto. Pero, escucha… tú pareces una chica maja, ¿por qué quieres impresionar a alguien y no ser tú misma?

Yo me encogí de hombros con tristeza. Ojalá tuviera la respuesta. Nunca había intentado con tanto ahínco gustarle a alguien. Ni siquiera estaba segura de lo que era, pero nunca había sentido una química tan instantánea como aquella.

—¿Quieres que baje a buscar a Kit? Te prometo que no le voy a decir nada, pero, chica, tienes que estar con un tío al que le gustes por ti misma —dijo. Después de todo, parecía un tipo muy sabio.

—No te preocupes, no pasa nada. No quiero estropearle la inmersión a nadie —dijo Nige. Me miró con ansiedad, pero asintió.

Dillon se disculpó durante el viaje de vuelta por haberse sumergido demasiado deprisa, porque pensaba que yo iba justo detrás, y me dijo que sentía mucho que no hubiera podido terminar la inmersión, que había sido increíble.

—Es una pena. Nige ya lo tiene todo completo, pero, si no, podríamos haberlo intentado mañana otra vez.

—Sí, es una pena. Tal vez en otra ocasión —respondí yo, con una sonrisa forzada, estremeciéndome solo con pensar en que pudiera bajar de nuevo a aquella trampa mortal. Las chicas glamurosas estaban contándose historias sobre toda la vida que habían visto durante la inmersión, y diciendo que había sido maravilloso, y mirándome con lástima, y riéndose. Dillon hizo como que no se daba cuenta de su comportamiento y comentó con ellas lo estupendo que había sido todo.

Cuando, por fin, llegamos a tierra firme, yo me ofrecí para ayudar a llevar a Nige el equipo al cobertizo. Las chicas se marcharon a darse una ducha, y yo me percaté de que Dillon miraba con melancolía sus traseros casi desnudos mientras se alejaban por la arena.

Por fin, arrancó la mirada de ellas y me miró a mí.

—Bueno, ¿y qué te apetece hacer durante el resto de la tarde? Oí a una gente hablar de un pico precioso. Podemos intentar subirlo.

Yo suspiré por dentro. ¿En qué me estaba metiendo?

CAPÍTULO 14

Encaprichado (adj.): Excitado, abrumado por sentimientos románticos, enamorado.

Los últimos días habían pasado en medio de una interminable descarga de adrenalina. Kit le había dicho tímidamente al grupo que teníamos cuatro días libres. En otras palabras, que no le apetecía organizar más actividades. Así pues, podíamos hacer lo que quisiéramos. Para Dillon, cuantas más cosas, mejor. Habíamos subido montañas, recorrido un camino al borde de un precipicio e, incluso, alquilado un bote de pedales por sugerencia mía. Sabía que era una bobada, pero sinceramente, necesitaba un descanso del hecho de pasarme todo el tiempo pensando que iba a morir. Ser la chica que quería Dillon era agotador. Sin embargo, aunque a mí se me encogía el estómago cada vez que él mencionaba una nueva actividad, yo las había hecho todas, por muy terroríficas que fueran. Sobre todo, porque, cuando terminábamos, me besaba. El deseo que sentía por él era tan fuerte, que yo estaba convencida de que él podía sentirlo.

—¿Sabes? Creo que esta tarde deberíamos relajarnos. Ver la televisión tailandesa y haraganear —me dijo, alzando la vista de un mapa roto. Si no hubiéramos estado a pocos metros de la caída al vacío desde una roca, me habría puesto a saltar de alegría.

Era la primera vez que yo iba a su hostal, pero no estaba preparada para lo que vi. Su habitación era enorme y tenía vistas al mar a través de una cristalera que iba de suelo a techo. Las paredes estaban pintadas de un precioso color gris claro, y había cuadros modernos y una televisión de pantalla plana frente a la cama, perfectamente hecha. No viajaba como ningún otro mochilero que yo hubiera conocido.

—¡Vaya! Dillon, ¿esta es la habitación que te dieron después de que Kit cometiera un error con tu reserva? —pregunté yo, mientras miraba a mi alrededor con asombro.

Él sonrió y tiró de mí hacia sí. Comenzó a mordisquearme el cuello.

—Supongo que tuve suerte.

A mí ya no me importó cómo podía permitirse una habitación tan lujosa, ni por qué parecía que conocía a todo el mundo de aquella isla, ni por qué los chicos y las chicas lo querían tanto. Lo único que me importaba era que estaba allí conmigo, besándome y acariciándome. Me quitó el vestido y dejó que cayera al suelo. Después, me tomó en brazos y me llevó a la cama. Metió los dedos en el borde de mi biquini al mismo tiempo que yo metía el pulgar en la cintura de su bañador. Me estremecí al pensar en que iba a verme desnuda. Era el primer hombre con el que estaba desde que había roto con Alex, unos meses antes, y aquello había sido algo desganado, a oscuras, mientras completábamos nuestra acostumbrada rutina. Por el contrario, aquella habitación estaba inundada por la luz de la tarde. La poca piel blanca que me quedaba, desnuda y vulnerable a sus labios salados y sus manos. Pensé que mi celulitis iba a disgustarle, que se me había caído la mitad del esmalte de las uñas de los pies y que no me había depilado bien las ingles, pero estaba desesperada por sentir sus caricias.

—Eres preciosa, Georgia —dijo Dillon, como si me hubiera leído el pensamiento, y me besó con fuerza, lleno de deseo y necesidad. Yo le correspondí de la misma manera. Nuestros cuerpos se movían y se giraban para sentirse y explorarse.

Cuando él me quitó suavemente el sujetador del biquini, apareció mi piercing, cuya herida ya casi se había curado. La barra metálica brilló a la luz.

—Vaya, qué sorpresa —dijo. Sonrió y pasó los labios por mis pechos. A mí se me escapó un gemido. Lo necesitaba en aquel mismo instante. Sentía un deseo abrumador. Él se apartó para tomar rápidamente un preservativo.

Un rato después, estábamos entrelazados, tendidos en la cama, y el aire acondicionado refrescaba nuestros cuerpos sudorosos. Él me besó la mano y me apartó un mechón de pelo de la cara sonrojada.

—Bueno, me han encantado todas las palabras en tailandés que acabo de aprender —dijo él en broma.

Yo suspiré.

—Ojalá aprender un idioma fuera siempre tan divertido.

—Si lo fuera, yo habría sacado siempre sobresaliente —dijo él. Sonrió, me besó la frente y se levantó para abrir el grifo de la ducha. Cuando volvió, abrió una lata de refresco, le dio un sorbo y me la pasó.

—Espero que vengas conmigo, Georgia.

Entonces, me guiñó un ojo y se marchó al baño.

Yo me levanté y lo seguí. Dillon estaba dentro de la ducha, enjabonándose el cuerpo con un jabón que olía a especias. Yo entré con atrevimiento y acepté una dosis de gel que él echó sobre las palmas de mis manos abiertas.

—Umm… Lo de antes ha sido estupendo —dijo, y me besó suavemente.

—Sí, es verdad —dije yo, con un suspiro de felicidad.

Cuando Dillon se dio la vuelta para poner el bote de gel en su sitio, vi que tenía un complicado tatuaje sobre el trasero, junto al hueso de la cadera izquierda. Yo no me había dado cuenta. Era una fecha: el dieciséis de agosto del año anterior.

—Yo se lo acaricié suavemente.

—¿Qué significa?

Él se quedó azorado un instante.

—Ah... Fue una apuesta idiota que hice con mis amigos durante las últimas vacaciones. Perdí. Y tú, ¿vas a contarme la historia del piercing en el pezón? —dijo él, sonriendo.

—Ja. Pues es una historia muy parecida, en realidad —dije yo, ruborizándome e intentando comportarme como si fuera completamente normal estar con un tipo guapísimo al que había conocido hacía unos días, desnudos en su ducha, hablando de mi pezón.

—Sabía que había más de lo que parecía —dijo. Se mordió el labio, me miró de arriba abajo y me dijo—: Ven para acá.

Por lo menos, había una actividad que podíamos compartir sin que me sintiera como si fuera a morir.

CAPÍTULO 15

Audaz (adj): Temerario, atrevido.

Había cajas de madera pequeñas adornadas con velas, a modo de mesas improvisadas, sobre la arena de la playa. Gente de todos los países recostada en cojines y colchonetas, relajándose con una música reggae bajo las estrellas. Luna y Amelie no me habían esperado cuando llegué de la habitación de Dillon, así que me di prisa en cambiarme y reunirme con el resto del grupo.

Observé a la gente y vi a Kit, que me saludaba con la mano y me indicaba que me acercara hacia el lugar en el que estaba el grupo. Dillon me vio y le dijo algo a Kit, que puso cara de sorna y se echó a reír. Luna y Amelie estaban junto a Dillon, mirándolo con cara de arrobamiento y fulminándome a mí con los ojos. Tuve ganas de darle un beso a Dillon como había hecho aquella tarde, pero nunca haría algo tan atrevido delante de los demás. Además, no tenía espacio para sentarme, así que tuve que colocarme al otro lado del grupo, junto a Clare, que no dejaba de juguetear con una pulsera de abalorios que brillaba suavemente a la luz de las velas. Pierre estaba aburrido, rígido, haciendo caso omiso de lo que le decía Clare. Observaba fijamente el espectáculo que había delante de él.

Unos hombres tailandeses bailaban y se echaban llamas sobre el cuerpo, y blandían unos palos muy largos en el aire, al son de una música electrónica, y hacían acrobacias para la gente, que miraba con asombro cómo las llamas lamían sus torsos. Dillon me saludó y sonrió unas cuantas veces, pero las dos chicas que estaban a su derecha siempre lo retenían con su conversación. Echaban la cabeza hacia atrás y se reían de todo lo que él decía.

—Parece que por allí se lo están pasando bomba —comentó Clare, mirando hacia el otro lado de la mesa.

A mí se me encogió el estómago al ver que Luna posaba uno de sus brazos esbeltos sobre los hombros de Dillon para hacerse un selfie. De repente, sentí rabia al pensar en que yo no podía posar para hacerme fotos con él, para enseñarlas cuando volviera, para que la gente de casa se sintiera celosa cuando vieran mis publicaciones de Facebook, y todo por una superestrella del buceo muy torpe. Sin embargo, suponía que la chica no lo había hecho a propósito.

—Ummm —respondí.

—¿Has estado con Dillon estos días? Estaba un poco preocupada porque no te veía —dijo Clare.

—Sí. ¿No te lo dijeron Luna y Amelie? Les pedí que avisaran al resto del grupo —dije. Sin embargo, me di cuenta al instante de que me estaban castigando por haberme quedado con Dillon cuando se lo habían pedido ellas primero.

Clare negó con la cabeza.

—No. Bueno, de todos modos, me alegro de verte —dijo. Sonrió e hizo ademán de darme unas palmaditas en el dorso de la mano, pero, al ver que Pierre nos miraba, continuó jugando con su pulsera.

—Lo mismo digo —respondí, sonriendo. Estaba a punto de preguntarle qué había hecho ella durante aquellos días, cuando oí la risa aguda de Amelie y se me encogió de nuevo el estómago.

«Concéntrate en el espectáculo», me dije. Se estaba convirtiendo en un show más peligroso a cada minuto. Los atletas habían dejado de moverse y estaban de pie sobre unos cubos volteados en la arena, sujetando unos hula-hoops envueltos en trapos con gasolina, a los que habían prendido fuego.

El anillo de fuego.

Había una larga cola de juerguistas borrachos esperando su turno para rodar, saltar o pasar a través del aro.

—*Mon Dieu!* —exclamó Pierre, con desprecio—. Míralas.

Yo giré la cabeza y me di cuenta de que estaba observando a un grupo de chicas que habían atravesado el aro y estaban tambaleándose en la arena, riéndose. Por muy peligroso que fuera, también parecía que se lo estaban pasando muy bien.

—Entonces, ¿a ti no te apetece? —le pregunté, tomándole el pelo.

—Ah, sí, voy a intentarlo justo antes de clavarme la aguja oxidada de una jeringuilla en el brazo —respondió Pierre con sarcasmo—. ¿No entiendes que es muy peligroso? Estoy seguro de que no hay muchos seguros de viaje que cubran esto si sucede algo malo. No me sorprendería que esas bobas se levantaran mañana sin cejas.

Cuando no miraba, Clare puso los ojos en blanco con cara de resignación, y me hizo reír.

—Hay que ser valiente, ¿eh? —me dijo en voz baja.

Los dos tenían razón. Era algo muy estúpido pero, al mismo tiempo, también parecía algo audaz. Y yo sabía, exactamente, a quién le gustaban las cosas audaces. Miré a Dillon, a quien estaban manoseando Luna y Amelie, y, en aquel momento, mi subconsciente despertó.

«Yo no sería capaz de hacer algo tan atrevido. ¿Y si se me quema el pelo, o me caigo y me hago daño, y hago el ridículo?».

Sin embargo, pensándolo bien, tal vez debiera afrontar más desafíos. Y eso podía corresponder al punto «cometer una locura» de mi lista. Además, eso impresionaría a Dillon, y haría que sus nuevas amigas parecieran aburridas en comparación con la temeraria de Georgia.

«La temeraria de Georgia». ¿Quién lo habría pensado?

De un salto, me puse en pie, y me acerqué al aro de fuego sin mirar atrás para no perder la valentía. Oí que Clare me decía algo.

—Ahora, tú siguiente —me dijo un chico tailandés, que me puso en la fila.

Desde tan cerca, me di cuenta rápidamente de lo estúpido que podía ser aquello. Recordé que era la persona menos flexible y con menos coordinación del mundo, y que estaba a punto de correr hacia un aro de fuego para intentar atravesarlo. Oh, Dios mío. Me moví para darme la vuelta, pero el chico me bloqueó el paso. Delante de mí, aterrizó uno de los atletas sobre la arena, a la perfección, y alzó los brazos al aire, queriendo dar a entender que yo era la siguiente.

—No te asustes —dijo el tailandés, a gritos—. Corre y salta sin pensarlo. Si dudas, te quemas. ¿Qué estaba haciendo?

Se me convirtieron los pies en plomo. Dejé de oír el ruido de la fiesta, la música y los vítores mientras me preparaba psicológicamente para hacer aquello. Unos segundos más tarde, iba corriendo hacia el círculo. Me tiré de cabeza, por instinto, al llegar lo suficientemente cerca. Entonces, estaba cayendo, atravesando el aro y las llamas, que me rozaron los brazos y las piernas. No pudo durar más que unos segundos, pero me parecieron minutos, hasta que rodé por el suelo y, de nuevo, empecé a oír los gritos de la multitud. Me puse de pie y me sacudí la arena de las piernas. El aro estaba a mi espalda, y unos brazos delgados me estaban poniendo un vaso de chupito en las manos temblorosas.

—No ha estado mal —me dijo un tipo alto con el pelo de pincho, y brindó conmigo. El licor anisado bajó quemándome la garganta—. ¿Quieres intentarlo otra vez?

—No, con una vez ha sido suficiente, gracias —dije, riéndome.

«No quiero presumir, pero… ¡lo he hecho! ¡Lo he hecho!».

Estaba impaciente por ver las caras de Amelie, Luna y Dillon cuando tuvieran que admitir que me habían subestimado.

Demonios. Yo misma me había subestimado.

Sin embargo, no tuve ocasión de verlos, porque, cuando volvía a mi sitio, me di cuenta de que Dillon se había marchado con las dos chicas canadienses. Sean me vio buscarlos con la mirada y se acercó.

—Lo siento, nena, pero parece que dos es mejor que una. Qué tío más afortunado, llevarse a esas dos para pasarlo bien. Si yo tuviera solo a una de ellas en mi cama, se lo pasaría en grande —dijo, y empezó a darle azotes en el trasero a una mujer imaginaria.

—No sé de qué estás hablando —dije. Sin embargo, noté que me ardían las mejillas, y que la confianza en mí misma que había conseguido al atravesar el aro de fuego se desvanecía.

—¿No? Pues yo los he visto marcharse juntos, y me da la sensación de que iban muy cariñosos. Eh, no te preocupes. Si tu amante te ha dejado, ven conmigo, y te daré de lo que es bueno —dijo él, y me pasó un brazo peludo por los hombros, apestándome con su olor a sudor.

—¡Suéltame! —le dije, y lo empujé. El resto de su grupo se echó a reír.

No sabía adónde había ido Dillon, y no quería quedarme a charlar con la pareja francesa, así que volví a mi habitación. Se me caían las lágrimas, y estaba hundida. Había visto cómo me miraba Dillon, había sentido sus labios en los míos, había notado cómo me miraba a los ojos cuando hacíamos el amor.

«Tiene que ser un malentendido. Sí, Sean me está tomando el pelo».

Sin embargo, el instinto me estaba jugando una mala pasada. Lo único que podía ver era la preciosa cara de Dillon, sus ojos oscuros y profundos, sus pestañas largas y su trasero, siendo manoseado por Luna y Amelie. Después de pasar aquellos últimos días con aquel semidiós, intentado impresionarlo, el hecho de que me dejara plantada me dolía.

«¿Tal vez debería haber sido más atrevida? ¿Más audaz en la cama? ¿Tal vez debiera haberle dicho cómo hacía que me sintiera? Tal vez, tal vez, tal vez.

Aquel era el motivo por el que no duraban los romances de vacaciones. Para construir la confianza en una pareja hacía falta tiempo, no podía ocurrir en unos pocos días en el paraíso, me reproché a mí misma. Me sequé los ojos con rudeza. Estaba enfadada por haber permitido que otro hombre me hiciera sentir tan mal. Un hombre a quien apenas conocía. ¿Acaso el hecho de que Alex me abandonara no me había servido de lección? Tenía que proteger mi corazón, no abrirlo y dejarlo vulnerable ante los encantos de un desconocido que estaba fuera de mi alcance. Si yo había confiado más en mi cabeza que en mi corazón durante tanto tiempo, era por un buen motivo: así, todo era más seguro.

CAPÍTULO 16

Melancólico (adj.): Sombrío, pesimista y triste.

Me había pasado la noche dando vueltas por la cama, llena de dudas, miedos y humillación. Todavía estaba intentando admitir que Dillon solo se había interesado en mí por el sexo. Al final, debí de quedarme dormida, porque, cuando me desperté, las camas de Luna y de Amelie estaban vacías, pero era evidente que habían dormido en ellas. Yo no las había oído volver. Sin embargo, sus sábanas arrugadas a los pies de la cama me recordaron inmediatamente sus sitios vacíos durante el espectáculo del fuego.

A jugar por el olor cargado de la habitación, debía de haber dormido muchas horas. Me sentía atontada por el calor; abrí el grifo para darme una ducha fría y empecé a preparar las cosas para vestirme. Era agradable tener la habitación para mí sola por primera vez. Así debía de ser tener hermanas, pensé, malhumoradamente, mientras recogía la ropa que había tirada por el suelo.

Recogí también pintalabios sin tapa, brochas llenas de maquillaje y rizadores de pelo con pelos retorcidos alrededor. Todo aquello estaba tirando por el baño y, después de que yo pusiera un poco de orden, saqué mi neceser, que habían tirado al suelo húmedo. ¿Acaso en Canadá no tenían cortinas de ducha?

Necesitaba quitarme de la cabeza las imágenes de Dillon en medio de un *ménage à trois* con mis compañeras de habitación. Me dije a mí misma que tenía que olvidarme de aquellas dudas, pero Dillon no podía enviarme un wasap y decirme qué había pasado exactamente con Amelie y Luna, porque la diva del buceo había tirado mi iPhone al mar. Me di una ducha y, al instante, me sentí mejor. Después, apilé todo lo que estaba en el suelo sobre las camas deshechas de Amelie y Luna, para poder caminar sin torcerme un tobillo al tropezar con un par de sandalias de tacón de Amelie. Al cabo de un rato, empecé a tener mucha hambre y, después de mirar a mi alrededor con satisfacción, porque la habitación estaba mucho más limpia, salí a buscar algo para comer.

No vi a nadie más del grupo en el pequeño restaurante del hostal, pero, al ver las moscas revoloteando alrededor de la mantequilla y los restos del desayuno de horas antes, decidí marcharme a la cafetería que había bajo un toldo azul. Atravesé la recepción hacia la puerta, y me detuve en seco al ver que Dillon estaba sentado en un banco. ¿Cuánto llevaba esperando allí fuera? Empecé a sonreír. Él se puso en pie en cuanto me vio. Yo noté un cosquilleo en el estómago. Lo sabía. Todo había sido un malentendido.

—Has venido. No estaba seguro de que fueras a venir —dijo él.

—¿Qué quieres decir? —pregunté con cautela.

—¿No has leído mi mensaje? Le pedí a la recepcionista que metiera una nota por debajo de tu puerta pidiéndote que te reunieras conmigo para que pudiera explicártelo todo. Pensaba que me estabas castigando haciéndome esperar.

—No he visto ninguna nota.

—Ah. Bueno, escucha, siento mucho haberme marchado de repente anoche. Amelie me dijo que a su amiga… eh… Luna, le habían robado el bolso mientras estaba hablando con unos chicos suecos en el baño. Así que intenté ayudarlas a resolverlo. Tardamos más de lo previsto, porque tuvimos que ir a la comisaría para poner una denuncia, y todo eso. Ellas estaban bastante afectadas, así que no podía dejarlas, aunque solo quería volver contigo. Espero que lo entiendas, nena —dijo.

Como nunca un chico tan guapo había estado interesado en mí, no iba a estropearlo todo por un malentendido, aunque, en el fondo, tuviera la sensación de que había algo raro en todo aquello. Sin embargo, cuando él me miraba así, yo perdía todo el sentido común.

—Oh, no, espero que estén bien.

Él se encogió de hombros.

—¿No has… eh… hablado hoy con ellas?

—No. Estaba dormida cuando se marcharon. Yo iba a comer algo. No puedo creer que sea tan tarde ya.

A él se le iluminó la mirada.

—Ah, si quieres compañía, yo también podría tomarme un *pad thai*.

Yo me reí.

—¿No preferís todos los hombres unas patatas fritas y una cerveza?

—¡Estamos en Tailandia, nena! —exclamó él, y me guiñó un ojo—. Vamos, yo invito. Sé de un sitio estupendo muy cerca de aquí.

Qué tonta había sido la noche anterior. Por supuesto que todo había sido un error. No debería haberle hecho caso a Sean, cuando Dillon había ido en realidad a ayudar a las chicas. Era un héroe, y no un mujeriego. Yo lo tomé de la mano y no pude evitar sonreír cuando él me la apretó y comenzó a caminar.

Por fuera, el restaurante no parecía muy especial. Había dos macetas a cada uno de los lados de la entrada, con plantas que se estaban marchitando, y el nombre del restaurante estaba pintado sobre la puerta de color granate oscuro. Yo no habría entrado al ver un lugar tan poco cuidado, pero Dillon no vaciló y abrió la puerta.

El interior no era mucho mejor. Había mesas pequeñas de

madera oscura y la sala estaba mal iluminada. No había otros clientes, salvo dos señores tailandeses, viejos y gordos, al fondo. Si allí se servía la mejor comida de Tailandia, claramente, era un secreto muy bien guardado.

—Te va a encantar, nena —dijo Dillon, sonriendo, sin darse cuenta de que yo tenía mis reservas. Con entusiasmo, pasó el dedo por la carta plastificada y pringosa que le habían dado.

—Entonces, ¿ya conocías este sitio? —le pregunté, y dejé de intentar comprender la escritura tailandesa que tenía delante.

Él estudió la carta antes de responder.

—No, me habló de él uno de mis amigos, que vino el año pasado.

Entonces, volvió a comportarse como si entendiera todo lo que estaba leyendo, y yo me sentí estúpida por tener que admitir que para mí era indescifrable.

—Vaya, hay mucho que elegir.

—¿Qué te parece si pido lo que creo que te va a gustar? ¿Confías en mí? —me preguntó, atravesándome con la mirada.

Yo asentí.

—Por supuesto.

—Perfecto.

Entonces, se levantó y fue hacia una mesa negra donde estaba sentada una joven camarera, leyendo un libro. Su expresión de aburrimiento se transformó en la de una diosa del sexo en cuanto él se inclinó sobre la pila de cartas que había a su lado. Sucedió lo de siempre: a cada sitio que íbamos, las mujeres se derretían con él, y yo me sentía como un cero a la izquierda. Pues aquel día, no iba a ser igual. Le demostraría que merecía la pena comer conmigo.

Pronto, la mesa era un enjambre de delicados cuencos de porcelana, cubiertos, bandejas desconchadas y pequeños platos llenos de salsas de color naranja, verde y blanco. Noodles jugosos y dorados, arroz hinchado y cremoso, pechuga de pollo glaseada y algo que parecía pollo crujiente, todo ello, extendido ante nosotros.

—Mayonesa de wasabi, dumplings de gambas, sopa tom kha, curry rojo Thai y mi curry favorito —dijo él, señalando cada cosa con los palillos, y se relamió.

—Vaya. ¿Estás seguro de que no quieres invitar a nadie a que coma con nosotros? —pregunté, mirando la mesa rebosante.

—He pedido una mezcla de todo lo mejor —dijo él, y me ofreció un tenedor y una cuchara.

Los sabores eran fuertes y competían entre sí: lima, azúcar, chalotas, chili, todo ello intentando hacerse con el control de mis papilas gustativas. El primer bocado fue celestial y, después, el sabor fue ganando en intensidad y en picor, y, al tercer bocado, yo estaba sudando e intentando abanicarme la lengua disimuladamente. Dillon comió con ganas, sin darse cuenta de que yo tenía un espectáculo de fuego como el de la playa en la garganta. Me hizo un gesto con los pulgares hacia arriba, y yo sonreí débilmente, con un gesto de dolor.

—A Mathew le habría encantado esto —dijo, echando salsa de soja en un plato de plástico.

—Ah. ¿Quién es Mathew? —pregunté, aliviada por poder hacer una pausa.

—Mi hermano, del que te hablé. ¿No te acuerdas?

Yo negué con la cabeza.

—Pensaba que eras hijo único, como yo —respondí. Estaba segura de que era eso lo que me había dicho cuando nos conocimos.

Él se detuvo un momento, mirándome como si estuviera sopesando algo.

—No, te dije que era hijo único ahora. Mathew murió.

Yo enrojecí.

—Oh, estoy segura de que no me lo contaste, o me acordaría —dije, tartamudeando—. Lo siento muchísimo.

—Gracias. Sí, murió hace tres años. Para ser sincero, ese

es el motivo por el que estoy haciendo este viaje. Él siempre quiso ir de viaje, ver el mundo, pero no tuvo la oportunidad. Murió en un accidente de coche antes de Navidad. No habían echado sal en las carreteras, y él no pudo evitarlo.

Yo tuve que contener las lágrimas.

—Eso es una tragedia. ¿Cuántos años tenía?

Dillon carraspeó.

—Veintiocho, la misma que tengo yo ahora. Era mayor que yo, y lo admiraba mucho. Espero que esté orgulloso de mí —dijo, y tomó un largo trago de cerveza. No parecía que contara muy a menudo aquella historia.

Yo me incliné sobre la mesa y le acaricié el brazo. Estaba muy tenso.

—Estoy segura de que sí.

Él me sonrió.

—Bueno, vamos a cambiar de tema. Tienes que probar esto.

Tomó unos cuantos brotes de semillas con una salsa verde fosforescente y me lo dio.

Mis papilas gustativas sufrieron el asalto del ajo, la citronela, el jengibre y los cacahuetes, con un delirante picor. Me atraganté, y no pude hablar.

—¿Qué tal? —me preguntó él, con la boca llena.

—Está un po...co... poco picante —admití, abanicándome la boca con la mano. ¿Picante? Era como la lava líquida.

Él se echó a reír.

—Creía que las chicas del norte erais más duras. Seguro que no es nada comparado con lo que coméis en los restaurantes indios de casa.

—Sí, bueno... —dije yo. No quería admitir que solo había pedido pollo Korma y arroz cuando había ido a un restaurante indio.

El regusto de la comida estaba haciendo karate con mi epiglotis. Me bebí todo el vaso de agua y sentí que se me encogía el estómago y que me daba vueltas la cabeza por la intensidad del calor, por aquella habitación claustrofóbica y todos los sabores exóticos. Dillon no se dio cuenta de mi angustia, sino que siguió llenándose el plato y haciéndole gestos de aprobación con los pulgares hacia arriba a la camarera, que no le había quitado los ojos de encima desde que habíamos llegado.

—Vamos, prueba esto. Te va a encantar —dijo, y empezó a servirme una salsa de color naranja en el plato.

No sabía qué hacer. En parte, quería ser como Nigella, la cocinera de la tele, y ronronear y decir lo deliciosa que estaba aquella comida, como si comiera con aquel nivel de especias todos los días. No quería que él pensara que yo era una tímida chica del norte que solo estaba acostumbrada a la morcilla y los pasteles de carne. Sin embargo, me sentía peligrosamente cerca del desmayo o del vómito y, si ocurría alguna de aquellas dos cosas, ya no tendría que preocuparme por si no le parecía suficientemente culta o aficionada a la comida exótica.

—Necesito tomar un poco el aire —dije, y me levanté rápidamente.

—¿Estás bien, nena? —me preguntó él.

—Sí, perfectamente —dije, mientras salía rápidamente del pequeño habitáculo, tomando aire y abanicándome la boca. Me senté en un banco de piedra fría y posé la cabeza en las manos. No sabía qué me dolía más, si la quemazón de las guindillas en la garganta o la vergüenza de tener que abandonar una cita porque no podía soportar el picante de la comida.

Dillon salió a los pocos minutos y se sentó a mi lado.

—¿Seguro que estás bien?

—Sí, lo siento, necesitaba respirar aire fresco. No estoy acostumbrada a tomar comida con tanto picante.

Él asintió lentamente.

—Tenías que haberlo dicho. Podría haber pedido el menú más suave —dijo, y dio una patada con las sandalias en el suelo. Su lenguaje corporal hizo que me sintiera estúpida e inmadura, y lo único que quería era un abrazo, que me dijera que no importaba y un litro de agua o de yogur natural para tragármelo. Dillon no me dio nada de aquello, sino que continuó resoplando y suspirando. Después de un largo rato, se puso de pie y se colocó las manos detrás de la cabeza, mirando a un grupo de chicas que se reían al pasar.

—Siento ser tan aburrida. Primero, se me da fatal el buceo y, ahora, no soy capaz de controlar mis papilas gustativas —dije, débilmente, con la esperanza de que me consolara.

—Claro que no eres aburrida. En absoluto —dijo él. Se agachó hasta el nivel de mi cara, y añadió—. Yo me siento mal por haberte traído aquí…

—Es culpa mía. Tenía que haberte dicho que…

Él negó con la cabeza y me interrumpió.

—Quería invitarte, de verdad, para compensarte por lo de anoche —dijo, y, después de respirar profundamente, añadió—: Pero no puedo pagarlo.

Yo no lo entendí. ¿A qué se refería? Claramente, aquel lugar no era el Ritz, y lo que él había pedido no podía costar mucho.

—Oh… bueno, no te preocupes. Puedo pagar yo.

A él se le relajaron los hombros.

—Me siento fatal por hacerte esto, nena.

—No pasa nada. No puede ser tan caro —dije, y solté una risita. Él estaba muy tenso por algo sin importancia. Estábamos en el siglo XXI, y las mujeres pagaban sus cosas—. Vamos a pagar la cuenta y volvamos al hotel. ¿No dijo Kit que mañana teníamos que levantarnos pronto para ir a una excursión por la selva? Yo nunca he estado en la selva, y creo que va a ser genial —dije, sonriendo.

Dillon se cruzó de brazos.

—No sé cómo decirte esto, pero… yo no voy a ir a la excursión de mañana.

—¿Por qué no? Es parte del tour —pregunté yo, con un jadeo.

—Mira, no quiero que te preocupes, ni nada, pero la verdad es que no me queda nada de dinero. Ni para pagar la comida, ni para pagar la excursión por la selva, ni para nada —dijo.

Se pasó una mano por el pelo y suspiró—. Ha habido un lío enorme con mi banco en Inglaterra, y no me han transferido el dinero que dejé preparado. Kit se puso furioso conmigo anoche, porque no había recibido el pago de este tour. Así que no puedo ir mañana a la excursión.

—¡No! ¡No puede hacerte eso! No es culpa tuya que el banco haya cometido un error.

Él dio otra patada al suelo.

—No lo entiende. Hoy he tenido un mal día, porque también me han dicho que me echan del hostal mañana, por no pagar la cuenta. Quería que esta noche fuera especial para nosotros, aunque me engañaba a mí mismo sobre cómo justificar el gasto.

—Pero… ¿dónde vas a dormir?

—Antes he estado charlando con un tipo en un bar, y me dijo que podía meterme en su casa unos días. Uno de mis amigos de Inglaterra me ha dicho que me puede mandar un poco de pasta para que me mantenga hasta que todo se haya resuelto, pero, hasta que me llegue, voy a tener que dormir en un sofá prestado —dijo, en voz baja.

Oh, vaya. Las cosas estaban verdaderamente difíciles. Me sentí doblemente mal por mi comportamiento en el restaurante, y sentí desesperación por ayudarlo. No quería verlo así; su acostumbrada sonrisa de picardía se había convertido en una expresión de duda y preocupación.

—Puedo prestarte algo de dinero —le dije, antes, incluso, de saber si tenía suficiente dinero de sobra como para ayudarle.

—No sé, nena —dijo él, y me miró con incomodidad.

—¿Cuánto te hace falta? Sería un préstamo, claro, pero puedo dejarte un poco para que, por lo menos, puedas quedarte en tu habitación —dije, y le tomé de la mano.

—Es que… Bueno, la verdad es que necesito un par de cientos —dijo, mirándose los pies llenos de polvo.

—¡No hay problema! Eso lo tengo aquí mismo —dije, y me puse a rebuscar en mi bolso.

—Quiero decir libras. Un par de cientos de libras, no de baht.

—¿Doscientas libras? —repetí yo, como un loro. Tailandia era un país muy barato.

—Sí, ya lo sé —respondió él, estremeciéndose y mirando a su alrededor para ver si la gente que pasaba estaba escuchando nuestra conversación—. No es solo la habitación; no tengo dinero para comida y, aunque pudiera ir contigo a la selva, a menos que le dé a Kit algo para quitármelo de encima, voy a tener que dejar el grupo por completo.

A mí se me encogió el estómago al pensar en que él no estuviera allí, y tomé una decisión.

—De acuerdo —dije. Aquello debía de estar hiriendo mucho su orgullo.

—¿En serio? —preguntó él, y yo asentí—. Eres increíble, Georgia, ¿lo sabías?

Entonces, me dio un beso en la frente y exhaló un suspiro de alivio.

—Pero ¿no podrías darle un poco de dinero a Kit para poder venir con nosotros a la selva? Es raro que te pida que pagues extra por esa excursión. En el precio que yo pagué por todo el viaje venía incluida.

—Supongo que, al unirme tarde al grupo, no pagué todo lo que entraba en el viaje, como vosotros, y tengo que pagar muchas cosas aparte. Ojalá hubiera pagado por todo incluido, así ahora no estaría metido en este lío —me dijo él, y se rio un poco antes de volver a ponerse serio—. No creo que pueda ir mañana a la excursión, ni siquiera con tu préstamo. Antes tengo que pagar otras deudas. Pero solo vamos a pasar dos noches separados, y yo estaré aquí esperándote cuando vuelvas, para que me cuentes todo lo que habéis hecho.

—Oh, está bien —dije, con tristeza.

—Eh, no te pongas así. Iría si pudiera, nena.

Yo asentí.

—Sí, ya lo sé.

Solo que yo tenía esperanzas de que, después de lo que había ocurrido en la fiesta de las hogueras, podría pasar más tiempo con él.

—Georgia, te lo agradezco mucho, de veras —dijo. Entonces, suavemente, me besó, antes de tomarme la mano para llevarme al restaurante a pagar la comida.

—No es nada —dije yo, y saqué de mi bolso la tarjeta de crédito.

Al menos, eso esperaba.

CAPÍTULO 17

Apaciguar (v.): Suavizar los sentimientos o el humor de una persona. Aplacar.

Amelie y Luna estaban delante del espejo cuando llegué a la habitación.

—Vaya, mira quién ha vuelto, por fin —dijo Amelie, y comenzó a pintarse los labios de rosa fucsia.

—¿Llego tarde para algo? —pregunté, mientras empezaba a sacar algo limpio que ponerme de mi mochila. Había pasado la noche con Dillon; después de darle el dinero para que pagara la habitación, parecía un desperdicio no utilizarla.

Mientras estaba en la cama con él, y nuestros cuerpos estaban entrelazados, yo no quería que terminara aquel momento. Tenía miedo de mis sentimientos, de decir alguna tontería, de dar demasiada importancia a sus palabras y de llevarme un golpe que me hiciera daño de verdad. ¿Dillon consideraba que aquello no era más que una aventura de vacaciones, o era algo más para él? Yo tenía muchas cosas que decir, y muchas cosas que saber, pero las preguntas se quedaron en mis labios mientras Dillon se iba sumiendo en un sueño plácido y relajado a mi lado.

—Bueno, te has perdido el desayuno, y ha habido muchos cotilleos. Parece que alguien le robó la pulsera a Clare durante la fiesta de las hogueras. Esa pulsera de abalorios con la que siempre estaba jugueteando, ¿sabes? —me contó Luna, que estaba haciéndose una trenza.

—¿De verdad?

—Sí, no dejaba de llorar. Daba mucha pena —dijo Luna, y entró al baño.

—No os he visto desde que os robaron el bolso. ¿Conseguisteis resolverlo todo? —le pregunté yo. Saqué una camiseta azul claro y me di cuenta de que Amelie me estaba mirando de reojo—. ¿Entendían inglés como para poder ayudaros? —pregunté. Ella tardó un instante en comprenderme, y yo añadí—: Me refiero en la comisaría.

—Ah, sí, sí. Todo se resolvió. Es culpa de Luna, que se pasa el tiempo dejando nuestras cosas por ahí para que la gente las robe. Un comportamiento de tonta, ¿no? —respondió Amelie rápidamente—. Y, hablando de nuestras cosas, ¿quién te ha dicho que puedes tocar las mías?

Se refería al día que yo había tenido que hacer una limpieza espontánea para poder vestirme en la habitación.

—Lo siento, pero estaba todo muy desordenado.

—Para eso están las limpiadoras —dijo ella, mirándome como si yo fuera idiota.

—Sí, pero, si ni siquiera pueden entrar en la habitación, ¿cómo van a limpiar? —pregunté yo, haciendo caso omiso de su cara de malhumor.

—Bueno, pues la próxima vez, pregunta primero. No quiero que nadie toque mis cosas —respondió ella. Después, oí que murmuraba—: No toques lo que no te puedes permitir.

Yo la ignoré y entré al baño, que Luna acababa de dejar como si hubiera pasado un tornado. Me lavé los dientes, intentando superar la irritación que me entraba al pensar en el tiempo que había malgastado ordenando las cosas. Al cabo de unos segundos, se me pasó por la cabeza los raro que era que hubiera desaparecido también la pulsera de Clare, aparte del bolso de Luna. No parecía que aquella isla fuera un foco del crimen organizado, pero nuestro pequeño grupo había sufrido dos robos. Y todo, desde que había llegado Dillon, dijo una vocecita en mi mente. Sin embargo, él estaba con Luna y Amelie aquella noche y, el hecho de que tuviera problemas de dinero no lo convertía automáticamente en un ladrón, respondió mi parte racional.

Veinte minutos después, todo el grupo del tour, incluida yo, estábamos subidos a un destartalado autobús rojo que iba a llevarnos a la selva a dar un paseo de dos días. Kit se puso a hablar intensamente con el conductor; tenía el ceño fruncido. Yo me senté junto a Jay, frente a Clare y Pierre. Me sentía un poco disgustada por el hecho de que Dillon no estuviera allí.

—¿Y dónde está tu nuevo novio? ¿Beneficiándose a otras? Sean dijo que estaba con esas dos la otra noche —dijo Jay, señalando a Amelie y a Luna, justo cuando el autobús se ponía en marcha.

—No, es mentira. Fue un malentendido —dije yo.

—Ah, claro. Disculpa.

Durante el camino, lleno de baches, yo me di cuenta de que Clare se tocaba inconscientemente la muñeca.

—¿Sabes si han encontrado su pulsera? —le pregunté a Jay en voz baja.

—No, pero han tenido una buena bronca durante el desayuno, por lo cara que había sido. Para mí, una pulsera bastante fea, en realidad.

—Eso es terrible. Clare debe de estar muy triste —dije yo, y acaricié el colgante que me había dado mi padre—. Debió de ser el mismo tipo que le robó el bolso a Luna.

—¿Qué? —dijo Jay.

—Dillon dijo que a Luna también le habían robado el bolso esa noche. Por eso se fue con ellas, para ayudarlas a poner la denuncia —dije yo.

Y, al ver la cara de confusión del chico, me di cuenta de que aquello no era del dominio público, como yo pensaba.

—No, no es cierto.

—¿Disculpa?

—Lo del bolso… Luna es la que tiene las tetas más grandes, ¿no? Pues a ella no le han robado nada. Las he oído hablar esta mañana, y estoy seguro de que decían algo sobre poner los bolsos juntas.

—Ah… Bueno, no sé. Tal vez Dillon lo entendiera mal.

—Parece que vas a tener que hablar con tu novio —dijo Jay, con un suspiro, y cerró los ojos.

Me quité todo aquello de la cabeza y me puse a mirar por la ventana. El paisaje, primero de calles polvorientas y luego de playas, había cambiado, y estábamos pasando entre altísimos árboles, vegetación exuberante y chabolas de hojalata. Poco después, el autobús nos dejó al borde de una carretera de tierra donde un hombre tailandés, musculoso y sonriente, nos recibió saludándonos con la mano. Después de presentarnos a Stone, nuestro guía, Kit se quedó atrás, y nos pusimos en camino.

—No te preocupes, Kit no está hecho para la vida en la selva, así que nos reuniremos con él cuando volvamos. Es un perezoso —dijo Stone, en un perfecto inglés. Después, echó una carrera y se fue hasta la cabeza del grupo. Los deportistas lo evaluaron y decidieron que era lo suficientemente guay como para pertenecer a su pandilla. Qué afortunado.

Fue una caminata difícil bajo una cúpula de hojas gruesas que bloqueaban el sol casi por completo. El ruido de las cigarras y los grillos era ensordecedor. Los sonidos de la selva solo resultaban inaudibles cuando Luna y Amelie soltaban sus grititos, apartaban las moscas a manotazos y gritaban con ganas cuando algún bicho se les acercaba demasiado a la cara. El aire era tan espeso que era como si estuviese en el invernadero de mi padre, respirando el olor de las tomateras en aquel ambiente húmedo y cálido. No dejaba de sudar, y me detuve en un riachuelo cristalino para echarme algo de agua en la cara, que me ardía. Me sentí aliviada. Seguimos avanzando, fijándonos en lo que nos rodeaba, mientras Pierre y Clare permanecían un poco retrasados, discutiendo en francés. En un momento dado, Pierre aceleró el paso y dejó a Clare sola, sollozando en voz baja.

—¿Qué te pasa? ¿Estás bien? —le dije yo, y le pasé un poco de papel higiénico que llevaba en el bolsillo del pantalón.

—Quiero irme a casa. Ya no sé qué hacer —dijo Clare, mientras se secaba los ojos.

—¿Es por la pulsera? —le pregunté suavemente.

El resto del grupo se había adelantado y no podía oírnos.

—Un poco. Pierre está furioso por que la haya perdido. Dice que no la he cuidado lo suficiente. Pero sí lo he hecho. Él fue el que me dijo que dejara de juguetear con ella durante el espectáculo de fuego, así que me la quité y la metí en el bolso, y no solté el bolso en toda la noche. Cuando volvimos al hostal, me di cuenta de que no la tenía. Además, yo creía que, si íbamos a viajar juntos por el mundo, seríamos mucho más felices que en casa. Me equivoqué. Pierre solo sabe decir que echa mucho de menos Francia, que la comida no es buena, que este sitio es muy sucio y que cree que deberíamos marcharnos.

—Puede que no se esté adaptando bien a la cultura. Puede ser todo un shock —dije yo, acordándome de los primeros días, antes de conocer a Dillon. Yo también estaba desesperada por escapar. Sin embargo, de haberlo hecho, no habría conocido a Dillon y, por mucho que dijera Jay sobre él, yo sabía que era un chico estupendo.

—No, no es por el país... Bueno, eso es una parte del problema. Somos nosotros. Yo llevaba tanto tiempo queriendo viajar que, al final, él accedió a que nos fuéramos durante seis semanas, pero tuvimos que contratar un viaje organizado, porque él no se fiaba de mi capacidad para guiarnos. Cuando volvamos a casa, tenemos que mudarnos al norte de Francia por su trabajo y, allí, yo no conozco a nadie. No quiero marcharme de aquí, pero, si no lo hago, él me dejará, y lo quiero... —dijo Clare, entre lágrimas.

—Seguro que las cosas se arreglan, ya verás... —dije. Sin

embargo, me detuve. ¿Quién era yo para dar consejos sobre relaciones?

—No, en realidad, soy feliz —dijo Clare, aunque poco convencida—. Lo único que pasa es que me gustaría que las cosas fueran diferentes. Ojalá encontrara la pulsera. Así, por lo menos, le demostraría que hay algo que no ha sido culpa mía.

—Estoy segura de que va a aparecer —le dije, y le acaricié el brazo.

Clare me miró con timidez.

—He oído que Dillon se marchó durante el espectáculo de fuego…

—Sí, bueno, pero estaba con Amelie y con Luna… —respondí. No sabía si Clare estaba acusando a Dillon, o a mí.

Ella asintió, e hizo una pausa.

—Pero es raro que dijera que le habían robado el bolso a Luna cuando no era cierto.

—No lo sé. Debo de haberle entendido mal —dije rápidamente, y pensé que no iba a volver a confiar jamás en Jay. ¿Quién había dicho que los hombres no eran cotillas?

—¡Eh, chicas! ¡Daos prisa! —gritó Stone, por encima del ruido de la selva.

—¡Ya vamos! —respondió Clare, y esbozó una sonrisa forzada que no le llegó a los ojos.

Después de horas de sudar, resoplar y quejarnos, llegamos a nuestro campamento. En silencio, pasamos entre cabañas de barro y animales de granja para entrar en aquel pueblo remoto. Mientras caminábamos, Stone nos explicó que la mayoría de los habitantes vivían del turismo, pero que habían limitado el número de visitantes y solo les permitían pasar con un guía autorizado para minimizar su exposición al mundo exterior, por decirlo de algún modo.

Si nuestro grupo era uno de los pocos ejemplos del mundo exterior que aquella gente llegaba a conocer, no era de extrañar que los habitantes de aquel pueblo prefirieran vivir apartados de todo. Los tres deportistas se habían llevado una botella de whisky barato e iban cantando todas las canciones sobre fútbol que conocían. La cena se sirvió en medio de un aire viciado por los sprays antimosquitos mientras Luna y Amelie decían una y otra vez que oían zumbidos y Pierre se negaba a comer el estofado en un cuenco de barro, porque decía que era antihigiénico. Magnet, supuestamente sin querer, tiró su cuenco y me llenó las piernas de caldo de carne pegajoso.

—Ya está bien —dijo Stone, malhumoradamente. Con exasperación, dejó a un lado su guitarra, que había empezado a tocar un poco antes, con la esperanza de mejorar lo que quedaba de aquella caótica noche—. Hora de acostarse.

Yo me levanté, quitándome pedazos de zanahoria de las piernas, y fui a hablar con Amelie. Necesitaba comprobar que no me estaba volviendo loca, que era cierto que a Luna le habían robado el bolso.

—Amelie, ¿tienes un minuto?

Ella se giró a mirarme.

—¿Qué?

Yo me acobardé ante su mirada fría.

—Eh… me estaba preguntando una cosa. El bolso de Luna… ¿dónde estaba antes de que lo robaran?

En medio de la oscuridad, me pareció que sonreía con astucia.

—¿Qué pasa? ¿Es que no te crees lo que te ha contado el príncipe Dillon?

—No, es solo que… yo…

—Mira, si tienes problemas en tu relación, deberías ir a resolverlos con él, y no venir a acusarme a mí —dijo ella, y se dio la vuelta. Cuando se alejaba, le dio una patada a la bota de alguien para apartarla de su camino.

Yo estaba a punto de olvidarlo todo cuando vi a Luna, que volvía de hacer sus necesidades en un agujero que servía de letrina, frotándose las manos con gel antibacteriano y jurando entre dientes al tener que esquivar un montón de estiércol de algún animal.

—Eh, Luna —le dije yo—. Así que le has echado valor y has ido al servicio.

—Arg, no voy a volver a beber nada para no tener que ir más.

—Sí, todo es muy rústico. Eh, mira, me estaba preguntando una cosa. ¿Qué bolso es el que robaron durante el espectáculo de fuego?

Ella me miró con desconcierto.

—¿Qué? A mí no me robaron el bolso.

—Ah —murmuré yo, y se me cayó el alma a los pies. Así que Dillon y Amelie habían mentido.

—Bueno, en realidad, pensaba que me lo habían robado, ese que es granate y tiene borlas, pero resulta que me lo había dejado en la habitación. ¿Por qué?

—Oh, por nada, por nada. He malinterpretado algo, nada más.

Stone nos dijo claramente que, si hacíamos cualquier ruido, nos echarían de la gran cabaña de bambú que todos íbamos a compartir, y tendríamos que dormir en las cochiqueras. Las camas eran delgadas colchonetas colocadas en el suelo y cubiertas con mosquiteras. Cuando yo me metí en el saco de dormir, intenté encontrarle sentido a lo que me habían dicho Amelie y Luna. Estaba segura de que Dillon me había dicho que a Luna le habían robado el bolso. Cerré los ojos e intenté no pensar en ello, aunque no tenía claro por qué motivo había ido a ayudarlas. Tal vez solo fuera una estratagema de las chicas para tenerlo a solas. Sin embargo, él había vuelto conmigo, pensé de manera petulante. Por fin, me quedé dormida.

CAPÍTULO 18

Verídico (adj): sincero, veraz.

El resto del grupo estaba charlando, comiendo y preparándose en la terraza inundada por el sol, mientras yo metía las cosas, lentamente, en mi mochila. Me dolía todo el cuerpo por haber dormido en aquella colchoneta en el suelo. Había pasado muy mala noche, y estaba de mal humor. Los tres chicos habían roncado mucho.

En aquel momento, me movía por la habitación, gruñendo porque Amelie y Luna habían ignorado los ruegos de Stone, que nos había pedido que dejáramos la habitación recogida antes de desayunar. Ellas ni siquiera se habían molestado en recoger sus camas, así que decidí hacerlo yo. Al enrollar el saco de dormir de Amelie, oí que algo caía sobre las sábanas. La pulsera de Clare brillaba ante mis ojos. ¡Amelie era la ladrona! Tuve que tragar el sabor de la bilis. Stone entró en la habitación y dijo que todo el mundo debía reunirse fuera. Con un ataque de pánico, yo guardé la pulsera en el bolsillo delantero de mi mochila y salí con los demás. Tenía el corazón acelerado.

—Chicos, por favor, escuchad. Hoy tenemos un camino más corto que el de ayer, y vamos a parar en un santuario de elefantes antes de seguir hasta el campamento donde vamos a pasar la noche. Así que, si recogéis vuestras cosas y salís, nos pondremos en marcha.

Yo me quedé retrasada, y observé a Amelie mientras volvía a su cama.

—Luna, ¿has recogido tú esto? —preguntó, mirando a su alrededor por la habitación. Yo me quedé helada. No podía admitir que lo había hecho, porque entonces, ella se daría cuenta de que yo conocía su secreto.

—¿Qué? —preguntó Luna, desde el otro lado de la habitación.

—Nada, nada —dijo Amelie, y salió de la habitación para reunirse con Stone, que nos miraba con agobio, porque estaba desesperado por irse de allí y dejar en paz a los habitantes de aquel pueblo.

El paseo de aquel día fue fácil, puesto que había que bajar por una ladera. Como era temprano, hacía fresco. Disfruté de las gotas de rocío que caían desde las hojas grandes y verdes de los árboles.

Mientras caminábamos, yo iba pensando en qué le iba a decir a Amelie, repasando formas de empezar la conversación con una mezcla de preocupación por su cleptomanía e indignación por su delito. Para eso me había entrenado Marie, para poder salir airosa de una confrontación. Después de mi horroroso intento el día que me había encontrado a Alex, estaba decidida a no volver a fracasar. Primero, tenía que trabajar en lo que iba a decir, y pensar cuándo lo iba a decir. Al menos, así dejaba de pensar en Dillon. No podía creer que hubiera llegado a pensar que él era el ladrón.

Después de unas cuantas horas de caminata, seguimos un camino ancho de arena con imágenes de elefantes pintadas a mano en señales de madera a ambos lados. Por fin, llegamos a una entrada sobre la que colgaba un letrero: *Centro de conservación Elefantástico*. Al fondo había unas montañas y, a sus pies, un valle recorrido por un rio serpenteante. Se veían elefantes de diferentes alturas, escarbando, caminando lentamente, dejándose bañar en el agua del río.

Un hombre sonriente, que llevaba un polo con el lema *Salvar a los Elefantes*, se acercó a saludar a nuestro grupo.

—Hola a todos. Me llamo Chris —dijo, con un ligero acento de Gales—. Bienvenidos a Elefantástico, un santuario y centro de rescate para elefantes. Estamos orgullosos de darles el mejor de los tratos a los elefantes traumatizados o huérfanos que han sido rescatados, además de ayudar a la población local. Los habitantes de la zona encuentran trabajo aquí, ya sea vendiendo sus productos de artesanía en nuestra tienda de regalos, o haciéndonos publicidad. Nuestro objetivo no solo es proteger a esta maravillosa especie en peligro de extinción, sino, también, educar a los turistas y a los lugareños.

Tenía barro en las uñas, llevaba unos pantalones cortos de algodón y se le veía un brillo de sudor en la línea del cuero cabelludo, que llevaba afeitado. Parecía un hombre de acción galés, desesperado por salvar el mundo de los elefantes de los hombres malos. Noté que las mujeres se desmayaban por él, y que en los hombres del grupo se despertaba una especie de competitividad. Yo, por mi parte, estaba emocionada por el hecho de acercarme a los elefantes por primera vez. Quería sentir lo curtida que era su piel y experimentar lo que era lavar a uno. Aquel era otro punto que podría tachar en mi lista de deseos de viaje, algo en lo que apenas había vuelto a pensar últimamente.

—Vine aquí de mochilero, igual que vosotros, chicos, y ya nunca me marché. Aquí tenemos elefantes ciegos o heridos, debido al maltrato y a la explotación como animales de trabajo, sobre todo, cuando los utilizan como debo turístico para la mendicidad.

Se le empañaron los ojos, y tuvo que enjugárselos. Aquel hombre conseguía que Ryan Gosling haciéndole caricias a un gatito mientras cuidaba a un huerfanito enfermo pareciera un hombre frío y despiadado.

—¿Cuándo vamos a montar en uno? —gritó Magnet, por encima del apasionado y sincero discurso de bienvenida de

Chris, y sacó a los seres humanos con vaginas de sus ensoñaciones.

Chris respondió bruscamente:

—En este enorme parque de cien hectáreas tenemos treinta y ocho elefantes. Promovemos el turismo sostenible, no las emociones baratas que puedan dañar a los elefantes. Esto es un santuario, no un circo.

Magnet apartó los ojos con cara de pocos amigos, mientras Luna le lanzaba una mirada de «eres un idiota sin sentimientos».

—Sin embargo, nos encantaría invitaros a que nos ayudéis a darles de comer y a bañarlos en el río.

Los deportistas bostezaron, dijeron que ellos iban a echarse una siestecita y se dirigieron hacia la sombra de un gran árbol. Pierre se había escabullido para refugiarse en la pequeña cafetería, refunfuñando por los estándares de higiene.

—Bueno, bueno, cuatro menos —dijo Chris, que parecía aliviado—. Voy a buscar trajes de trabajo para todos los demás.

Se dirigió a un gran armario que contenía los trajes especiales que teníamos que ponernos sobre la ropa para entrar en el río con los elefantes.

Amelie, finalmente, dejó de hacer gestos infantiles para las fotos de Snapchat y levantó la vista. Se había perdido casi todo lo que había dicho Chris.

—¿Dónde ha ido el señor Sexy? —preguntó.

Luna le dio un codazo.

—No estoy segura. Creo que ha ido a buscar algún traje o algo que tenemos que ponernos.

—¿Me estás tomando el pelo? ¿No es suficiente que tenga que meterme en el agua apestosa con esas bestias sino que, además, tengo que parecer una retardada mientras lo hago?

Por mucho que a ella le gustaran la actitud filantrópica de Chris y su atractivo físico, no era de las que estaban dispuestas a correr el riesgo de romperse una uña por ayudar a los demás.

Abrió unos ojos como platos al ver que Luna no le daba la razón automáticamente.

—¿No has visto lo asquerosa que es el agua? Parece que en este país todos piensan que la limpieza es solo escupir y pulir. No me imaginaba que Tailandia fuera tanto del tercer mundo. Bueno, ya puede irse olvidando de traer sacos de patatas para nosotras dos, nos vamos a tomar el sol. Vamos, Luna, date prisa, aquí me están comiendo los mosquitos.

No parecía que a Amelie le importara que Stone estuviera a pocos metros de ella oyendo cómo describía a su país de una manera tan irreflexiva.

Luna movió la cabeza hacia el lago de elefantes y, después, hacia el lugar soleado que señalaba Amelie, visiblemente dividida entre hacer algo tan emocionante y tener que apartarse de la sombra de su amiga.

—Eh… En realidad, creo que voy a hacer esto —dijo, susurrando. Su cuerpo se puso tenso a la espera de la reacción de Amelie.

Amelie se detuvo y giró sobre sus talones.

—¿Qué? ¿De veras quieres correr el riesgo de contraer alguna enfermedad metiéndote en esa agua? —preguntó, con una mueca de repugnancia—. No puedo creer que esté diciendo esto, pero por primera vez tengo que admitir que ese maniático con fobia a los gérmenes tiene un poco de sentido común —dijo, señalando en dirección de Pierre, que, en aquel momento, estaba limpiando con unas toallitas húmedas una parte de un banco para poder sentarse.

—No es ningún maniático con fobia a los gérmenes, lo que pasa es que tiene muchas alergias —protestó Clare, en defensa de su novio.

Su voz suave apenas fue audible a causa de los chillidos de deleite de otros mochileros, que estaban metidos en el agua hasta la altura de los muslos, mientras los elefantes intentaban salpicarlos, chapoteaban y disfrutaban de la atención.

Amelie echó la cabeza hacia atrás, riéndose.

—¿Alergias? ¿Eso es lo que te ha vendido? Lo único que le da alergia a tu patético novio es el sentido de humor. Aunque también debería hacerse una revisión de la vista, a juzgar por la novia que ha elegido —dijo. A Clare se le enrojeció la piel pálida y pecosa—. Vamos, Luna —le espetó Amelie.

Pareció que Luna se estremecía al ver que a Clare se le llenaban los ojos de lágrimas.

—Amelie, te he dicho que quiero hacer esto. Nunca he visto un elefante desde tan cerca —replicó, y su labio inferior sobresalió como el de un niño pequeño que estuviera aprendiendo a mantenerse firme.

—Ah, muy bien. Por mí, perfecto. Quédate aquí con tus nuevos amigos. Me importa un bledo. Yo ni siquiera quería venir aquí contigo, pero tu madre me obligó. Ella me pagó el billete porque sabía que tú no ibas a poder hacer esto por ti misma. ¿Por qué crees que te dio permiso para venir? Si tu cerebro fuera de kétchup, no cabría en uno de esos sobrecitos —dijo Amelie, con los ojos centelleantes.

Eso debía de ser una cuestión sensible, porque Luna apretó un puño.

—No hables así de mi madre —dijo con los dientes apretados.

—Ja, ja ¿o qué?

Yo estaba esperando que Luna se rebelara y le gritara a su falsa amiga por sacar a relucir a su madre en aquello. Sin embargo, Luna se quedó como un globo desinflado. Prácticamente, se marchitó, y asintió.

—Tienes razón, lo siento —murmuró.

Yo ya no podía soportarlo. ¿Luna tenía que pedirle disculpas a Amelie? De ninguna manera. Me dirigí hacia las dos chicas con los puños apretados. Clare se apartó nerviosamente del camino, limpiándose los ojos bajo las gafas.

—Luna, puedes hacer lo que quieras. No dejes que te lo impida.

—Ahí está ella, la abuela del grupo —dijo Amelie, y agitó la mano con desprecio para que yo me alejara—. No te metas en lo que no te importa, Georgina. Que no tengas a Dillon para seguirlo como un cachorro patético no significa que tengas que meterte en esto.

En aquel instante, Amelie traspasó todos los límites. Me había hartado de sus comentarios maliciosos, de sus quejas y de sus insultos a Luna. A mí me habría encantado estar allí con Marie; ¿acaso Amelie no se daba cuenta de lo afortunada que era por poder compartir aquella experiencia con una de sus mejores amigas?

—No. No eres la jefa de Luna ni de nadie —le dije, y ella se quedó atónita, como si no creyera que yo hubiera tenido el valor de responder—. ¿Es que tienes unas voces en la cabeza que te animan a comportarte como una bruja?

—¿Qué has dicho, abuela?

Aquello fue la gota que colmó el vaso. Tomé aire y grité:

—Sé que has sido tú la que ha robado la pulsera de Clare.

Amelie se estremeció un segundo, pero, rápidamente, se irguió y me hizo frente.

—No sabes de qué estás hablando. Y ten cuidado, porque yo puedo hacer lo mismo —gruñó.

—¿Georgia? —dijo Clare, mirándome muy fijamente—. ¿Qué has dicho?

—He dicho que ella tiene tu pulsera. La encontré esta mañana en su saco. Te la robó ella, Clare.

—¿Es eso cierto? —preguntó Clare, volviéndose hacia Amelie con el labio tembloroso. Amelie nos miró a ambas alternativamente, como si fuera un león atrapado en una jaula que buscaba una escapatoria.

Finalmente, me clavó la mirada, ignorando la expresión herida de Clare.

—¿Y dónde está la pulserita mágica, Georgia?

El resto del grupo nos estaba mirando también, como si fuéramos dos jugadoras de un partido de tenis.

—Me llamo Georgia. Y la tengo en mi mochila…

—Ah, ¿en tu mochila? En la tuya. Qué casualidad. Espera un minuto… ¿Me estás acusando y amenazando a mí cuando la pulsera ha estado todo el tiempo bien escondida en tu mochila? —preguntó, e hizo una pausa, como si fuera la abogada de un programa de juicios de la televisión vespertina—. ¿Y cómo sabemos que no la robaste tú, que la has tenido todo este tiempo y que ahora la estás utilizando para vengarte?

—Yo no… Yo nunca… —tartamudeé—. ¿Qué quieres decir con eso de que quiero vengarme?

Ella ladeó la cabeza. Parecía que estaba disfrutando del espectáculo.

—Obviamente, quieres vengarte de mí por lo que pasó durante la fiesta de las hogueras.

A mí se me encogió el estómago.

—¿Qué?

—Oh, vamos. ¿Es que no te lo has imaginado todavía? Es el truco más viejo del mundo: compórtate como una damisela en apuros, y los hombres acudirán volando. Luna no perdió su bolso, ni se lo robaron, pero no me costó mucho separar a Dillon de ti, para que él pudiera estar con una chica que de verdad merece.

Yo moví la cabeza.

—No sabes de qué estás hablando.

—Vamos, vamos. ¿De verdad pensabas que le gustabas? —preguntó Amelie, cruzándose de brazos, con una ceja enarcada—. Oh, Dios mío. Sí, lo pensaba. Es hilarante.

—¡Cállate! ¡Cállate!

—Y, Clare, no creas que Georgia es una santa. Ella nos dijo que vosotros no le caíais bien y que nunca sería vuestra amiga si no estuviéramos todos aquí metidos.

¡Qué mala! Estaba dando una versión manipulada de lo que yo había dicho el primer día que nos habíamos conocido. Clare miró a Amelie y, después, me miró a mí, con una expresión de dolor.

—Yo no dije eso, yo…

—Georgia —dijo Stone, de repente. Su tono era una advertencia para que me calmara, para que terminara aquel escándalo y la gente del refugio dejara de mirarnos más a nosotros que a los elefantes. Los turistas habían sacado los teléfonos móviles y estaban grabándolo todo, seguramente, porque pensaban que íbamos a llegar a las manos.

Stone me miró. Yo me preparé para que me echara una buena reprimenda por aquella escena. Tal vez me acompañara fuera del parque y me echara del grupo del tour. Lo que no me esperaba era que se acercara a mí, con una pequeña sonrisa, y me dijera en silencio, moviendo los labios:

—Cubo.

Yo miré hacia el lugar que él había señalado con la cabeza, y vi que había un cubo lleno de porquería cerca de la puerta de madera de un barracón.

Sin pensar en las consecuencias, me agaché, lo recogí, di unos cuantos pasos con dificultad y le eché el contenido a Amelie por la cabeza. Tuve la sensación de que hasta mis padres podían oír sus gritos desde casa.

—¡Qué mierda! Eres una loca. ¿Habéis visto lo que me ha hecho? —gritó Amelie, con el cuerpo tenso y los brazos levantados en el aire. Su cara era un cuadro. Ojalá no se me hubiera caído el teléfono al mar, porque un selfie en aquel momento no tendría precio. Estaba a punto de pedirle a Clare su teléfono, pero me lo pensé mejor al ver a Amelie fruncir el ceño bajo la capa de porquería.

—¡Me las vas a pagar!

Los demás me estaban mirando boquiabiertos, como un coro silencioso. Stone intentaba contener la risa desesperadamente. Entonces Chris vino corriendo, cubierto de saliva de elefante y agua de río.

—¿Qué diablos pasa aquí? Os estaba esperando junto al río. Al oír todo este ruido, pensé que alguien había abierto el recinto de los elefantes, pero, no, erais vosotros —dijo. Su cara bronceada tenía ya no tenía la expresión de un mochilero feliz, sino la de un jefe furioso.

Stone se adelantó, con las palmas extendidas y una mirada sombría y profesional.

—Lo siento mucho, hemos tenido un accidente con…

—No ha sido un accidente! Esa vaca ha sido la que me ha hecho esto —gritó Amelie

Magnet se colocó de un salto delante de ella para contenerla, secretamente emocionado por estar tan cerca, aunque ella fuera a dejarle una mancha viscosa y verde en la camiseta.

Chris levantó la mano.

—¡Cállate! ¡Ya está bien! No me importa quién haya sido. Nunca había tenido un grupo tan desordenado, perturbador y maleducado como este. Marchaos inmediatamente. Este tour no puede volver aquí nunca más.

De repente, Stone vio lo grave que era el asunto. Por mucho que hubiera disfrutado viendo que Amelie se llevaba su merecido, iba a meterse en un lío si Kit se enteraba de aquello. —No, escucha, amigo, podemos arreglarlo. Me disculpo por nuestro comportamiento, pero prohibirnos la entrada es un poco excesivo…

Chris sacudió la cabeza con vehemencia.

—Dile a Kit es la última vez que cualquiera de sus grupos puede venir aquí. Y, ahora, salid del parque antes de que llame a la policía. Lo digo en serio.

Cerca de nosotros había un recinto grande lleno de adorables crías de elefante que se paseaban de un lado a otro. Los elefantes jóvenes debieron de decidir que aquel era el momento oportuno para defecar, y se nos llenaron los oídos con el fuerte ruido de las heces al caer al suelo. En ese momento, Chris salió disparado, dejando una nube de polvo rojo tras de sí. Stone corrió tras él para intentar apaciguarlo.

Amelie empujó a Magnet para apartarlo y se alejó, gritando:

—Todo esto es culpa tuya, Luna.

A Luna se le hundieron los hombros. Murmuró «lo siento» y corrió tras su amiga.

Sacudí la cabeza con incredulidad al verlas. Después, me giré para pedir disculpas al grupo por haber estropeado la actividad de aquel día, y me quedé sorprendida al ver que todos estaban sonriendo.

«Ha sido increíble», «Muy bien hecho», comentaron varios.

—No ha estado mal —me dijo Sean, y me guiñó un ojo.

Me sonrojé.

—Sinceramente, no tenía intención de hacer eso. Yo… —hice una pausa, y dije—: Clare, no he mentido. Tengo tu pulsera en mi mochila, pero yo no te la robé.

Me dio un torpe abrazo.

—¿Realmente piensas que iba a creerla antes que a ti? Gracias por recuperar la pulsera. Además, estoy segura de que está mintiendo sobre Dillon. Probablemente solo quiere hacerte daño.

—Gracias Clare, espero que tengas razón.

Sin embargo, se me encogió el estómago al pensar en la posibilidad de que Amelie hubiera dicho la verdad.

El conductor del autobús obligó a Amelie a lavarse con una manguera al aire libre si quería volver a subir al autobús e, incluso después, hizo que se sentara sobre una toalla vieja y manchada de aceite, lo cual fue bastante irónico después de que ella hubiera dicho que los tailandeses eran sucios. Ninguna de las chicas me miró cuando pasé junto a ellas para sentarme en la última fila con Clare y Pierre. Yo había sacado la pulsera y se la había devuelto a Clare, aunque Amelie seguía negando que ella hubiera tenido algo que ver con el robo.

—¿Quieres ir a la policía? —le pregunté a Clare.

Clare negó con la cabeza.

—No, ya tengo la pulsera a buen recaudo. Eso es lo principal y creo que Amelie ha aprendido lección. Has hecho un buen trabajo al descubrir ese cubo de porquería.

Después de todo el drama de aquel día, me apoyé en el

respaldo del asiento. Estaba agotada. Stone me había llevado aparte para decirme que no me preocupara por Chris ni por Kit, que él había logrado suavizarlo todo. Al principio, tuve pánico de que los demás se enfurecieran conmigo por haber acortado la caminata por la selva y por haberles privado de la oportunidad de acercarse a los elefantes, pero parecía que estaban contentos de volver al mundo moderno, a saber, un mundo con wifi y una cama cómoda. Finalmente, bajamos del autobús, cansados y soñando con una ducha caliente y ropa limpia, algunos más que otros. Y, mientras todo el mundo entraba al hotel, me quedé atrás, desesperada por ir a buscar a Dillon y poder darle tregua a mi cabeza.

CAPÍTULO 19

Proteico (adj.): Que cambia fácilmente de formas o ideas.

El recepcionista del hostal de Dillon se negó a darme ninguna información sobre él, por una cuestión de confidencialidad, así que me fui hasta la playa de Nige para preguntarle si él lo había visto y, de paso, alejarme de Amelie hasta que se calmara. En realidad, estaba convencida de que, cuando volviera a nuestra habitación iba a encontrar todas mis cosas destrozadas. Caminé por la arena cálida hacia la cabaña de Nige.

—Eh, hola —me dijo él, muy sonriente, y me dio un abrazo—. No creía que fuera a verte otra vez por aquí. ¿Estás decidida a intentarlo otra vez?

Se le apagó la sonrisa cuando le expliqué que, en realidad, había ido a buscar a Dillon y que, aunque él había sido un profesor excelente, el mar y yo no éramos compatibles.

—Ah, bueno, bueno. Sí, he quedado con Dillon más tarde para tomar una cerveza. Vino antes para preguntarme si podía dejar aquí sus cosas.

—Entonces, ¿le han echado de la habitación?

Él se quedó asombrado.

—Eso no lo sé. No, quería guardar su guitarra y sus amplificadores. Un buenísimo equipo, en mi opinión.

Dillon nunca me había contado que tocara la guitarra, y

yo no había visto ningún instrumento en su habitación del hotel.

—Ah, sí. Claro. ¿Y dónde habéis quedado? Puede que me pase un poco antes para ver si doy con él.

Nige se rascó la cabeza y, sus gruesos rastas se mecieron con el movimiento.

—En el Karma Club. ¿Lo conoces? Está justo enfrente del banco. Las cervezas no son muy caras y ponen buena música. Dile a Dillon que yo iré en cuanto termine aquí, dentro de una hora, más o menos.

Asentí.

—Sí, lo haré. Gracias, Nige.

En aquel lujoso club de playa, lleno de sofás blancos, velones de iglesia y música house relajante, no vi a Dillon por ninguna parte. Pensé que tendría que volver más tarde, cuando Nige terminara su turno. Me estaba dando la vuelta para marcharme cuando oí la risa grave de Dillon, que provenía de detrás de un biombo de bambú.

Me asomé y vi a una mujer increíblemente esbelta, riéndose, tendida en un sofá blanco con Dillon. Ella le estaba acariciando los muslos musculosos con un brazo muy bronceado.

—¿Dillon?

Él apartó su brazo de los hombros morenos de la chica y se giró hacia mí como si le hubiera explotado un petardo en el trasero.

—Ah, Georgia… Has vuelto… er… has vuelto antes de tiempo. Kit me dijo que ibais a ir directamente a Koh Phangan para ver la fiesta de la luna llena después de la excursión.

Yo no le expliqué que nuestra caminata se había acortado por culpa mía e, indirectamente, por culpa suya,

—Había pensado reunirme con vosotros allí —dijo él—. Bueno, y… ¿qué tal? ¿Qué pasa?

Habló con vacilación, como aturullándose. La mujer, que

notó el cambio de ambiente, decidió largarse silenciosamente, y él no hizo ademán de detenerla.

—¿Que qué pasa? Eh, déjame que piense… Nige me ha dicho que vas a montar un grupo de música, y Amelie ha terminado cubierta de caca de elefante por tu culpa.

Silencio. Oh, un momento… Yo lo había mezclado todo, y me había hecho un lío con las palabras.

—¿Cómo? ¿Te encuentras bien? Lo que dices no tiene sentido —dijo él, mirándome con el ceño fruncido.

—No, espera. Habla tú primero. ¿Quién era esa chica?

—¿Esa? —preguntó él, riéndose—. Nadie. Vamos, nena, ¿por qué no te sientas y nos tomamos algo? Estás un poco rara. ¿Ha ido bien la excursión?

—No, Dillon, necesito saber que todas las cosas que ha dicho Amelie no eran más que mentiras.

—Está bien, está bien. No pensaba que fuera a contártelo —dijo él, y puso los ojos en blanco como si todo fuera una molestia, lo cual me enfadó aún más. Él tomó un sorbito de su copa antes de continuar—. Bueno, en realidad, conozco a Kit desde hace unos pocos años. Es amigo de un amigo.

Un momento. ¿Por qué estaba hablando de Kit? Aquello era sobre Amelie y él, ¿no?

—Por eso me quedo en un hostal diferente al vuestro. Me uní a vuestro grupo para pasar unos días con Kit… y para estar contigo —añadió, como si acabara de ocurrírsele.

En aquel momento, lo entendí todo. Él no estaba de paso por allí, sino que vivía allí. Conocía a todo el mundo en aquella isla, había usado sus contactos para impresionarme durante las citas, me había hecho creer que yo le gustaba, y todo para que yo le diera el dinero sin pestañear. Yo era la que había pagado su lujosa habitación; solo era la chica de aquella semana, hasta que llegara la siguiente. ¡Cabrón! Se me llenaron los ojos de lágrimas, y empezaron a temblarme las piernas.

—Entonces, ¿me hiciste creer que estabas de viaje igual que yo? ¿Ese es tu plan, quedarte en Tailandia aprovechándote de todas las mochileras que te indican tus amigos, las que te eligen porque son carne de cañón? Consuela a esa, que tiene roto el corazón, hazle cumplidos a aquella y acuéstate con esa, que es fea —le grité. Ya estaba harta de que me mintieran, de ser una ingenua, de confiar en los demás y que me tomaran por tonta. Exactamente, lo que me había hecho Alex.

—No, no es eso —dijo él, y tosió al darse cuenta de que nos estaba mirando todo el mundo.

—¿Y estuviste con Amelie durante la fiesta de las hogueras? —le pregunté. Tenía el corazón encogido. «Por favor, di que no, di que no».

—Entonces, te lo ha contado —dijo él.

A mí se me cayó el alma a los pies. Había permitido que me robara el corazón, la cabeza y las bragas, porque estaba convencida de que él sentía lo mismo que yo. Me sentí asqueada conmigo misma por haber caído en su trampa.

—Eres un cerdo y un mentiroso.

—¡Eh! Yo nunca dije que iba a haber exclusividad. Las mujeres sois todas iguales. Mira, que tengas suerte en el resto del viaje, y gracias por el dinero —dijo, despreciativamente, y se alejó.

Yo salí corriendo del bar, entre lágrimas. Estaba enfadada y disgustada. Me sentía humillada por haber pensado que había conocido a alguien especial. Me senté en un banco de la calle y tomé aire para intentar calmarme. No tenía fuerzas para enfrentarme a aquello.

Tal vez Dillon tuviera razón en una cosa: había decidido irme de viaje para encontrarme a mí misma, para experimentar lo que era una vida despreocupada, para aprender a mantenerme en pie contra viento y marea. Y, sin embargo, me había enamorado de un mentiroso, había seguido las estúpidas reglas de Kit y había cumplido su terrible itinerario, había estado a punto de ahogarme, me había comido una cucaracha, había vomitado por la borda de un barco, me había hecho un piercing en el pezón y había sufrido demasiadas resacas. En Turquía yo no había imaginado nada de aquello al escribir mi lista. Estaba esperando cultura, no vulgaridad y carnaza.

Estaba desesperada por hablar con Marie o mis padres, por oír sus voces reconfortantes, pero mi teléfono estaba en el fondo del mar. Recordé que, de camino al hotel, había visto una pequeña cafetería con Internet. Me dirigí a ella y entré.

En el local reinaba la penumbra, y había dos chicos adolescentes en uno de los puestos, jugando a un videojuego muy ruidoso. La mujer del mostrador me indicó qué ordenador podía usar, bastante alejado de los chicos, para poder hacer una llamada. Entré en Skype y llamé a Marie.

Cerré los ojos y, mientras sonaban los tonos de la llamada, me sentí como si estuviera otra vez en aquel búnker del parque que había junto a la casa de mis padres. Sentí vergüenza y humillación, como hacía quince años. Inmediatamente, volví a aquella noche.

Estaba oscuro y olía a orines. Yo ni siquiera sabía si quería estar allí, en aquel búnker de guerra abandonado que había en nuestro parque. No era el escenario que me había imaginado para mi primera vez. En nuestro colegio, ser virgen era terrible; todo el mundo lo había hecho ya. Yo era la última de mi clase, seguramente, de todo el colegio, y sería una boba si no me acostara por primera vez con Dean Summers. Sus padres estaban forrados; él olía a Cool Water, llevaba zapatos Kickers y, por algún motivo desconocido, había mostrado cierto interés en mí. Bueno, era arrogante, hablaba con la boca llena y siempre tenía alguna bolita de cera en las orejas de soplillo, pero era muy popular en el colegio, y Marie estaba desesperada por tener una cita con el mejor amigo de Dean, mucho más guapo que él, con quien ella se había acostado, por lo menos, dos veces ya. Miré a mi alrededor por aquel espacio lleno de moho y de humedad. Estaba sentada en un saliente de cemento manchado de pis y de sidra barata, lleno de pintadas, y decidí que las cosas podrían ser peores. No mucho, pero, seguramente, sí podían ser peores...

Pensé que Dean ya lo habría hecho con muchísimas chicas, pese a las bolitas de cera de sus orejas. ¿Y si esperaba que yo fuera seductora, o algo por el estilo? ¿Y si no era lo suficientemente buena? Había bebido demasiado Bacardi, y no pensaba con claridad. ¿Quería yo hacer aquello, en realidad?

—Ya estás lista, Georgia —me había susurrado él antes, arrastrando las palabras. Olía a tabaco y a desodorante, y era todo seguridad en sí mismo. Después, me había dicho que fuera allí y lo esperara. Y eso había sucedido hacía una hora.

Le di una patada a una botella vieja de ron, y tuve la primera duda: ¿Y si todo aquello no había sido más que una broma pesada? Dean salía mucho con Lisa y Heather, las dos chicas más guapas y más malas de nuestro curso, a quienes yo no caía bien. Siempre que ellas estaban cerca, yo tenía mala suerte: desaparecían mis cosas de gimnasia, y tenía que tomar prestada ropa maloliente de la cesta de objetos perdidos, recibíamos llamadas obscenas en casa y yo había tenido que quedarme con la única silla rota que había en todo el comedor del colegio la semana anterior.

¿Y si ellas estaban metidas en aquello?

De repente, oí el eco de unos pasos en aquel espacio cavernoso, y se me alegró el corazón. ¡Sabía que iba a ir! Me senté más erguida, me subí un poco la falda y me bajé el escote, como había visto hacer a Marie. Pero no era Dean el que había ido a buscarme, sino Marie.

—¿Qué haces? Dean va a llegar en cualquier momento, no puedes estar aquí.

Ella se dobló para recuperar el aliento.

—No... no va a venir... Georgia. Es una broma. Te han tomado el pelo —me dijo, entre jadeos, arrugando la nariz a causa del mal olor—. Es todo culpa mía. Pensé que le gustabas de verdad. Si no, no te habría dicho que vinieras.

—¿Qué quieres decir? —le pregunté, lentamente.

A ella se le llenaron los ojos de lágrimas.

—Oh, Georgia... Ha sido una apuesta. Les he oído reírse

de ti cuando salía del baño. He venido corriendo todo lo rápidamente que podía, pero con estos zapatos voy muy lenta. ¡Todos te están esperando!

—¿Quiénes? ¿Dónde? —pregunté yo, intentado calmarme.

—Todos —me dijo ella con tristeza—. Todos están fuera. Vamos, tienes que salir de aquí cuanto antes y acabar con todo. Sal riéndote, como si tú también supieras que era una broma. Vamos, podemos hacerlo.

Yo tomé mi bolso, en el que llevaba preparado un preservativo, antes de que Marie me tomara la mano temblorosa. Hacía una hora, yo creía que iba a salir de aquella cueva convertida en una mujer, no mortificada por ser objeto de una broma. Tuve la sensación de que todo ocurría a cámara lenta. Parpadeé para acostumbrarme a la luz de las farolas, y oí carcajadas e insultos. Marie estaba desesperada por protegerme de todo aquel ruido, pero no pudo bloquear sus insultos. «Frígida», «friki», «perdedora»...

—¿De verdad te creías que se iba a interesar en ti? —me preguntó Lisa con arrogancia, rodeando con un brazo la delgada cintura de Dean.

Yo empecé a temblar incontrolablemente, sin poder evitar que se me cayeran las lágrimas por las mejillas y por el brillo barato que llevaba en los labios.

Desde aquella horrible noche, me había jurado mil veces que nunca volvería a ser tan débil ni tan tonta en lo relacionado con los hombres. En aquel momento, me hubiera pateado a mí misma por haber olvidado aquella decisión tan sabia, y no una, sino dos veces. Di una palmada sobre la mesa. ¿Por qué no respondía Marie? Más que nunca, necesitaba hablar con ella. Ella me entendería, y yo quería oír su voz, necesitaba que me dijera qué podía hacer. El problema era que no estaba conectada, nadie estaba conectado. Yo no podía preocupar a mis padres; mi madre me sacaría un billete para el primer vuelo que hubiera a Manchester. Pensándolo bien, tal vez fuera eso lo que tenía que hacer: rendirme y volver a casa. Por lo menos, lo había intentado. Necesitaba lamerme las heridas en privado.

Había pagado por adelantado todo el tour en la agencia de Trisha, así que había previsto un presupuesto pequeño por día para la comida, la bebida y otras cosas que pudiera necesitar durante el viaje. Sin embargo, con las doscientas libras que se había quedado Dillon y los extras en que incurría siempre que Kit estaba por medio, me había quedado casi sin dinero. Si me marchaba antes de tiempo, él nunca me devolvería el dinero. Revisé el correo electrónico en busca de la información sobre el vuelo de vuelta, para ver si podía cambiar la reserva y cuánto me costaría.

En mi lista de mensajes sin leer había uno de mi padre, que me contaba qué tal el tiempo, que había ganado la noche de dardos y cerveza en el bar del barrio y que mi madre quería que leyera un artículo sobre una mujer que había viajado por el mundo y, al volver a casa, había montado su propia empresa y se había hecho millonaria de la noche a la mañana por una aplicación para viajes. Marie me enviaba unas cuantas fotografías de Cole disfrazado de cabrito para la obra de teatro de la guardería y se quejaba de una cita sin éxito que había tenido hacía poco. Parecía que, si la ventana del baño del restaurante barato hubiera sido lo suficientemente grande, ella la habría utilizado para escapar.

Al leer sus mensajes, me di cuenta de que la vida en casa seguía como siempre y que, aunque parecía que me echaban de menos, nada había cambiado. Si me marchaba en aquel momento, sabía lo que iba a encontrar al volver: una realidad segura, cómoda y normal, salvo que no tendría casa, estaría soltera y en paro. Aquel pensamiento no me provocó un impulso irrefrenable de volver, pero sabía que tampoco podía quedarme con aquel grupo si en él continuaban Dillon, Kit y Amelie.

Estaba a punto de enviarle un mensaje a Marie, explicándoselo todo y pidiéndole consejo, cuando vi un correo que me había enviado Trisha con el itinerario original. Al revisar sus detalladas notas, me di cuenta de que había un documento adjunto que yo no había abierto. Era un mapa dibujado a mano que había escaneado, con instrucciones sobre dónde ir en Koh Lanta para llegar a la Mariposa Azul. El lugar al que ella me había dicho que fuera si todo se ponía demasiado difícil durante el tour.

De repente, supe lo que tenía que hacer. Parecía que se me había olvidado que, en la vida real, yo era secretaria de dirección y que, si podía organizar la agenda de Catrina, planificar una boda y aprender a ser la nuera perfecta, seguramente tenía el conocimiento y la capacidad necesarios para viajar sola. Si había una cosa que yo tenía que agradecerle a Dillon era que me había dado la llamada de atención que necesitaba desesperadamente. Yo estaba acostumbrada a la rutina, a tener un plan y seguir las instrucciones, pero, en aquella ocasión, lo haría todo a mi manera. Podía llegar de una manera barata a la Mariposa Azul, tal vez, incluso, negociar un descuento por el alojamiento y pasar el resto del tiempo allí antes de volver a casa como estaba previsto.

Me deshice del borrador del correo electrónico para Marie y, en su lugar, les dije a mis padres y a ella que me iba a explorar una nueva isla, que había habido un cambio de planes con respecto a mi tour y que había reunido valor para pasar algunos días sola. Que no se preocuparan, que les echaba de menos y que los vería muy pronto. Añadí la información de contacto de la Mariposa Azul si necesitaban ponerse en contacto conmigo, puesto que yo había perdido mi teléfono, y desconecté.

Cuando iba a pagar, me sobresalté, porque los dos adolescentes se pusieron a gritar de alegría y se dieron una palmada en lo alto. Habían ganado la batalla. Sonreí, porque me sentía exactamente igual.

Mi siguiente desafío era cómo llegar a la Mariposa Azul de la manera más barata posible. Si pudiera llegar sola hasta allí, entonces podría hacer cualquier cosa. Salí de la cafetería agarrando firmemente una copia impresa del mapa de Trisha y me encaminé hacia el puerto, dispuesta a usar las técnicas de regateo que mi madre me había inculcado desde mi más tierna edad.

En busca de algún tipo de punto de información turística me di cuenta de que había grupos de mochileros sentados en el suelo de baldosas, alrededor de una gran caseta de planta diáfana que estaba muy cerca de los barcos de diferentes tamaños que se mecían suavemente por efecto de las olas. Cautelosamente, me acerqué para ver si allí era donde podía conseguir un pasaje que me sacara de aquella isla. En el extremo más alejado del local había dos cabinas ante las cuales la gente hacía cola ordenadamente. En cada una de las ventanillas había una mujer tailandesa con una camiseta ajustada de color crema que les ladraba respuestas a viajeros con aspecto de sufrir estrés. Tanto los mochileros como los lugareños avanzaban muy despacio hacia lo que parecía la oficina de billetes. Claramente, aquello iba a ocuparme un buen rato. Hice lo que hacía cualquier británico bien educado y me puse al final de una de las filas, abanicándome la cara mientras el sudor me caía por el cuello. A pesar de que el día ya estaba avanzado, la caseta estaba llena de gente, de bebés gritando, de perros ladrando y de indescifrables anuncios en tailandés.

Yo quería probar lo que era viajar sola; pues bien, era aquello. Me sentía estresada, acalorada, nerviosa y confusa, y ni siquiera sabía si estaba en la cola correcta para conseguir lo que quería. Hasta aquel momento no había tenido que organizar nada en el viaje, porque todo estaba incluido en el tour. Irónicamente, eso hizo que apreciara el trabajo de Kit. No podía creer lo mimada que había sido, lo irreflexiva, cuando no tenía que hacer el trabajo necesario para poder ir de un sitio a otro en un país extranjero.

Me dolían las piernas de estar de pie, estaba sudando y tenía la garganta seca. Ni siquiera se me había ocurrido comprarme una botella de agua. No podía dejar la cola para ir a la tiendecita a comprar una, por si perdía el sitio. Los dos alemanes que había detrás de mí me miraban con cara de pocos amigos cada vez que no llenaba inmediatamente el espacio que se creaba delante de mí cuando la cola avanzaba, y no me atrevía a pedirles que me guardaran el sitio.

Por fin, después de una hora, llegué al mostrador. Una mujer tailandesa con unas profundas ojeras me miró con expectación.

—Hola, no estoy segura de si he venido al sitio correcto. Me preguntaba si podría ayudarme, quería saber cuál es el primer barco que sale para Koh Lanta, y no sabía si era aquí o…

Ella alzó una mano para detener mi retahíla de disculpas y dijo:

—Koh Lanta. Barco sale dos horas.

Yo suspiré de alivio.

—Fantástico. ¿Podría comprar un billete, por favor? ¿Cuánto cuesta? —pregunté, mientras sacaba el monedero. En dos horas, tendría tiempo suficiente para ir al hostal, recoger mis cosas y volver al muelle. ¡Mi plan iba a funcionar!

—Cinco mil quinientos baht —dijo ella.

—¿Cómo? —pregunté yo, y retrocedí con horror. Eso eran más de cien libras por un viaje en barco. Yo no tenía tanto dinero… Bueno, lo tenía, pero, si me lo gastaba, no podría comer durante el resto del viaje.

La mujer asintió con tirantez, y se le cayeron copos de caspa de la cabeza, como si fueran confeti.

—Yo… yo… yo… no puedo permitírmelo.

—Cinco mil quinientos baht en barco de hoy. Dos mil por adelantado para barco dentro de tres días.

¡Tres días! No podía quedarme tanto tiempo, sabiendo que Dillon era el rey de la isla. Me agobié aún más al oír refunfuñar al alemán de detrás. Estaba desesperada por marcharme, y parecía que tenía la Mariposa Azul al alcance de la mano. Sin embargo, por culpa de Dillon, no podía pagar el viaje.

—¿Paga? —me preguntó la mujer.

Yo negué lentamente con la cabeza.

—No. No, gracias, no tengo tanto dinero.

—¡Siguiente! —gritó ella, y los alemanes pasaron por delante de mí y me empujaron para apartarme..

Yo me quedé sin saber qué iba a hacer.

Me sentí muy sola y muy triste. Compré una botella de agua y una bolsa de patatas fritas y fui a sentarme a uno de los bancos del muelle. Descansé las piernas y bebí agua y, mientras lo hacía, me fijé en una caseta más pequeña que debía de habérseme pasado por alto antes. Allí había un grupo de hombres encorvados, sentados en un banco nudoso, fumando, hablando o durmiendo. Al cabo de unos instantes, todos los hombres despertaron a otro, apagaron los cigarrillos y marcharon hacia un pequeño barco de pesca que acababa de atracar. Cientos de gaviotas se arremolinaron sobre el barco sucio, graznando excitadamente al oler el pescado.

Los hombres se llamaron unos a otros y comenzaron a tirar de unas cuerdas y a levantar grandes sacos manchados con sus brazos musculosos. Yo me quedé hipnotizada por la sincronía con la que trabajaban: uno se doblaba, el otro levantaba, el siguiente tiraba y el último empujaba. Fue bastante extraordinario ver al equipo en acción. En cuestión de minutos, el abundante pescado fresco estaba empaquetado y subido a un camión.

Yo estaba a punto de levantarme y regresar a mi hostal para acostarme y compadecerme de mí misma cuando vi algo pintado a un lado del barco. Las letras estaban descoloridas, pero se leía claramente «Koh Lanta». Me puse en pie de un salto y me acerqué a un par de hombres que todavía estaban en el pesquero.

—¡Hola! ¡Hola! —exclamé, moviendo los brazos por encima de la cabeza. Uno de los hombres me miró—. Hola, ¿hablan ustedes inglés?

Él asintió.

—¡Fantástico! ¿Van a Koh Lanta? —pregunté. Él volvió a asentir, y yo me animé—. ¿Y cuándo zarpan?

—Mañana por la mañana. ¿Por qué? —me preguntó, mirándome desconfiadamente.

—¿Hay alguna posibilidad de que pudiera ir con ustedes? —pregunté, sin pensarlo dos veces, con una descarga de adrenalina en las venas.

El hombre me miró con desconcierto.

—Pero… ¿sabes pescar?

—Sí —respondí, con tanta seguridad como pude. Bueno, mi padre me había llevado a pescar varias veces cuando era pequeña, pero yo me aburría de estar sentada y empezaba a pedirle que me llevara a casa. Cuánto me arrepentía en aquel momento.

Él me miró, como si quisiera adivinar la verdad.

—Está bien. Mañana, a las seis en punto de la mañana.

—¡Oh, Dios mío! ¡Gracias!

—No llegue tarde, porque no esperamos.

—No, se lo prometo. ¿Cuánto tengo que pagar?

Él se echó a reír.

—Ya pagarás pescando. Si pescas algo, nosotros te llevamos a Koh Lanta.

—Ah, de acuerdo. Sí, muy bien. Gracias de nuevo. ¡Nos vemos mañana!

Él asintió de nuevo y se metió en la cabina, y yo me quedé en el muelle, aterrada y emocionada al mismo tiempo. Solo tenía que pescar algo, y llegaría por fin a la Mariposa Azul, orgullosa de mí misma por haberlo conseguido sola y por apartarme de los lugares más turísticos. Solté un resoplido de desdén al pasar junto a la oficina de billetes, pensando en los viajeros que iban a desembolsar una fortuna. ¿Quién necesitaba la guía del Lonely Planet cuando tenía valor y decisión?

Por desgracia, mi petulancia duró muy poco.

CAPÍTULO 20

Darse a la fuga (v.): Huir.

Con las prisas por irme, hice rápidamente el equipaje, después de comprobar con asombro que Amelie no había saboteado mis cosas. Dejé una nota diciéndole a Kit que abandonaba el tour. El chico de la recepción estaba demasiado ocupado jugando al Candy Crush como para mirarme, pero gruñó afirmativamente cuando le pedí que le diera el mensaje a Kit al día siguiente. Yo esperaba poder despedirme de Clare, pero quería evitar a Amelie y Luna y, ciertamente no quería ver la cara Kit ni presenciar su posible reacción ante mi marcha.

Me colgué la mochila, me puse el cinturón del dinero y pasé corriendo por delante de la recepción antes de que alguien pudiera cobrarme por algún impuesto por abandono del tour. Salí tambaleándome hacia el puerto, parando tan solo para tomar un rápido tazón de fideos tailandeses para cenar. Necesitaba encontrar un hostal más cerca del puerto para dormir aquella noche, para que mi comienzo al día siguiente no fuera agotador.

Por aquella zona no había demasiada oferta, puesto que la mayoría de las casas de huéspedes, hoteles y hostales estaban a lo largo de la playa de ensueño. Desde allí, las únicas vistas eran del puerto aburrido y lúgubre, medio lleno de embarcaciones mugrientas que se balanceaban sobre las olas llenas de basura. Suspirando, me dirigí al primero de los dos destartalados hostales que había enfrente, diciéndome que era solo por una noche, que no necesitaba las vistas para dormir y que, además, podría estar tranquila, porque Amelie no iba a estrangularme con una percha durante la noche.

Tenía que darme prisa, porque estaba anocheciendo y todavía no sabía si tenían cama disponible. Entré en el más agradable de los hostales. Un hombre de unos cuarenta años, con cara de cansancio, alzó la vista desde el monitor de la recepción, que era una pequeña mesa blanca situada en una de las esquinas de una habitación llena de sofás, un enorme frigorífico lleno de cervezas y una pantalla de televisión plana en la que había un partido de fútbol. Así pues, el establecimiento no estaba tan mal. Podía hacerlo.

Sin embargo, no, no podía, porque no tenían ni una cama libre. Al día siguiente se celebraba la fiesta de la luna llena, y todos los mochileros habían reservado con antelación para poder llegar con facilidad al puerto para trasladarse a Koh Phangan. Yo me había creído que era la más inteligente de todos, que podía conseguir una cama a la primera.

Entré al segundo hostal, y tuve la sensación de que había retrocedido en el tiempo. El papel de la pared era anticuado y feo, el mostrador de la recepción, que era de madera oscura, estaba lleno de polvo y ocupaba casi todo el espacio. Olía a tienda de caridad.

—¿Hola? —dije. Mi optimismo iba disminuyendo.

A los pocos minutos, apareció una mujer mayor, tan ancha como alta, de pelo gris y con gafas, que me miró con el ceño fruncido.

—¿Sí? —me espetó.

—Eh… Hola. Me preguntaba si tiene alguna cama libre para esta noche.

La mujer se metió detrás del mostrador, y yo la oí revolver unos papeles. Salió con una llave y la agitó delante de mí.

—Mil baht —dijo, y yo me quedé boquiabierta. Aquello eran casi veinte libras, y yo solo iba a pasar siete horas en mi cama—. Habitación privada. Cama doble. Desayuno.

—Oh… eh… No sé si… ¿No tiene algo más barato?

Entonces, ella murmuró algo entre dientes y volvió a meterse detrás del mostrador.

—Doscientos baht.

La quinta parte.

—Vaya, estupendo. ¿Y es también una habitación privada?

Ella se echó a reír.

—¡No! Cama. Habitación compartida. No desayuno.

Ah.

Bueno, si quería hacer aquel viaje yo sola y ciñéndome a un presupuesto, tendría que compartir habitación con desconocidos. Seguro que sería como las grandes habitaciones de Harry Potter, e iba a dormir con personas que se convertirían en mis mejores amigos.

—De acuerdo.

La mujer esperó a que yo le pagara para darme la llave.

—Habitación dos. Cama once.

¿Once? Dios Santo, ¿cuántos íbamos a ser?

—Salida a las diez en punto. Si no, pagar extra.

—¿Eh? Bueno, yo me marcho más temprano, seguramente, sobre las seis de la mañana, porque tengo que tomar un barco…

La mujer ya se había marchado. Le di las gracias a su espalda y entré al pasillo para encontrar mi cama.

Cuando abrí la puerta de la habitación, estuve a punto de echarme a llorar sobre el suelo sucio. La sala era muy pequeña y estaba llena de literas de metal, de tres alturas, que casi se tocaban unas a otras. No había ni la más mínima privacidad, y conté quince camas. Había unas taquillas oxidadas, con las puertas desvencijadas, en la pared más alejada. Del techo colgaban un par de ventiladores que movían el aire de un sitio a otro. Olía a ajo y a cerveza.

Encontré la cama número once; estaba deshecha. Las camas que estaban por encima y por debajo de la mía habían sido utilizadas, pero nadie las había limpiado. Saludé a los tres hombres que había en las literas de al lado de la mía, pero solo uno de ellos se molestó en responder.

—Llevan seis días de juerga. Seguramente, no conseguirías sacar nada en claro de ellos, aunque te hablaran —me dijo una chica, que parecía de unos veinte años, con el pelo teñido de azul y unos piercings de madera en los lóbulos de las orejas del tamaño de una moneda de cincuenta peniques—. ¿Cuánto tiempo te vas a quedar?

—Solo esta noche.

—Qué suerte. A nosotros se nos ha acabado el dinero, así que tenemos que quedarnos aquí hasta que ganemos un poco más. La vieja nos tiene haciendo todo tipo de trabajos para pagar la cuenta. Es una mierda. Limpiar no vale de nada. No se puede abrillantar una mierda, ¿no?

Debía de ser una pregunta retórica, porque la chica siguió hablando, metiendo las piernas bajo el cuerpo, satisfecha por el hecho de tener público. Oí gruñir a uno de los hombres; no supe si quería que ella se callara o si se estaba muriendo por haber tenido que dormir en aquella habitación varias noches.

—De todos modos, viajar de mochilero es una mierda. Sales de casa con ganas de ser libre, de dejar todo lo malo atrás, pero terminas al otro lado del mundo, trabajando a cambio de unos peniques en un lugar apestoso, como si fueras un preso en el corredor de la muerte. Vaya libertad —dijo.

Yo me imaginaba que, en otros tiempos, ella tendría los ojos llenos de luz y brillo, pero, ahora, estaban apagados. Asentí, como si supiera exactamente de qué estaba hablando.

—¿Están ocupadas todas las camas? —pregunté, mirando a mi alrededor.

—Sí. Ocupadas por gilipollas —dijo, y tuvo un ataque de tos y de risa a la vez—. Bueno, no, no todos son tan malos. Pero no dejes nada en el suelo, porque Kai, el que está en la cama nueve, es un vago, y mea directamente por un lado de la cama porque no le apetece levantarse para ir al servicio.

¿Qué demonios?

—¿Has visto los servicios ya? —me preguntó la chica.

Yo negué con la cabeza. Sentí terror al pensar que alguien pudiera hacerse pis encima de mí mientras dormía. Quizá hubiera debido quedarme con Luna y Amelie, después de todo.

—No, bueno. En realidad, no le culpo.

—Ah. Bueno, mira, voy a intentar echar un sueño. Mañana tengo mucho que hacer —dije. Iba a sacar el pijama de la mochila, pero decidí que tal vez fuera mejor dormir con la ropa puesta.

—Ah, sí, guay. Si mañana quieres hacer algo, yo estaré por aquí. Aburriéndome.

Yo sonreí brevemente. Oh, Dios, ¿cómo podía ser aquello tan deprimente?

Sobre mi colchón había una sábana amarillenta, una funda de almohada manchada de algo sin identificar y lo que parecía una toalla desgastada. Respiré profundamente y me dije que solo iba a ser una noche. Hice la cama y me acosté, preguntándome si aquella sábana con olor a pescado iba a protegerme de la lluvia de Kai en medio de la noche…

No creo que tuviera los ojos cerrados más de veinte minutos. Por la habitación desfilaron a las tres de la mañana seis mujeres borrachas, y sus gritos, unidos a los ronquidos que rebotaban en las paredes y el ruido de las bocinas de los barcos al amanecer me impidieron conciliar el sueño. Cuando me levanté de mi litera, todos los demás estaban profundamente dormidos. Yo me puse las sandalias y percibí un olor fuerte a amoníaco. Parecía que Kai lo había hecho de nuevo. Mi sandalia derecha estaba calada. Qué horror.

Salí de la habitación, puse la sandalia bajo el grifo del sucísimo servicio y me marché de allí. Nunca me había sentido tan feliz de salir de un lugar. Dejé la llave en recepción y me marché hacia el puerto para encontrar el barco de pesca que iba a llevarme a Koh Lanta. El hombre del día anterior me vio al instante, y me saludó amistosamente. Los otros hombres que estaban a bordo tenían expresiones que iban desde el disgusto hasta la petulancia. Yo tomé aire y bajé al barco por la pasarela.

Estaba huyendo, sí, pero me había hartado de soportar cosas que no me hacían feliz. Me había quedado con Alex, diciéndome a mí misma que las cosas podían mejorar; había seguido trabajando para Catrina, creyendo en sus falsas promesas de ascensos, y había soportado a un grupo de viaje que detestaba. No. Iba a continuar sola.

—Deja tu mochila ahí. Por cierto, me llamo Wayne —gruñó el hombre.

—¿Wayne? —pregunté, conteniendo la risa.

—Sí —respondió él, muy serio, como si Wayne fuera un nombre común y corriente para un tailandés.

—Bueno, pues muchísimas gracias. Yo me llamo Georgia.

Seguí sus instrucciones y dejé mi bolsa sobre una caja que había en la cabina. Un hombre gordo y casi calvo que estaba junto al timón me saludó con un gruñido.

—Hola —dije yo, y sonreí. El hombre respondió con otro gruñido.

—Es nuestro capitán. No habla inglés —me dijo Wayne, al entrar en la habitación—. Aquí nadie lo habla, salvo yo. De todos modos, no vas a tener tiempo de conversar, porque estás aquí para trabajar.

Me dio un par de botas de goma, tres números mayores que el mío.

—Todo se moja mucho, y no quiero que te resbales en cubierta. Ponte esto también —dijo, y me lanzó a la cabeza una camiseta manchada y, también, demasiado grande—. Zarpamos dentro de cinco minutos —dijo Wayne; después, le dijo algo en tailandés al malhumorado capitán, que lo siguió. Me dejaron a solas.

Seguramente, debería haberme sentido más vulnerable en un barco con cuatro hombres desconocidos. Mi madre se agarraría el pecho con espanto si supiera en qué situación me había puesto a mí misma, y todo por ahorrar. Sin embargo, por muy extraña y, tal vez, peligrosa, que fuera aquella experiencia, yo tenía la necesidad de demostrarme a mí misma que podía salir airosa.

En la escuela odiaba el día de gimnasia, odiaba la presión, y la competitividad de estudiantes naturalmente atléticos contra otros como yo, que no podían hacer mover un bate ni correr como si estuviera en juego mi vida. Sabía que mi padre solo estaba siendo bueno cuando llegaba la última cada vez, con la mi cara roja de vergüenza, mientras los otros estudiantes se reían de mí. Él me decía que yo era más del tipo creativo, que no todo el mundo podía ser el próximo Linford Christie. El mundo necesitaba una mezcla de aquellos que se jactaban de su gloria y aquellos que continuaban silenciosamente con el trabajo. Bien, pues ya estaba harta de ser la que perdía y tenía que soportar a otros más audaces y fanfarrones que yo. Iba a demostrarme a mí misma que podía ser tan buena como ellos.

Rápidamente, me puse las botas y la camiseta, intentando contener las náuseas por el olor a pescado, y me apresuré a reunirme con el resto de la tripulación. Mientras los hombres desplegaban una enorme red de pesca en la cubierta resbaladiza, yo me agarré a la barandilla, porque el barco ganaba velocidad y se abría camino a través de las olas, hundiéndose y surgiendo de manera turbulenta sobre la espuma. Yo tragué saliva para mitigar la sensación enfermiza que me estaba causando el movimiento en el estómago. Estaba empeñada en no marearme para no tener que pasar vergüenza. Estaba segura de que todos pensaban que Wayne estaba loco por dejar que una mochilera entrara en su territorio. Con cuidado, me incliné para ayudarles a desenrollar la pesada red, pero, recuperé rápidamente el equilibrio y me aferré a las barras de metal cuando nos sacudió otra ola.

Ellos hablaron entre sí en un tailandés muy rápido, y me señalaron. Entonces, Wayne me llamó y me dijo:

—Tienes que soltarte de ahí y venir a ayudar. Esto no es un paseo gratis.

Asentí e intenté acercarme a ellos, arrastrando aquellas enormes botas que me había dado. Me fijé en que nadie más las llevaba. Unos cuantos de los hombres soltaron una risita cuando me acerqué.

—Eh… ¿Wayne? —dije, en voz baja, haciendo caso omiso de los demás. Wayne apartó la vista del cabo que estaba manejando y me miró—. Eh… Me preguntaba si tenéis algún chaleco salvavidas.

Wayne tradujo lo que yo acababa de preguntar, y todos se echaron a reír.

—No, ahora eres una pescadora. No te va a pasar nada. Date prisa y ayuda a tirar de esta cuerda cuando nosotros echemos la red.

Me ruboricé e hice lo que me había dicho.

Entre tres de los hombres, echaron la red por la borda, y se hundió de inmediato. Yo sentí que la cuerda que tenía entre las manos me quemaba al ponerse tensa.

—No sueltes el cabo por nada del mundo —dijo Wayne, con mucha seriedad. Por primera vez, me sentí intimidada. «Bueno, tranquila. No lo sueltes. Puedes hacerlo».

El sol de aquella hora temprana de la mañana ya me estaba atravesando la camiseta y calentándome la piel. Ojalá me hubiera puesto un sombrero y más crema solar, pero no podía soltar el cabo para revolver en mi bolso; menos, teniendo en cuenta que los rayos solares no eran ninguna preocupación para el resto de los miembros de la tripulación, que ya estaban haciéndose cigarrillos, tendidos por cubierta sin camiseta.

Empezaron a dolerme los brazos y las piernas por estar tanto tiempo de pie guardando el equilibrio. No me atrevía a preguntar cuánto tiempo tenía que permanecer así. Intenté no pensar en que Wayne me había ordenado que siguiera agarrando el cabo para que todos se rieran de mí. Sin embargo, al cabo de un rato, estuve a punto de decirle que la broma había terminado. No pude hacerlo, porque, de repente, algo tiró tan violentamente del cabo, que tuve que hacer un esfuerzo enorme para no soltarlo.

—¡Wayne! —grité, plantando los pies con firmeza en el suelo y agarrando el cabo con ambas manos.

Por los tirones, pensé que debíamos de haber pescado un tiburón. Mis gritos avisaron al resto de la tripulación, que corrió hacia mí. A los pocos segundos, en el barco se había creado una actividad frenética. Wayne me gritaba que no soltara la cuerda y, rápidamente, tomó el extremo que descansaba sobre la cubierta.

—Georgia, cuando yo te diga, tiramos. ¡Tira! —gritó.

Todo el mundo estaba inclinado por la borda del barco y tirando de todas las cuerdas que encontraban. Era muy doloroso.

—¡No puedo! —grité. Me ardían las palmas de las manos, me faltaba el aliento y estaba mareada.

—¡Sí puedes! ¡Tira! —gritó Wayne, por encima del griterío del resto de los hombres. Yo negué con la cabeza. No podía seguir haciendo aquel esfuerzo físico.

—No puedo —sollocé.

—¿Vas a rendirte solo porque te duela un poco? —me preguntó Wayne, provocándome. Era obvio que se arrepentía de haber permitido que subiera una chica a bordo. No podía contestarle, porque tenía la garganta atenazada por las lágrimas—. Tienes que terminar lo que has empezado, Georgia. Tienes el control, solo tienes que tirar más fuerte —me gritó.

Yo estaba a punto de soltar el cabo, porque estaba convencida de que no aguantaba un segundo más, cuando las palabras de Wayne me llegaron al alma. Empecé a recordar todo lo que había empezado y no había terminado, todas las pequeñas metas que había abandonado, todas las clases de Zumba las que me había arrastrado Marie, y a las que no había vuelto, todas las vacaciones que había querido reservar y no había reservado, todas las comidas malas de restaurante de las que no me había quejado, todos los comentarios maliciosos que había hecho la madre de Alex sobre mí cuando pensaba que yo no la oía, y que yo había pasado por alto.

—¡Vamos, Georgia! —gritó de nuevo Wayne.

Luché con todas mis fuerzas y seguí tirando. Me negué a seguir siendo la que lo dejaba todo a medias. Obligué a mis brazos a tirar más rápido, con más fuerza. Me caían gotas de sudor de la nariz y tenía la cara arrugada de determinación. Hacía ruidos extraños, como si estuviera de parto, pero no me importaba. Aquel dolor, aquella determinación y aquella frustración eran para expiar todos los fracasos que había soportado voluntariamente durante mi vida. Sabía que Wayne me estaba mirando atentamente, y sabía que los demás esperaban a ver si iba a derrumbarme. Yo resoplé y tiré, gruñí y tiré, juré como un carretero y tiré.

Y, al final, terminamos. La red subió por la borda y se desparramó por la cubierta mojada. A mí me fallaron los pies, y me caí entre los peces. Empecé a reírme como una loca por el asombro de lo que había hecho. ¡Había sacado una red enorme llena de peces en mitad del mar de Andamán, con un grupo de pescadores fornidos, yo sola!

Miré a los demás, creyendo que habían recorrido aquel camino emocionante y espiritual conmigo, pero, para mi sorpresa, estaban ocupados recogiendo pescado y metiéndolo en cubos de color naranja. Haciendo su trabajo con normalidad. Ignorando a la loca inglesa que había en una esquina.

Uno de los hombres, con una barba negra y larga y las manos llenas de tatuajes, me ladró algo en tailandés.

—Georgia, todavía no has terminado, ¡vamos! —me dijo Wayne.

Me puse de rodillas y empecé a recoger peces, sin pensar en lo repugnante que era su tacto viscoso, suave y húmedo. Recogí todos los que pude y los metí en cubos. Diez minutos después, la red estaba vacía otra vez.

—Buen trabajo. Ahora tenemos que limpiar, porque pronto vamos a llegar a Koh Lanta.

Wayne sonrió rápidamente. Yo asentí y me limpié la cara con la camiseta, antes de empezar a frotar la cubierta con un cepillo que me habían lanzado.

Me dolían todos los músculos y todavía sentía la descarga de adrenalina corriéndome por las venas, y no podía dejar de sonreír. Poco a poco, entramos en el puerto de Koh Lanta. Me sentía orgullosa de mí misma, y eso era un sentimiento que no experimentaba muy a menudo. Mientras los pescadores sacaban el pescado del barco y lo llevaban a pesar para venderlo, Wayne se acercó a mí y me dio una palmada en la espalda.

—Lo has conseguido. No ha sido tan difícil, ¿eh?

Yo solté un resoplido.

—¿Difícil? Más bien, una tortura.

Wayne sonrió de nuevo.

—Lo has hecho bien —dijo.

Yo también sonreí, y me incliné para recoger mis cosas. Empecé a buscar algo de dinero para darle.

—No. Te dije que pagarías con pescado, y ya lo has hecho. Quédate también la camiseta.

Le di las gracias, y él asintió. Subimos al muelle, y yo me despedí del resto de la tripulación con la mano. Ellos me saludaron con la cabeza. Entonces, abrí el mapa de Trisha y comencé a caminar por la calle. Siguiente parada, la Mariposa Azul.

CAPÍTULO 21

Temerario (adj.): Impetuoso, precipitado.

Había llegado a Koh Lanta, pero tenía un pequeño problema: Wayne y su tripulación me habían dejado en un lugar que no figuraba en el mapa de Trisha. Miré a mi alrededor nerviosamente. El puerto era mucho más pequeño que el de Koh Pa Sai, y no había ni un solo restaurante para preguntar. Un poco más adelante, más allá de los barcos, había una carretera polvorienta que se bifurcaba. Parecía que el ramal derecho era la opción más transitada, ya que unas cuantas camionetas con las capturas del día se alejaban lentamente en esa dirección, mientras que en la carretera de la izquierda solo había visto un tuk tuk. Me mordí el labio. No había nadie a quien preguntar. Wayne había desaparecido y, solo se oía el sonido de las olas. Estaba preocupada.

Umm... ¿Qué iba a hacer? No quería echar a andar por ninguna de las carreteras, por si la Mariposa Azul estaba en dirección contraria. Me dolía demasiado el cuerpo compara cargar con la mochila demasiado tiempo. Ni siquiera había pensado en cómo iba a encontrar la Mariposa Azul cuando llegara a la isla. Había supuesto que estaría junto al puerto, y solo tenía un mapa manchado de sangre de pescado. Recordé que, al hablar de la Mariposa Azul, Trisha había dicho que estaba en un lugar apartado, remoto, y por eso me había dibujado el mapa. Al principio, yo me había emocionado mucho con aquella aventura, pero en aquel momento, perdida en medio de ninguna parte, sudando, hambrienta y agotada, ya no lo veía todo tan claro.

«Oh, piensa con pragmatismo, Georgia». Tenía que encontrar a alguien que pudiera interpretar el mapa y supiera en qué dirección tenía que ir. Después, tomar un tuk tuk, con la esperanza de que no estuviera tan lejos como había dado a entender Trisha. Me sentí más animada, y me dispuse a marcharme. Tuve que hacer tres intentos antes de poder colgarme la mochila de los hombros, y empecé a dar pasos cortos. Elegí la carretera de la derecha.

Me veía obligada a parar cada diez minutos para tomar aire, mover los hombros bajo las correas de la mochila, que estaban empapadas en sudor, y respirar profundamente antes de continuar. Ojalá pudiera hablar con alguien y, así, quitarme de la cabeza el dolor que sentía en todo el cuerpo. Alguien que me ayudara a encontrar el camino. «Querías viajar a solas, ¿no? Pues aquí estás».

Por fin, llegué a un grupo de cabañas con el techo de hierro corrugado, y se me empañaron los ojos. Un niño pequeño, no mucho mayor que Cole, que llevaba una camiseta del Manchester United, salió corriendo en persecución de una gallina, y una mujer de pelo negro y largo, que estaba colgando la colada, regañó al niño para que dejara en paz al animal. A niño le tembló el labio inferior, hasta que ella puso los ojos en blanco resignadamente, y él siguió jugando.

—Hola, ¿habla usted inglés? —pregunté, con una voz ronca y muy baja. Tuve que carraspear para llamar su atención.

Ella se me quedó mirando. Así pues, no hablaba inglés. El niño me tiró de la mano y me sonrió. Se le habían caído los dos dientes delanteros.

—Hola —le dije yo, devolviéndole la sonrisa. Inmediatamente, me imaginé a Cole y a Marie. Los echaba muchísimo de menos—. Lo siento, me he perdido y me preguntaba si podría ayudarme —dije, intentando de nuevo comunicarme con la mujer, que supuse era la madre del pequeño. Ella siguió muda.

El pequeño seguidor del Manchester United me estaba sujetando la mano y meciéndome suavemente el brazo.

—Un minuto —dije.

Le solté la mano y saqué el mapa de mi bolsillo. Él observó con atención lo que hacía, pero perdió el interés al ver que no sacaba ninguna chuchería. Me acerqué a su madre y le mostré el mapa.

—¿La Mariposa Azul? —pregunté, señalándosela.

Ella miró el mapa, pero siguió callada. Aquello era muy difícil. Tomé aire y empecé a mover los brazos como si fueran las alas de una mariposa, señalando el color azul de mi mochila. El niño se echó a reír y me imitó, y, pronto, los dos estábamos deslizándonos por la carretera vacía.

Al final, su madre le echó otro vistazo al mapa y le dijo algo al niño, que entró corriendo en su cabaña. Seguramente, ella quería protegerlo de la occidental loca. Se me hundieron los hombros, y me preparé para seguir caminando.

—Brrr, brrr, brrr.

El niño volvió a salir de la cabaña haciendo el ruido del motor de un coche. Yo miré a su madre, que asintió y me hizo una seña para que la siguiera por un caminito. Yo la seguí, y el niño vino con nosotras, conduciendo imaginariamente a nuestro alrededor. Al final del camino había un hombre sesteando en una hamaca y, junto a él, un tuk tuk de color verde. ¡La mujer me había entendido! Intentó despertar suavemente al hombre, pero el niño trepó por sus piernas y empezó a darle puñetazos en la cabeza. Funcionó. El hombre se despertó, agarró al niño entre sus brazos y le dio un beso en la frente. El niño arrugó la nariz y se frotó el beso. La mujer me señaló y habló con el hombre, y él asintió, bostezó y subió a su vehículo.

—¿Conoce la Mariposa Azul? ¿Sí?

La mujer asintió y sonrió.

—Oh, Dios mío, ¡muchísimas gracias!

Revolví en mi bolso y saqué un par de billetes, pero ellos negaron con la cabeza. Quería darles algo a modo de agradecimiento; encontré la bolsa de patatas fritas que había comprado el día anterior, pero que no me había comido, y se la di al niño. Su madre sonrió con aprobación y asintió, y el niño me abrazó las piernas. Yo me emocioné al ver lo contento que se había puesto con una sencilla bolsa de patatas fritas.

—Ah, muchas gracias —le dije, y me agaché para devolverle el abrazo.

—¡Cuidaos mucho, y gracias de nuevo! —les dije, aunque no me entendieran, y me subí al asiento trasero del tuk tuk, con un suspiro de alivio. Estaba en camino.

Aquella isla era mucho más verde que Koh Pa Sai, aunque no pareciera posible. La vegetación era exuberante ya había flores exóticas y brillantes. Mi conductor recorrió en silencio carreteras vacías, caminos de tierra y senderos serpenteantes. Yo todavía no podía relajarme por completo. Al estar sola, tenía que permanecer en alerta, aunque parecía que mi chófer sabía muy bien adónde iba. Esperaba que fuera al mismo sitio que quería ir yo.

Después de veinte minutos, el conductor se detuvo bajo la sombra de una palmera y me indicó que bajara. Después, dejó mi mochila en el suelo. Sonrió, inclinó la cabeza ligeramente y me señaló un camino de barro seco por el que, claramente, no podía circular ningún vehículo, ni siquiera su pequeño tuk tuk.

—¿Ese es el camino de la Mariposa Azul? —pregunté. Parecía que tenía que caminar por la selva yo sola.

Él siguió sonriendo e inclinó la cabeza. Después, subió de un salto al asiento del tuk tuk y se marchó sin mirar atrás.

Yo respiré profundamente. Acababa de quedarme tirada en una selva tropical, y estaba empezando a ponerse el sol. Saqué el mapa e intenté seguir con el dedo sus dibujos, pero no distinguía nada. El conductor tenía que haberme dejado allí por algún motivo, así que decidí confiar en la bondad de los desconocidos, me puse la mochila en los hombros e, intentando no pensar en el dolor de cuello, empecé a caminar por el estrecho camino.

¿De quién había la estúpida idea de ir hasta allí? ¿Por qué no me había aguantado y había seguido en el tour de Kit? Aquellos pensamientos sombríos me acompañaron mientras caminaba, intentando fijarme muy bien en dónde pisaba, por encima de las piedras que abundaban en el camino. Bajo el dosel verde de la selva, estaba prácticamente oscuro.

Después de muchas palabrotas, unos cuantos tropezones y un tobillo casi torcido, me di cuenta de que el aire era distinto por allí, comparado con el ambiente húmedo y cálido de la selva. Era más limpio y estaba perfumado con la sal del mar y con el olor de las flores. Se oía chirriar a los grillos. Estaba segura de que podía oír las olas del mar. Entre unas gruesas hojas que habían invadido el camino, vi una señal de madera que indicaba el camino hacia La Mariposa Azul. Apresuré el paso y, después de apartar las hojas de una palmera que me abofetearon la cara, ante mí surgió el paraíso.

A pocos metros de mí había un tranquilo mar turquesa, que comenzaba con un jade pálido y brillante e iba cambiando progresivamente a un azul más profundo que llegaba hasta el horizonte. Las olas rompían suavemente en una playa solitaria de arena. A lo largo de la orilla bañada por un sol brumoso había unas diez cabañas de bambú, cada una con una terraza adornada con guirnaldas de luces. En las paredes tenían pintadas mariposas de diferentes colores. Olía a incienso dulce. Aquello era el cielo.

Se me hundieron los pies en la arena aterciopelada y clara. Me protegí los ojos con una mano y observé con asombro la belleza y la calma que había encontrado. No me di cuenta de que a mi lado había una joven tailandesa muy sonriente, que se había acercado con un coco del que salía una pajita.

—*Sawasdee Ka* —dijo. Se puso las palmas de las manos bajo

la barbilla y asintió con delicadeza—. Bienvenida a la Mariposa Azul. Supongo que eres Georgia, ¿no?

—Hola. Sí, soy yo —respondí. Si percibió mi olor a pescado, no lo demostró.

—Me llamo Thidarat. La mayoría de la gente me llama Dara. Es un placer darte la bienvenida. Te estaba esperando —me dijo. Y, al ver mi cara de confusión, explicó—: Trisha me pidió que tuviera una cabaña preparada para ti. ¿Vienes sola?

Asentí, aunque no sabía si aquella era la respuesta correcta. Cuando Trisha me había recomendado aquel lugar, yo sabía que me había reservado una plaza. ¿Por qué pensaba Trisha que yo iba a ir con otra persona? ¿Con Dillon? Se me formó un nudo en la garganta al pensar en él, en la persona que yo había creído que era. «Olvídalo. Pertenece al pasado».

—No sabes lo feliz que soy de estar aquí —dije. Me enjugué el sudor que me caía por las cejas y acepté la bebida que me ofrecía—. Este sitio está muy escondido.

Ella se rio suavemente.

—Sí, pero ya verás como merece la pena el viaje. Ven, te voy a enseñar tu nueva casa y, si hay algo que pueda hacer por ti, por favor, dímelo.

Me acompañó hasta mi cabaña, caminando como si flotara. Yo casi esperaba ver a unos pajarillos ponerle un lazo en el pelo y un cervatillo pasar saltando mientras ella cantaba una nana.

—Eso me parece perfecto.

La cabaña era tan bonita por dentro como por fuera. La cama era doble y tenía sábanas azules, y estaba equipada con almohadones de colores pastel. El mobiliario era rústico y parecía hecho a mano, y había alfombras del color del mar sobre el suelo pintado de blanco.

Yo deshice el equipaje con calma, y arrugué la nariz al notar el olor a sudor de la ropa. Si había lavandería en aquel pequeño lugar, necesitaba encontrarla pronto. Encontré notitas escritas a mano por la habitación, y sonreí mientras me ponía cómoda. En el baño había una notita atada con rafia a la pastilla de jabón de lavanda, en la que decía *Lávate las preocupaciones*. En la tetera había otra, que explicaba que *El té lo resuelve todo* y, sobre el espejo de cuerpo entero que había junto a la ventana redonda, alguien había escrito artísticamente *Estás muy guapa*.

Leer aquellas pequeñas frases me animó y calmó mi ego herido. Resistí la tentación de meterme entre las sábanas limpias y me dirigí al restaurante de la Mariposa Azul. Habían creado un maravilloso espacio atando telas que se hinchaban con el viento a unas gruesas vigas de madera, y lo habían amueblado con taburetes y mesas artesanales. Dentro había un hombre tailandés cocinando en una parrilla. Se me hizo la boca agua al oler el aroma del pescado fresco y el pollo que giraba en una espeta.

Había una mujer mayor sentada en un taburete, echando las cartas del tarot y charlando animadamente con un hombre que tenía enfrente. Otros dos chicos estaban jugando a las cartas en sendas hamacas y, cerca de ellos, rodeadas de cojines de colores, había tres mujeres de mi edad, hablando y tomándose un cóctel. Yo estaba demasiado nerviosa como para acercarme y presentarme. No sabía si tenía fuerzas para conocer a otro grupo de personas y mostrar la cortesía de rigor. Así pues, me dirigí hacia la barra del bar, que era una mesa de pícnic sobre la que habían dispuesto un surtido de botellas y vasos. Busqué al camarero con la mirada. La idea de tomar una copa, cenar y acostarme pronto me parecía celestial, sobre todo, después de la aventura épica de llegar hasta allí.

—Eh, puedes servirte tú misma —me dijo la mujer del tarot—. Aquí son muy confiados.

—Ah, gracias. Eh... bueno, pues tomaré una cerveza.

Con un titubeo, abrí la nevera y saqué una botella fría.

—¡Tómate dos! Creo que no me suena tu cara. No te había visto por aquí, ¿no? —me preguntó ella.

—Ah, no. Acabo de llegar —dije. Tomé un sorbito de cerveza y noté que el cansancio terminaba de apoderarse de mí.

—Astrid, ¿preparada? —le preguntó un señor calvo, que levantó la mano para saludarme. Yo le devolví el saludo.

—Lo siento, tengo que irme. Le prometí que le echaría las cartas, y es como un elefante, nunca olvida nada —dijo ella, y se rio—. Tienes que quedarte hasta después de la cena para que te presente a todo el mundo.

Yo asentí.

—Discúlpame, amor —añadió, y se marchó.

El resto de la gente estaba concentrada en sus conversaciones. A mí se me cerraban los ojos, así que cené rápidamente y volví a mi cabaña.

Ojalá hubiera tomado la decisión correcta yendo sola hasta allí.

CAPÍTULO 22

Heliolatría (n.): Adoración al sol.

Me dolía todo el cuerpo. Me sentía como si alguien hubiera entrado en mi cabaña durante la noche y hubiera cambiado mis músculos por piedras. Me levanté lentamente de la cama después de dormir muy bien. Se me habían cerrado los ojos en el momento en que mi cabeza había tocado la suave almohada de algodón. Sonreí de alegría por estar allí, sin tener que compartir habitación con Amelie y Luna, sin que me gasearan con sus intensos perfumes y me angustiaran con sus incesantes peleas, sin que hombres extraños orinaran sobre mis sandalias y sin ver a ningún viajero hippy deprimente. Merecía la pena pagar el precio del dolor de mis tendones.

Me di una ducha, me puse el biquini, una camiseta y unos pantalones cortos y saqué el monedero para ver cuánto dinero me quedaba. Se me encogió el estómago al comprobar que estaba casi sin blanca. Tenía que ir a buscar a Dara lo antes posible para llegar a un acuerdo que me permitiera quedarme allí, o encontrar una cafetería con internet para hacer una transferencia desde mi cuenta, en la que ya debería estar el dinero que Alex debía pagarme por mi parte de la casa. Esperaba que las severas advertencias que le había hecho mi padre en Morrison's hubieran sido suficiente para que me pagara.

Caminé por la arena, que parecía que se derretía a mi paso, estremeciéndome por la tensión que notaba en los músculos de los muslos y el trasero. No era de extrañar que pareciera que a la mayoría de los mochileros les hacía falta una buena comida, porque quemaban una cantidad absurda de calorías solo para ir a sitios. Dara estaba canturreando mientras tecleaba suavemente en un viejo ordenador en la recepción. Bueno, más bien, era una zona separada que estaba al fondo del restaurante con un mapa de Koh Lanta, unas cuantas novelas usadas que habían dejado otros mochileros y una pequeña repisa en la había un par de postales descoloridas por el tiempo.

Me sonreí mirando las imágenes, que reflejaban perfectamente los colores del mar y mostraban a mujeres sonrientes porteando grandes cestas en la cabeza, además de grandes palmeras cuyas hojas casi tocaban el suelo, y que podrían estar perfectamente en aquella playa. Tomé una que tenía dobladas las esquinas superiores y volví a sonreír. Trisha me había pedido que le enviara una postal para añadirla a la pared de su tienda, en la que la mayor parte del espacio estaba ocupada por postales que le había enviado su ahijado Stevie. No había vuelto a pensar en él desde que había conocido a Dillon, pero, estando allí, había vuelto a acordarme de él. ¿Había viajado solo él también, con el cuerpo dolorido y el espíritu puesto a prueba? ¿Dónde encontraba aquellas postales y aquellos recuerdos de sus viajes? Hoy día, la mayor parte de las comunicaciones se llevaban a cabo por Internet. Las postales eran una reliquia del pasado y, como tales, difíciles de encontrar. ¿Dónde se habría sentado para escribirle sus cortos pero dulces mensajes a su madrina? En ellos, se preocupaba por su salud, su agencia de viajes y su vida en general, en casa. Yo no sabía cuál era el lugar al que él llamaba «casa», pero algo me decía que quería averiguarlo.

—Buenos días —dijo Dara, cuando colgó el teléfono, y me sacó de mi ensimismamiento—. ¿Qué tal has dormido?

—Hola. Como un tronco, muchas gracias.

—Ah, me alegro. Todavía es un poco temprano, pero puedo

ir a ver si Chef ya puede hacerte el desayuno —dijo, como si fuera una madre preocupada.

—No, no, no te preocupes. Espero. En realidad, lo que quería era hablar contigo de… eh… dinero.

—¿Dinero? —preguntó ella, con cara de desconcierto.

—Sí, para pagar mi alojamiento. Verás, quería quedarme unos días, y me preguntaba si podríamos llegar a un… eh… acuerdo sobre el precio.

Ella entrecerró los ojos, como si estuviera pensando en algo, pero, después, agitó la cabeza y sonrió.

—Georgia, la cabaña ya está pagada. Trisha se ocupó de todo al reservarla.

—Ah, bueno… vaya. Estupendo. Entonces, ¿puedo quedarme? —pregunté.

Me sentía como una tonta. ¿Acaso Trisha me había cobrado de más por el tour y había pagado la cabaña con ese dinero? No tenía las facturas allí, así que no podía comprobarlo, pero no creía que ella lo hubiera pagado de su propio bolsillo, ¿no?

Dara me acarició el brazo, y yo noté que la piel de la palma de su mano era muy suave.

—Puedes quedarte todo lo que quieras. Cualquier amiga de Trisha es amiga mía también. Siéntete como si estuvieras en tu casa, y disfruta.

—Gracias, aunque puede que te arrepientas de haberme dicho esto cuando tengas que echarme físicamente de mi cabaña. No creo que quiera irme nunca.

Tenía la sensación de que había ganado el primer premio de la lotería. El hecho de dejar el grupo del tour y de tener la valentía suficiente para llegar hasta allí yo sola había tenido su recompensa.

—Ya sabrás cuando sea el momento de marcharte —dijo ella, riéndose.

—Ah, hola. Cuánto has madrugado —dijo el hombre de la calva a quien le habían echado las cartas la noche anterior, sonriéndome. Después de hablar con Dara, yo me había acercado, caminando por la sedosa arena de la playa, a un grupo de tumbonas que estaban muy cerca de la orilla—. Me llamo Phil, por cierto —añadió. Tenía un suave acento estadounidense.

—Yo soy Georgia —respondí, y le estreché la mano con una sonrisa.

—Pues bienvenida al club, Georgia. Siempre es agradable ver una cara nueva. Te va a encantar este sitio.

—Gracias. ¿Te importa que me siente aquí?

—¡Por supuesto que no!

Yo me acomodé en la tumbona que había junto a la suya. Había una suave bruma sobre el mar.

—¿De dónde eres Georgia?

—De Manchester, Inglaterra.

—Ah, sí, los Red Devils —dijo él, riéndose—. Todo el mundo conoce al Manchester United, y eso que yo ni siquiera soy aficionado al fútbol.

—Sí, supongo que sí. Y, a juzgar por tu acento, tú debes de ser estadounidense.

—No, soy ruso —dijo él, un poco molesto. Maravilloso; lo conocía desde hacía dos minutos, y ya le había insultado.

—Oh, disculpa. Soy muy mala con los acentos —dije rápidamente.

Su mirada severa se transformó en una sonrisa.

—No me hagas caso, era una broma. Sí, soy estadounidense. De cerca de Nueva York. ¿Lo conoces?

—No, pero, claramente, es uno de los lugares que tengo en mi futura lista de deseos.

—¿Futura?

—Sí, en este momento estoy trabajando en la principal, pero me imagino que, cuando lo consiga todo, ¡tendré que empezar de nuevo!

Le expliqué en qué consistía mi lista de deseos de viaje, lo cual me recordó los pocos puntos que había tachado desde que estaba allí. Sin embargo, iba a ocuparme de remediarlo ahora que me había librado de aquel tour de pesadilla. Phil asentía con entusiasmo mientras yo hablaba. Me pareció que tenía unos cuarenta años. Llevaba alianza, y tenía la piel tan blanca que Pierre a su lado parecía un tipo morenísimo.

—Esta es mi parte favorita del día. Justo cuando empieza a hacer calor. Me gusta tomar el sol temprano antes de quemarme. A la hora de comer, soy como Drácula escondido a la sombra, con el aire acondicionado.

—Espero que te hayas puesto una crema con un factor de protección muy alto.

—El más alto que he encontrado —dijo, y me mostró un bote de crema de factor cincuenta. Cuando se giró para tomarla, me di cuenta de que tenía un pequeño tatuaje en el costado.

—¿Tienes un tatuaje? —le pregunté, intentando verlo.

«Yo he visto antes ese dibujo», pensé.

—Ah… ¿esto? Me lo hice hace varios años. Fue cuando me casé con mi mujer. Pasamos aquí la luna de miel. Por eso he vuelto, porque recordaba lo tranquilo que es este sitio y, además, está lleno de recuerdos para nosotros. Se me olvida que lo tengo, porque yo casi no me lo veo.

—Ah, ¿y tu mujer está aquí? —pregunté, mirando por la playa vacía.

—Ah, no. Tenemos algunos problemas —dijo él. Yo debí de estremecerme al darme cuenta de lo mucho que había metido la pata, pero él añadió rápidamente—: No te preocupes, todo es culpa mía. Mi madre murió de repente, y yo no estaba preparado para el dolor que sentí. En vez de hablar con mi mujer y hacerle partícipe de mi problema, le oculté mis sentimientos, me refugié en la bebida y me desconecté de todo —me explicó. Dio una patada en la arena; parecía que se sentía incómodo reviviendo todo aquello—. Mi mujer me dio un ultimátum para que lo resolviera. Así que compré un billete para venir aquí. He estado corriendo por la playa muy temprano, he dejado de beber y he estado pensando mucho, y hablando, gracias a esta gente —dijo, moviendo la mano con un gesto que abarcaba la playa y las cabañas—. Han sido increíbles. Han escuchado mis lloriqueos y me han ayudado con mis problemas. Es como estar en un centro de terapia gratis y con unas vistas increíbles —añadió, y le dio un sorbo a su zumo de naranja.

—Ah... Pues espero que te estés recuperando.

Él asintió.

—Ayer llamé a mi mujer por primera vez desde hace trece días, y hemos decidido que vamos a reunirnos en Singapur para intentarlo de nuevo. Supongo que, algunas veces, nos apresuramos al juzgar los actos de otras personas sin admitir que tenemos parte de la culpa de lo que sucede —dijo, con una sonrisa resplandeciente.

—Vaya, sí, supongo que sí —dije yo. Tuve ganas de darle un abrazo. A mí no se me daba bien escuchar a la gente que contaba sus problemas de aquel modo, pero él tenía una cara tan sincera que no me pareció raro que abriera su corazón a pesar de que acabáramos de conocernos.

—Gracias. Y disculpa por que me haya salido un poco por la tangente —dijo él, y se incorporó para sentarse frente a mí—. En cuanto al tatuaje, aunque sea un poco cursi, es algo que se hace cuando uno está muy enamorado y, probablemente, borracho. Nos lo hicimos los dos en una tiendecita de tatuajes que hay al otro lado de la isla. Es el símbolo tailandés del matrimonio, el amor y la eternidad, o algo por el estilo. A mí me daba miedo que significara «pollo frito al estilo chow», pero le preguntamos a algunos tailandeses después, y nos confirmaron cuál era el significado. Menos mal.

Yo me eché a reír.

—¿Es un tatuaje común?

—No, solo se lo hacen los casados, normalmente, con la fecha de la boda, pero eso nosotros nos lo saltamos —dijo, sonriendo al acordarse.

Yo no podía apartar los ojos de las líneas y los remolinos del dibujo. Era idéntico a otro que yo había visto.

Dillon lo tenía igual.

—¿Y tienes que estar casado para poder llevarlo? —pregunté, tartamudeando.

—Sí, seguro. Los tailandeses se enorgullecen de sus tradiciones, así que no le hacen el tatuaje a cualquiera. Tatuar a una pareja de recién casados es una ceremonia sagrada.

Su voz se fue acallando mientras yo recordaba haber visto aquel tatuaje en la cadera izquierda de Dillon mientras nos duchábamos juntos. Él no me había explicado lo que significaba, pero me había permitido que se lo besara suavemente. Dillon estaba casado. No solo era un mentiroso, sino que me había timado para sacarme el dinero y tenía una mujer. Eso me convertía en «la otra». ¡Yo era una Stephanie cualquiera!

—¿Te encuentras bien, Georgia? —me preguntó Phil.

Asentí con tristeza.

—Sí. He sido una idiota. Un tipo que me gustaba mucho... bueno, él tenía el mismo tatuaje.

Phil se estremeció.

—Ah. Supongo que no te dijo lo que significaba. Lo siento.

—No pasa nada —dije yo, aunque se me había formado un nudo en el estómago—. Digamos que, durante este viaje, he aprendido varias lecciones.

—Me lo imagino. Para eso sirven los viajes de este tipo, para aprender y adaptarse, y prepararse mejor para el futuro.

Yo no sabía si me estaba dando o un consejo o estaba hablando de su propia situación.

—Bueno, a partir de ahora, yo quiero una vida sencilla —dije, con un suspiro, y me tumbé en la tumbona.

—Bah, no. Eso está sobrevalorado.

Debí de quedarme dormida, porque lo siguiente que oí fueron unas risitas a mi lado. Abrí un ojo y vi que la tumbona de Phil se había quedado vacía. Me giré hacia el ruido. Había una chica rubia y muy guapa a mi lado. Su cara estaba tan cerca de la mía, que hubiera podido contar las pecas de su nariz.

—¡Aaarg! —grité, y estuve a punto de caerme a la arena del susto.

Ella dio un respingo.

—¡Lo siento! Estábamos intentando averiguar si estabas dormida o no. Quería ponerte la sombrilla sobre las piernas, porque te estás quemando —dijo, con acento australiano. Había otras dos chicas con ella, intentando sujetar una enorme sombrilla de bambú.

—Ah… Gracias.

—Yo me quemé mucho cuando llegamos aquí, y no se lo deseo ni a mi peor enemigo —dijo la mujer que estaba a mis pies, estremeciéndose al recordarlo. Y yo tenía que admitir que mis pies estaban verdaderamente rosas.

—Me llamo Shelley —dijo la chica rubia de las pecas. Tenía el pelo muy corto y una brújula tatuada en la muñeca izquierda—. Esta ese Emily, y la llamamos Little Em —añadió, señalando a la mujer menuda que había contado la historia de sus quemaduras. Ambas llevaban pantalones de algodón estampado que les llegaban a los tobillos. Little Em asintió y dijo «Hola», y me di cuenta de que tenía todo el pelo rubio lleno de trencitas.

—Y yo me llamo Lou —dijo la chica que estaba a mi derecha, sonriendo. Tenía los ojos en forma de almendra, y era negra.

—Yo soy Georgia.

—Te vimos anoche, pero, cuando fuimos a buscarte, habías desaparecido —dijo Lou, que, por fin, consiguió colocar la sombrilla y se sentó en la tumbona de Phil.

—Sí, estaba agotada del viaje —expliqué.

Aunque veía sus caras sonrientes, tenía aprensión, porque me preocupaba que fueran como la gente del grupo del tour que acababa de dejar.

—Entonces ¿has venido sola? —me preguntó Little Em, apoyándose en un codo.

—Sí.

—¡Vaya! ¡Qué valiente eres! Nosotras hemos comentado que nos gustaría tener agallas para hacer este viaje solas, pero, al final, da miedo, y siempre habíamos querido viajar juntas —dijo Lou con una sonrisa.

—¿Así que vosotras ya os conocíais?

—Little Em y yo nos conocemos desde hace tiempo, porque trabajamos juntas en Birmingham, y a Shelley y a su amiga las conocimos aquí, hace unos días —dijo Lou.

—Técnicamente —aclaró Shelley—, ahora estoy sola, teniendo en cuenta cómo ha congeniado Hannah con Jake. Él está aquí trabajando en un bar, y no se han separado desde que se conocieron. Ella se ha ido a su piso y me ha dicho que va a ampliar el visado y a buscar trabajo —dijo Shelley, y puso los ojos en blanco—. Los romances de las vacaciones, ya sabes. A mí me preocupaba quedarme sola, pero estas chicas me invitaron a una copa una noche, y una copa llevó a otra, y la otra, a la botella y, al final, es como si fuéramos amigas de toda la vida.

—Solo porque sabemos todos nuestros secretos —dijo Little Em, y guiñó un ojo. Después, se echó a reír.

Yo no podía creer que se hubieran conocido hacía pocos días, porque parecía que estaban muy cómodas unas con otras. De repente, eché mucho de menos a Marie. A ella le habría encantado estar allí.

—Bueno, Georgia, nos vamos a explorar unas cataratas que nos ha recomendado Dara. ¿Te apetece venir? Phil se va a echar la siesta y Dios sabe adónde se habrá ido Astrid —dijo Lou.

—Seguramente, estará haciendo yoga en su cabaña —dijo Little Em, con una sonrisa—. Es como la madre de nuestro grupo. Seguro que la conocerás después.

Yo recordé la amable señora con la que había hablado la noche anterior, y supuse que era Astrid. Me estaba costando retener todas aquellas caras sonrientes y sus nombres, pero, como eran tan agradables, y todo era tan distinto a cómo me habían recibido los del tour de Kit, hice todo lo posible por acordarme.

—Ah, sí, claro. Si no os importa —dije, olvidándome de los dolores musculares.

—Bueno, tal vez deberías echarte crema de protección antes —dijo Little Em—. ¡No es nada sexy que se te pelen las pantorrillas!

CAPÍTULO 23

Génesis (n.): Origen, creación o comienzo.

—¿Estás segura de que se va por aquí? —pregunté.

Me agarré a los lados del vehículo mientras mi trasero saltaba del asiento y aterrizaba en él con un crujido. Shelley, Little Em, Lou y yo estábamos recorriendo caminos estrechos y polvorientos en la parte trasera de un tuk tuk verde y amarillo. Un Buda cabeceaba frenéticamente en el salpicadero y se oía un repiqueteo constante de los abalorios de madera que colgaban del espejo retrovisor cada vez que había un bache.

—Dara dijo que estaba pasando una casa roja muy grande y que, después de recorrer una carretera como esta, llegaríamos a una iglesia azul claro —gritó Little Em.

A mí me chocaban los dientes cada vez que pasábamos por un cráter o por encima de un pedrusco. Obviamente, la suspensión no era de importancia en aquel país.

—¡Iglesia! ¡Iglesia! Allí —dije, señalando excitadamente.

Me sentí feliz de poder bajar de aquella coctelera de huesos. Nuestro paciente conductor aparcó junto a la iglesia en una nube de polvo. Le pagamos, quedamos para que volviera a recogernos, y tomamos la cesta de comida que nos había preparado Chef, un hombre grande y alegre con unos ojos sinceros y la cabeza calva y brillante. Shelley se enjugó el sudor de la frente con el dorso de la mano y miró hacia la iglesia.

—¡Vaya viajecito! Me va a venir muy bien para la celulitis. Bueno, según las indicaciones de Dara, tenemos que dejar atrás la iglesia y bajar por un camino —dijo, con una sonrisa.

La seguimos, abriéndonos paso entre enormes helechos y pisando cañas de bambú.

—¡Vaya! Hemos llegado —dijo Little Em, con admiración.

Estábamos delante de una catarata que caía suavemente sobre unas piedras enromes y formaba una piscina natural del color más verde que yo hubiera visto en la vida. No había nadie; los árboles frondosos daban sombra y, a la derecha, había un saliente que servía de plataforma para tomar el sol. Era deslumbrante.

Subimos a aquel saliente de roca y nos pusimos a comer. Después de tomar botellitas de agua fresca y de sidra, abrimos las tapas de las tarteras y descubrimos una ensalada de gambas y papaya, fideos fríos con salsa de lima y chile, arroz con coco y, de postre, mango.

—Está delicioso —dijo Shelley, después de tragar un bocado.

—¿Cocinas mucho en casa, Georgia? —me preguntó Little Em, mientras pelaba una gamba.

Yo pensé en la rotación semanal de comidas que tenía con Alex, cada día con una comida determinada, incluyendo los asados de los domingos. Siempre me esforzaba por que quedaran muy bien, pero él siempre se quejaba de que no estaban tan ricos como los de su madre.

—Un poco, sí. Aunque supongo que me he quedado estancada en la rutina. Me encantaría saber preparar una comida como esta. ¿Y tú?

—Bueno, no quiero presumir, pero los huevos revueltos me salen deliciosos —dijo, con tanto orgullo, que yo me eché a reír.

Lou puso los ojos en blanco.

—¿Vas a contarles que una vez hiciste una pizza McCain's

sin quitarle el envoltorio de plástico, o se lo cuento yo? —le preguntó, en broma.

Little Em arrugó la frente.

—Está bien, está bien. ¡Pero solo fue una vez! Ahora tengo un paladar más exótico, de todos modos —dijo, sonriendo.

Shelley se inclinó hacia delante.

—¿Queréis hablar de comidas exóticas? Tendríais que haber visto la comida de Bangkok —dijo, y me miró—. ¿Sabías que puedes comer cucarachas y arañas asadas allí? —preguntó, cabeceando con incredulidad.

—Sí. En realidad, probé una —dije yo.

—¡Aj! ¡No es posible! Eres más valiente que yo.

Me eché a reír.

—No fue por voluntad propia, y te aseguro que no voy a repetir la experiencia.

—¿Y cómo es que has venido hasta aquí? No tendrá que ver con algún hombre, ¿no? —me preguntó Shelley. Yo suspiré, y asentí. Entonces, ella exclamó—: ¡Lo sabía! —Shelley me pasó el brazo por los hombros y me estrechó contra sí. Teniendo en cuenta que acababa de conocer a aquellas chicas, aquel gesto tan sencillo me pareció sorprendentemente natural—. Bienvenida al club —dijo, y alzó la botella para hacer un brindis.

Yo sonreí débilmente.

—¿A qué club?

—Todavía no tenemos el nombre, pero los nuevos miembros son bienvenidos. A mí me gusta el nombre de «club de los que han perdido su camino y han sufrido por culpa de un hombre» —dijo Shelley, y se rio.

—Sí, y no solo por un hombre. Phil también es miembro —dijo Lou.

—De acuerdo, de acuerdo, el nombre hay que trabajárselo más, pero, básicamente, todos hemos sufrido por amor y hemos venido aquí a... no sé, a encontrarnos a nosotros mismos —explicó Shelley.

—Pensaba que era la única —dije, lentamente, y caí en la

cuenta de que no era la primera y, sin duda, no sería la última novia a la que dejaban plantada antes de la boda y se marchaba en busca de una nueva vida con una mochila.

Shelley ladeó la cabeza.

—Lo siento, nena, pero somos todo un grupo —dijo. Me recordaba a Marie, que siempre llenaba una habitación con su personalidad.

—Little Em y yo vinimos de viaje porque las dos hemos sufrido rupturas complicadas. Parece que siempre elegimos al hombre equivocado. Ya sabes, esos chicos malos, sexis e inquietantes. Aunque tu familia los detesta, tú caes bajo su hechizo —dijo Lou.

Yo asentí, imaginándome lo que habrían pensado mis padres de Dillon.

—Bueno, todas caemos en ese hechizo, y nos preguntamos por qué terminamos llorando en pijama, espiándolos en Facebook y sin ducharnos una semana entera, cuando, inevitablemente, se marchan. Creo que, para mí, personalmente, era una cuestión de demostrarme a mí misma que soy capaz de recorrer el mundo sin la ayuda de un hombre. Quería mejorar la seguridad en mí misma y mi amor propio. Así, cuando conozca al próximo tipo, tendré mucho más que aportar a la relación y seré más fuerte si no sale bien —dijo Lou, y Little Em asintió.

—Yo no puedo hablar de nada de esto con mis amigos. Ellos no entendieron bien los motivos que yo tenía para venir de viaje, y me decían que estaba huyendo, que debería quedarme y solucionar los problemas con mi exnovio. Pero yo sabía que no era feliz. Antes nunca había sido una persona celosa, pero me volví una neurótica y lo espiaba constantemente, porque estaba convencida de que me iba a volver a engañar —admitió Little Em—. Él me prometió que había sido un error, que había cambiado, pero creo que, aunque yo le dije que lo había perdonado, no me perdonaba a mí misma seguir con un tipo en una relación tan tóxica.

—Algunas veces, desahogarte con desconocidos que no te

van a juzgar ayuda a aclararse las ideas. Mis amigos son todos iguales: todos han sentado la cabeza, y mi vida social ha pasado de las salidas nocturnas a los bautizos, fiestas de bienvenidas a los bebés, y bodas. Yo siempre soy la soltera a la que intentan emparejar con el amigo de un amigo que es perfecto para mí. Creen que debo de estar triste y deprimida viviendo sola, pero, en realidad, en mi relación anterior sufrí tanto, que no quería estar con nadie más. Quiero ver el mundo y saber quién soy antes de conocer a alguien con quien me apetezca compartir la vida. Solo tienes una oportunidad de vivir en este loco mundo, así que más vale que te asegures de que eres feliz, en vez de aguantar a alguien solo porque es más fácil —dijo Shelley.

Yo tuve una sensación catártica, allí sentada, hablando de los fracasos amorosos con unas perfectas desconocidas y abriéndome a gente que no conocía y a quien, tal vez, no volvería a ver. Era liberador, como si pudiera ser quien yo quería ser.

—Bueno, ya está bien de conversaciones profundas. ¿A quién le apetece darse un bañito? —preguntó Shelley, estirándose.

—Buena idea. Si sigo aquí al sol, me voy a derretir —dijo Lou.

—Eso sí que sería una atracción turística —le dijo Little Em, bromeando.

Nos pusimos de pie, nos quitamos la ropa y nos quedamos en biquini, contamos hasta tres y, a la vez, nos tiramos al agua fría con un gran chapoteo.

—¡Dios, está helada! —exclamó Little Em, tartamudeando.

—Yo casi pierdo la parte de arriba del biquini. A estas pillinas no les cuesta nada escaparse —dijo Lou, riéndose, y comprobó que tenía el pecho tapado.

—Chicas, haced el muerto, es estupendo —gritó Shelley, y se puso a flotar con los miembros estirados, como si fuera una estrella de mar. Los árboles que había sobre el pequeño lago formaban una especie de corazón en el cielo, y permitían que entraran los rayos de sol—. Esto no puede hacerlo ningún hombre —dijo, con reverencia.

—Es increíble —susurré yo. Era como si no pesara. Noté el agua entre los dedos extendidos, y no pude evitar sonreír al oír el ruido constante del agua a nuestro alrededor. Nadamos suavemente hacia la cascada y nos metimos a la gruta por debajo de la cortina de agua. Allí, escondidas del mundo, encontramos una roca en la que sentarnos.

—Bueno, ahora te toca a ti —me dijo Shelley, y me guiñó un ojo, con una sonrisa.

Yo les conté lo que me había ocurrido, empezando por la boda frustrada y por la lista que había hecho en Turquía. Estuvimos hablando durante tanto tiempo que, al final, se me quedaron las yemas de los dedos como pasas.

—¿Entonces, ese idiota de Dillon te la jugó? —preguntó Shelley—. ¡Vaya un cabrón!

—Es un desgraciado. Podríamos ir a buscarlo y vengarnos —dijo Lou, frotándose las manos con deleite. Yo negué con la cabeza. ¿De qué iba a servirle a mi ego magullado?

—No, El Club de las Almas Errantes no admite la violencia. Estamos aquí para perdonar y seguir adelante, no para darles lecciones a los tipos inútiles —dijo Little Em—. Vaya, no, ese nombre tampoco vale —añadió, con el ceño fruncido. Hicimos una pausa, intentando dar con un nombre más redondo.

—¡Ya lo tengo! Viajes hacia un Futuro Mejor —sugirió Lou, pero todas la abucheamos en broma—. Sí, bueno, no ha sido de las mejores ideas que he tenido.

Mochileras Sufridoras, Hippies con el Corazón Roto y Guerreras Lujuriosas también fueron rechazados.

—¿Qué os parece Club de Viajes de los Corazones Solitarios? —pregunté, en voz baja, porque no quería que se rieran de mí y me echaran de aquel nuevo grupo. Se hizo el silencio.

—Es perfecto —gritó Shelley, y alzó la mano por el aire, como si fuera a hacer un brindis.

—¡Por Georgia! ¡Por nosotras! ¡Por el Club de Viajes de los Corazones Solitarios!

CAPÍTULO 24

Admonición (n.): Consejo, asesoramiento o advertencia.

—Hola, cariño. Dios Santo, cómo pega el sol —dijo la mujer a la que yo había visto echar las cartas del tarot la otra noche, que se había acercado a mi tumbona.

Yo estaba observando a Dara mientras ella hablaba con unos pescadores que habían amarrado en la playa. Había estado intentando ver si distinguía entre ellos a Wayne y a su tripulación.

Los muchos anillos que llevaba relucieron bajo el sol cuando movió la mano para sacar una botella de agua de su bolsa. Tenía un acento sofisticado, y pronunciaba las palabras de un modo apocopado.

—No hemos tenido ocasión de presentarnos en condiciones. He oído que te llamas Georgia. Yo soy Astrid. Me alegro de conocerte —dijo, y me tendió la mano. Tenía la piel pegajosa, y estrechó la mía con firmeza.

—Hola, me alegro de conocerte —respondí.

Tenía los ojos azul claro, de mirada cálida, y las arrugas marcadas de reírse.

—Bueno, ¿y qué te ha traído a esta parte del mundo?

—Pues, en realidad, he venido por casualidad. Estaba recorriendo Tailandia en un viaje organizado, pero no era lo que yo esperaba, así que dejé el grupo y me vine aquí —dije. Al hablar así, tuve la sensación de que era otra persona, alguien más independiente y más valiente que Georgia Green.

—Yo llevo quince años viniendo. Es un lugar maravilloso. ¿Cómo lo has conocido tú? La mayoría de nosotros preferimos mantenerlo en secreto para que no se vuelva demasiado turístico, ¿sabes?

—En realidad, me habló de este lugar la dueña de la agencia de viajes en la que hice la reserva. Trisha casi se empeñó en que yo viniera aquí.

Yo seguía teniendo la sensación de que era extraño que hubiera reservado una cabaña para mí allí, y tenía que darle las gracias por hacerlo.

—¿Trisha? ¿De Manchester? ¿La dueña de La Fábrica de Recuerdos? —preguntó, y yo asentí—. Dios mío, qué pequeño es el mundo. Esa mujer es un ángel. Ella fue la que me habló de esta joya de sitio hace muchos años. Nos presentó la amiga de una amiga y, desde entonces, nosotras también hemos tenido mucha amistad. ¿Cómo está? —me preguntó, y le dio un sorbo a su botellita de agua.

—Creo que está muy bien —dije, y recordé el caos que reinaba en su precioso local.

—Ah, bueno, dile hola de mi parte. Es una mujer maravillosa, fuerte… sobre todo, después de que muriera su marido. Aunque no hay buenas noticias para su empresa.

Yo la miré a los ojos.

—¿Qué quieres decir?

—Pues… que ella va haciéndose mayor, y ese trabajo le exige mucha energía. He intentado convencerla varias veces de que lo venda, pero ella está empeñada en que tiene que ser para la persona idónea, alguien que lo ame tanto como ella. Algunas veces ha mencionado a un familiar suyo que podría hacerse cargo, pero creo que él también es un viajero incansable. Debe de ser algo que va en sus genes.

Pensé en la letra de las postales de Stevie. ¿Dónde estaría en aquel momento?

—Espero que encuentre a alguien que la ayude.

Astrid metió la botellita de agua en su bolsa de playa.

—Sí, yo también. Pero, bueno, como iba diciendo, cualquiera puede encontrarse a sí mismo en este sitio.

—¿Tú lo has conseguido?

—Dios Santo, no, todavía estoy aprendiendo. Pero esa es la verdadera esencia de los viajes, querida. Te hacen ver el mundo, no solo playas exóticas y tribus aisladas, sino a ti misma, y al mundo en el que vives en tu casa, de una manera que nunca habías visto antes. Es como si alguien encendiera la luz cuando tú ni siquiera te habías dado cuenta de que estaba apagada.

Yo me tendí en la tumbona.

—Yo ni siquiera puedo pensar en volver todavía.

Después de estar alejada del tour durante unos días, me sentía como si me hubiera quitado un gran peso de los hombros.

—Ahora te has convertido en una nómada, como nosotros —dijo Astrid, riéndose—. Solo otros viajeros pueden entender lo que es dejar tu entorno para intentar hacer realidad tus sueños. Cuando vuelvas a casa, tu gente escuchará tus historias y asentirá, pero, para ellos solo serán palabras y fotos bonitas. Para ti todo habrá cambiado, y te sentirás rara en el sitio más foráneo que has visitado: tu propio hogar. Por eso se llama la enfermedad del viaje: literalmente, te has contagiado de un virus que te provoca el deseo irreprimible de seguir viajando y explorando, como si la vida que tenías en casa ya no te bastara. Y tal vez nunca vuelva a ser suficiente para ti. Por supuesto, hay gente que vuelve a casa como si nada. Sus recuerdos se borran tan rápidamente como el bronceado, y caen sin problemas en la monotonía y en la rutina de sus vidas. Pero otros comparten la intensidad de sus viajes, a menos que cambies al volver y encuentres algo que te hace tan feliz como viajar.

—Pues tendrá que ser algo bastante increíble como para

poder competir con este paraíso —dije yo, señalando con un gesto de la mano aquella playa perfecta.

—Estoy segura de que todo saldrá bien —dijo ella, con una sonrisa—. Bueno, discúlpame, voy a darme un bañito. Ha sido un placer hablar contigo. Ah, y deberías venir a mi sesión de canto a la luna de mañana por la noche.

—¿Cómo?

—Es una sesión en la que le pedimos consejo a la luna y las estrellas. Es muy terapéutico y sirve para estirar las cuerdas vocales —me dijo, y me guiñó un ojo.

Después, se levantó de la tumbona y caminó hacia el mar, mientras se quitaba el vestido de playa y lo dejaba sobre la arena sin dejar de caminar. Yo estaba a punto de entrar a mi cabaña cuando llegó Shelley.

—Hola —le dije yo, con una sonrisa.

—Oh, Dios mío, acabo de estar con Phil y me ha contado que Dillon estaba casado —dijo ella, con los ojos muy abiertos. Yo asentí, y ella continuó—: Vaya cabrón. ¿Cómo estás?

Yo suspiré.

—Cansada. Triste. Enfadada. Avergonzada.

—Si, lo entiendo. Yo me sentiría exactamente igual, no te preocupes. Pero he tenido una idea que te va a alegrar.

—¿Tienes una máquina del tiempo escondida en la bolsa de la playa? —pregunté, riéndome.

—No, pero tú sí.

Yo la miré sin comprender lo que me decía.

—La lista de deseos del viaje. Podemos volver atrás, al momento en que la escribiste, cuando todavía no había sucedido nada malo. Sería como si estuvieras empezando el viaje desde cero, pero, esta vez, ¡vamos a hacer las cosas de la lista de verdad!

Yo hice un gesto negativo con la cabeza.

—Ahora que estoy aquí, tal vez debería tirar esa lista. Fue una bobada que me sugirió mi mejor amiga, Marie.

—Pero todavía la tienes, ¿no? Eso quiere decir que, en el

fondo, no crees que fuera una bobada. Y, nunca se sabe, podría ser divertido.

Yo entré en mi cabaña, saqué la hoja y se la enseñé. Ella se mordió el labio mientras yo iba explicándole mis fracasos.

Bañarme desnuda a la luz de la luna — No

Bailar toda la noche bajo las estrellas — No

Probar comida exótica — Eso sí lo había hecho; no había nada más exótico que una cucaracha.

Montar en elefante — No

Visitar templos históricos — No

Explorar nuevas creencias — No

Subir una montaña — No

Hacer amigos de diferentes nacionalidades — No

Escuchar los consejos de una persona sabia — No

Cometer una locura — No... Bueno, hacerse un piercing en un pezón era una locura, pero solo seguía llevándolo porque me daba miedo quitármelo yo misma y empeorar la situación.

—Y ese viaje organizado en el que estabas, ¿era muy horrible? —me preguntó Shelley, observando la lista.

—No te lo imaginas. Comí cucarachas, atravesé de un salto un aro de fuego y estuve a punto de ahogarme en una sesión de buceo. Eso, por no mencionar el drama que estaba ocurriendo dentro del grupo.

Ella se mordió el labio.

—Y, si hubieras podido evitarlo... ¿habrías hecho esas cosas?

—No, claro que no.

—Pero ¿te viste obligada a hacerlas?

—Bueno... no.

—Así que podrías decir que tú decidiste hacerlas. Sé que la presión de los demás es un asco, pero, en ciertas situaciones, también sirve para que salgas de tu zona de confort —dijo ella, con una sonrisa de astucia—. Además, qué historias tan buenas puedes contar cuando vuelvas a casa. De todos modos, ¿no te das cuenta de que has experimentado muchas más cosas de las que hay aquí escritas? Y tu viaje todavía no ha terminado.

Me encogí de hombros.

—No, supongo que no.

—Además, sí puedes tachar el punto «Hacer amigos de diferentes nacionalidades» —añadió, y, riéndose, me dio un abrazo.

Y, con eso, nos fuimos tomadas del brazo hacia la carretera principal en busca de un tuk tuk para tachar de la lista el punto «Visitar templos históricos».

Al otro lado de la isla había un pequeño templo budista. Era dorado y tenía las puertas de nácar, las ventanas de laca negra y dorada y, junto a la entrada, varios franchipanes. Era increíblemente bonito. Dejamos las sandalias en el primer peldaño de la escalera y subimos.

—Vaya —susurré yo, al ver el interior.

—Es maravilloso, ¿verdad? —me preguntó Shelley, en voz baja.

Ante nosotros había un enorme Buda que resplandecía bajo la suave luz. A sus pies había flores y velas, y pequeños adornos. Vimos a dos occidentales mayores que estaban sentados en la posición del loto sobre la alfombra roja que cubría el suelo del templo, meditando. La atmósfera de paz y de calma era abrumadora. Se me llenaron los ojos de lágrimas.

—¿Estás bien? —me preguntó Shelley, acariciándome la espalda.

—Esto es maravilloso —susurré, intentando contener mis emociones.

Yo no era una persona religiosa, pero entrar a aquel espacio de tranquilidad era calmante. Shelley se inclinó para encender una vela y yo me puse a pensar en mi viaje hasta aquel lugar. Si alguien me hubiera dicho, seis meses antes, que en vez de casarme iba a estar contemplando la vida en un templo budista en medio de una remota isla tailandesa, le habría dicho que fuera al médico a hacerse una revisión de la cabeza por si sufría una conmoción cerebral. Me sentía como si estuviera en un sueño, como si hubiera salido de una pesadilla después de lo que me había hecho Alex y después de haber abandonado el tour de Kit, y hubiera encontrado una nueva existencia, más serena y confortable.

Sentía una enorme gratitud hacia Trisha por haberme hecho partícipe del secreto de la Mariposa Azul, por darme la confianza necesaria para ser valiente y alejarme de lo que era perjudicial para mí. Pensando en Trisha, volví a recordar la escritura de Stevie. ¿Era una locura soñar despierta con un hombre al que ni siquiera conocía? Y todavía más después de mis experiencias con Alex y con Dillon. La imagen que había formado sobre él cumplía con todos los requisitos que yo quería en un futuro novio. Alguien que no temía correr riesgos y tener venturas, un hombre que se preocupaba por su familia, que estaba lleno de ambiciones y motivación para sacar lo mejor de la vida explorando este fascinante planeta. ¿Qué estaba haciendo? No existía un hombre así. Stevie podía perfectamente estar casado con dos hijos y ser un aburrimiento total, que yo supiera.

«Pero tú no crees eso», dijo una vocecita en mi cabeza.

Shelley se acercó e interrumpió mis pensamientos.

—¿Nos vamos ya? —me preguntó. Asentí y recorrimos la sala, fijándonos bien en todo, antes de regresar a la cálida luz del sol.

Sonreí al ver que Shelley saludaba a un grupo de mochileros, se ofrecía para hacerle una foto a una pareja y compraba de agua para las dos. Parecía el tipo de chica que hacía amigos en un autobús o en la cola del baño de chicas las noches de juerga. Yo estaba disfrutando mucho en su compañía. Incluso los momentos de silencio eran cómodos.

—¿Echas de menos tu casa? —le pregunté.

Ella tragó su sorbo de agua y se echó a reír.

—No. Bueno, a mi familia y a mis amigos, sí, pero, aparte de ellos, estoy muy feliz aquí. Mis padres nunca han viajado demasiado, y mis hermanos y yo nos criamos en un pueblo pequeño a tres horas de Sídney. Allí hemos estado toda la vida. Cuando dije que me iba a viajar por el mundo, ¡a mi madre casi le da un infarto!

Yo sonreí al acordarme de que mi madre había tenido una reacción muy parecida.

—Lo cierto es que yo siempre me sentí como si no perteneciera a ese mundo —prosiguió ella—. Me fui a vivir a la ciudad cuando empecé la universidad y comencé a establecer mi vida allí, pero, después de mi última relación, me di cuenta de que tenía que hacer más cosas y ver más cosas. Es una tontería, pero me reconforta oír idiomas extranjeros y, aunque tengo muy buen sentido de la orientación, ¡me encanta perderme! —dijo, riéndose—. Todos los chicos con los que he salido querían quedarse en nuestro pueblo o los de Sídney gastarse todo el dinero en juergas. Yo sabía que no iba a encontrarme a mí misma en el bar del barrio, por mucho que mis padres quisieran que estuviera cerca de ellos.

Se quedó callada cuando salimos al patio y vimos a dos monjes, vestidos con túnicas de color naranja y con la cabeza afeitada, sentados en mesas separadas, a la sombra. Parecía que estaban esperando a alguien. Shelley me dio un suave codazo para que los mirara.

—Ya está bien de hablar de mí. Ve a hablar con ellos.

—¿Qué? ¡No!

—No pasa nada. Es justo la hora a la que los monjes hablan con los extranjeros para animarlos a entender cómo viven su vida. Es una buena oportunidad para preguntarles lo que quieras. No te preocupes, las mujeres son bien acogidas.

—¿Preguntarles a los monjes lo que yo quiera? —repetí. Entonces, pensé en otro de los puntos de mi lista: «Escuchar los consejos de una persona sabia». ¿Cómo había podido olvidarlo? Shelley se sentó frente a uno de los monjes, así que yo me senté delante del otro.

—Hola.

—*Sawasdee Krab* —me dijo él, e inclinó la cabeza con un gesto de oración. Su voz era grave y relajante.

—Me llamo Georgia, y mi amiga me ha dicho que podíamos hablar con ustedes…

Él sonrió y asintió.

—Ah, muchas gracias. Es muy amable por su parte.

Él sonrió y asintió. A mí me entró pánico. ¿Y si no me entendía?

—¿Habla inglés?

Él sonrió y asintió. Vaya.

—Bueno, eh… tienen un templo precioso —dije. ¡Vamos! Aquello casi era tan penoso como hablar del tiempo. Sin embargo, se me había quedado la mente en blanco. Estaba sentada frente a un alma elevada, un hombre que había entregado su vida a una religión pacífica que se dedicaba a ayudar a los demás, y no se me ocurría nada que decir. Miré a Shelley, que estaba explicándole algo animadamente a su monje. Bueno, yo también podía hacerlo. ¿Qué quería saber?

Respiré profundamente, y dije:

—¿Encontraré alguna vez el amor verdadero?

Él sonrió, pero no asintió. En vez de eso, se agarró las manos y abrió lentamente la boca. Yo me incliné hacia delante para oír sus palabras de sabiduría. Tenía el trasero al borde de la silla de plástico, y esperé con impaciencia las verdades eternas que iban a salir de entre sus labios.

—Aclara tu mente. Ya tienes la respuesta.

Un momento, ¿cómo?

Él sonrió y asintió.

Entonces, cuando yo creía que estaba a punto de explicarme lo que quería decir, se levantó lentamente de la silla, se inclinó y se alejó deslizándose, sin mirar atrás.

Shelley también se había quedado a solas, pero tenía una sonrisa de oreja a oreja.

—Vaya. Ha sido una locura.

—Sí.

—Qué tipo más guay —dijo ella, cabeceando con asombro.

Yo, por el contrario, estaba más confundida que cuando habíamos llegado.

CAPÍTULO 25

Sideral (adj.): Determinado por las estrellas.

—Esta noche vamos a abrazarnos a la luna en una sesión de canto meditativo.

Nuestro grupo había formado un círculo en la playa, en la arena. Ya casi había anochecido por completo. Little Em y Lou se echaron a reír, y Astrid les lanzó una mirada de irritación.

—Comprendo que no todos habéis participado en una sesión así, pero tenéis que abrir el corazón y la mente para poder alcanzar el nirvana. Bueno, ahora, tomaos de la mano y respirad profundamente. Inspirad… espirad…

Yo estaba colocada entre Phil, que parecía realmente interesado en aquel evento tan inusual, y Shelley, que tenía los ojos cerrados y se estaba meciendo con suavidad. Yo no sabía si se lo estaba tomando en broma o sentía de verdad el influjo de la luna.

—De acuerdo. Ahora, quiero que os relajéis por completo y os concentréis en abrir vuestros chacras.

—¿Nuestros qué? —preguntó Lou, horrorizada.

—Chacras, cariño. Son puntos de energía que están en tu interior, y para que esto funcione, tienen que estar completamente abiertos.

—¿Y cómo voy a abrir una cosa que ni siquiera sabía que tenía?

Astrid suspiró. Claramente, las cosas no iban según su plan.

—Solo tienes que relajar el cuerpo y ocupar la mente con pensamientos puros.

Aquello hizo que las dos chicas se rieran de nuevo.

—No creo que ella sea capaz de tener pensamientos puros —dijo Little Em. Sin embargo, disimuló rápidamente la sonrisa cuando Astrid la fulminó con la mirada.

—Ahora, voy a pedirle a Dara que ponga la música que he preparado para esta noche —dijo Astrid—. Cuando empiece la música, quiero que cerréis los ojos y os mováis lentamente al ritmo de la melodía.

Cuando empezó a sonar una música romántica y calmada, yo me abstraje de todo y pensé en la conversación que había tenido con Astrid sobre Trisha y su agencia de viajes. Además, no podía quitarme de la cabeza al misterioso Stevie. Les había hablado de él a Phil, Lou y Little Em un poco antes, mientras intentaban enseñarme un juego de cartas muy complicado.

—Bueno, y, ¿qué vas a hacer con respecto a ese tal Stevie? —me preguntó Phil, mientras Lou barajaba las cartas.

Yo me reí un poco y le dije a Lou que repartiera.

—Tienes que hacer algo —contestó ella.

—¿Hacer? ¿Qué voy a hacer? Ni siquiera lo conozco, solo he visto una fotografía y he leído algunas postales suyas. No hay un «Stevie y yo» —dije yo, con una carcajada.

—Sí, pero podría haberlo —dijo Phil, sonriendo—. Solo necesitamos ayudarte con algún plan.

—Aah, sí, un plan —dijo Lou, frotándose las manos.

—No. Nada de planes. Nada de ayuda. En serio, chicos, ni siquiera sé cómo se apellida ni dónde vive. Que yo sepa, puede estar casado y tener varios hijos.

—Sí, claro, porque alguien así se marcharía a hacer trabajo voluntario a Camboya semanas y semanas —dijo Lou.

Para ser justa, tenía que reconocer que estaba en lo cierto.

—Ah, parece alguien maravilloso —dijo Little Em, agarrándose el corazón.

—Vamos, vamos, esto es ridículo. Es como el argumento de una película: una chica ve unas postales misteriosas y se enamora, aunque ellos no se han visto nunca —dije, y solté un resoplido ante lo absurdo del planteamiento—. Pero la vida no es como una película —añadí—. Eso no va a suceder.

—Bueno, también pensabas que no iba a suceder nada entre Dillon y tú —dijo Lou.

Yo me encogí al oír su nombre. Me sentía muy tonta por lo de Dillon. Era como si el chico del que me había enamorado tan lujuriosamente solo fuera producto de mi imaginación. Había sido una tonta ingenua y crédula otra vez.

—Sí, y mira cómo acabó todo. En serio, los chicos guapos no eligen a chicas como yo, y menos a las que parece que tienen una maldición en asuntos de amor.

—Deja de hablar mal de ti misma. Eres guapísima. Y, aunque tu historial no sea muy brillante, apuesto a que, si conocieras a Stevie, no sé, pregúntale a Trisha o lanza una búsqueda en Facebook, nunca sabrías adónde pueden llegar las cosas —dijo Phil, y repartió las cartas. Lou asintió.

—Cosas más raras han pasado.

Yo negué con la cabeza y me reí de la idea de ponerme en contacto con él. Sabía que podía intentar encontrarlo, pero quería que siguiera siendo una fantasía, un hombre perfecto que había creado en mi mente.

—Umm... Lo pensaré —dije, porque quería cambiar de conversación. Al tomar mis cartas y mirarlas, descubrí que tenía toda una fila de corazones.

La música relajante cesó, y eso me devolvió al presente. Astrid entró al círculo y comenzó a mover una barrita de incienso a su alrededor, con los ojos cerrados, mientras ejecutaba una danza al ritmo de la nueva música.

—Oh ee, oh ee, oh ee —canturreó, con unos gorgoritos que estuvieron a punto de provocarme la risa—. Que la luna entre en vuestro corazón y os llene con su antiguo poder, que os ayude a salir de la oscuridad y avanzar hacia un futuro lleno de alegría y felicidad.

Las risitas cesaron y, de un ambiente de burlas disimuladas y azoramiento, pasamos a... Bueno, no íbamos a adorar a la luna, pero todos queríamos un futuro lleno de felicidad y alegría.

—Por favor, luna, concédenos el don de tus poderes y permítenos entrar en la nueva fase con tu bendición. Ayuda a aquellos que necesitan un cuidado especial, y demuéstrales a los demás quién está preparado para dejar que vuelvas a sus vidas junto a la magia del amor —dijo Astrid. Hizo una pausa, y añadió—: Ahora, me gustaría invitaros a todos a que paséis unos minutos pensando en lo que les estáis pidiendo a los dioses y diosas de la luna.

De nuevo, se hizo el silencio, y mi mente comenzó a trabajar febrilmente. ¿Qué quería pedirle a aquel globo amarillo? ¿Algo que daba por hecho todos los días de mi vida? Tal vez debiera disculparme por ignorarlo durante todos aquellos años. Me conformé con una petición: «Por favor, dame la fuerza necesaria para encontrar lo que estoy buscando», lo cual no estaba mal. La música siguió sonando, y Astrid empezó a hacer reverencias de adoración hacia el cielo negro. A mí estaban empezando a sudarme las manos. Parecía que el resto del grupo estaba absorto en sus pensamientos. Me sorprendió que Shelley, que me había parecido muy pragmática, estuviera tan entregada a aquel evento hippy. La canción terminó, y Astrid se detuvo, con una sonrisa serena.

—Muy bien. Podéis soltaros las manos y bailar conmigo para dar las gracias por lo que hemos presenciado hoy.

Entonces, Astrid empezó a bailar de nuevo, y animó a todo el mundo a que se uniera a ella.

Las velas parpadeaban alrededor del círculo, y todo el mundo daba saltitos y pataditas, y movía los brazos como si no tuvieran la más mínima preocupación en este mundo, riéndose los unos con los otros, sin que les importara lo idiotas que debíamos de parecerle todos a cualquiera que llegara a la playa.

Después de un par de minutos, Astrid le dijo a todo el mundo que volviera a formar el círculo.

—Gracias por compartir esto conmigo. Os agradezco vuestro respeto y comprensión en una ceremonia tan importante —dijo. Tenía las mejillas sonrojadas y los ojos muy brillantes.

—Y, ahora, vamos a tomar algo —gritó Lou—. ¡Me muero de sed!

Todos se echaron a reír y la siguieron al bar.

Shelley se puso a mi lado y me tomó del brazo.

—¿Qué te ha parecido?

—Bueno, yo soy bastante escéptica con estas cosas, pero no sé, esto me ha parecido diferente. Eh, se me acaba de ocurrir una cosa, y es que puedes tachar otro punto de tu lista: «Explorar nuevas creencias».

Yo sonreí.

—Sí, supongo que sí.

—Además, en el templo escuchaste los consejos de un monje, así que eso también puedes tacharlo.

—Sí, es cierto. Aunque no estoy muy segura de lo fiable que es su consejo. No me pareció muy personal.

Ella se encogió de hombros.

—Bueno, supongo que ya lo veremos.

Los otros ya estaban junto al bar, pero Shelley me había mantenido en el centro del círculo de velas.

—Hay otra cosa que puedes tachar de tu lista esta noche.

—¿Y qué es?

Ella señaló el mar con un gesto de la cabeza, y yo me di cuenta de lo que quería decir: «Bañarme desnuda a la luz de la luna».

—¡Oh, no!

—¡Oh, sí!

Así que, al final de uno de los días más raros de mi vida, y con entusiasmo, me desnudé y salí corriendo y gritando hacia el agua oscura, sintiéndome completamente viva y eufórica. Y con un poco de frío. Shelley llamó a los otros para que nos siguieran y, cuando me di cuenta, estaba intentando enfocar la mirada a cualquier sitio que no fuera traseros blancos, genitales colgantes y pechos flotantes. Salpiqué y chapoteé, miré las estrellas, disfruté de la ingravidez y de lo atrevido que era bañarme desnuda. Debería estar haciendo álbumes de fotos y recuerdos de la boda, no retozando en el agua al otro lado del mundo con gente que, técnicamente, nunca debería haberse cruzado en mi camino. Ahora, aquellos extraños habían entrado a formar parte de mi vida, y no sabía qué haría sin ellos.

CAPÍTULO 26

Ocioso (adj.): Desocupado, que no hace nada o carece de obligación que cumplir.

—¡Georgia! Ven a conocer a los nuevos huéspedes. También son ingleses.

Yo volvía caminando tranquilamente después de una sesión matinal de meditación que había organizado Astrid con unos lugareños del pueblo de al lado. Desde el cántico a la luna de hacía unas noches, yo me había vuelto más abierta hacia otras terapias holísticas maravillosas que Astrid organizaba en la isla. Me había sentado en el suelo bajo unas grandes palmeras, con las piernas cruzadas, intentando ignorar los calambres de los tobillos y dejar la mente en blanco. Según aquel misterioso monje, era lo que necesitaba para encontrar el camino hacia el amor verdadero. Aunque seguía haciendo trampa y mirando a mi alrededor con los ojos entrecerrados, observando a Dara y a Chef, que estaban sentados juntos y cuyas caras reflejaban serenidad y alegría. En vez de concentrarme en los latidos de mi corazón y en regular la respiración, me pregunté si estaban juntos, dado que, por su lenguaje corporal, estaba claro que había algo entre ellos.

En cuanto terminó la clase, Dara se levantó de un salto, como si se hubiera olvidado de algo muy urgente que debía hacer. Chef siguió su figura con la mirada hasta que ella desapareció en dirección a las cabañas. Él unió las palmas de las manos y se inclinó hacia el grupo antes de ponerse en camino en el sentido contrario, lanzando miradas de melancolía hacia atrás, por donde se había marchado Dara.

Astrid se fue directamente a bañarse al mar, así que yo me dirigí lentamente hacia mi cabaña, en un estado de serenidad, como si flotara. Los gritos de Shelley me habían sacado de una ensoñación en la que yo empezaba a recibir postales extrañas en mi cabaña. Todos los días aparecía una tarjeta con una esquina doblada que provenía de un lugar lejano, con un mensaje sencillo: *Ven a buscarme, S.*. Culpé a Little Em y a su imaginación hiperactiva de todo aquello.

—Eh, chicos, me gustaría presentaros a Georgia. Es la más valiente de todos nosotros, viaja sola y ¡ha comido cucarachas! —dijo Shelley, e hizo una mueca de repugnancia antes de obligarme a sentarme en un gran cojín entre el resto del grupo.

—Ah, hola —dije yo, y me ruboricé.

Justo enfrente de mí había dos chicos a quienes no conocía. Uno tenía el pelo rubio, casi blanco, y muy corto, y los brazos muy musculosos, y el otro tenía el pelo rizado, castaño y despeinado y los ojos de color marrón.

—Hola, ¿qué tal? —dijo el moreno, y asintió—. Yo soy Ben, y él es Jimmy.

Jimmy alzó su botella de cerveza a modo de saludo.

—¡Hola! —dijo, y sonrió con picardía.

Shelley se inclinó hacia mí.

—Acaban de llegar, y se quedan unos cuantos días —me dijo, y enarcó las cejas como si aquella información tuviera algún significado para mí.

—Ah, bien, eh… bienvenidos —dije, y me levanté para marcharme. Quería ir al pueblo a comprar algunas cosas y, de repente, tenía la imperiosa necesidad de enviar unas postales a casa y lavar mi ropa.

Shelley me agarró del brazo y volvió a sentarme.

—Bueno, pues Ben estaba hablando de su trabajo, que parece algo realmente interesante —me dijo, arqueando las cejas, y me pareció que me decía algo moviendo los labios. Tenía el cuello muy torcido, en una posición incómoda.

—Ah —dije yo, lentamente, intentando captar lo que estaba intentando decirme telepáticamente.

—Ben, ¿por qué no le cuentas a Georgia qué es lo que haces? Seguro que a ella le gustaría saber más —insistió Shelley. En aquel momento, había agarrado el brazo moreno de Ben y estaba tirando suavemente de él para levantarlo de su cojín y sentarlo junto a mí. En cuanto su trasero hubo dejado el suelo, ella se colocó junto a Jimmy.

Ben se sentó a mi lado con azoramiento.

—Este sitio no está ocupado, ¿no?

Yo sonreí, negando con la cabeza. ¡Cómo era Shelley!

—Ah, muy bien —dijo él, y carraspeó—. ¿De verdad quieres hablar sobre mi trabajo?

Lo que yo quería era encontrar una lavandería para lavar mi ropa maloliente y comprar un bolígrafo para escribir postales, pero, como no me apetecía herir sus sentimientos, intenté ser buena con Shelley y dije:

—¡Claro! ¿En qué trabajas?

—Trabajo para Water Care. Es una ONG que se ha propuesto suministrar agua limpia y segura a todo el mundo —dijo él, e hizo una pausa, como si quisiera juzgar por mi expresión si debía continuar—. Les estaba contando a ellos lo que hago en mi trabajo. A menudo, nos envían a supervisar nuevos proyectos de pozos en pueblos, para cerciorarnos de que todo cumple con los estándares requeridos y para escuchar cualquier preocupación que puedan tener las familias, etcétera.

—Vaya, debe de ser muy gratificante.

Era un trabajo estupendo, para ser sincera.

—Sí, es fantástico. Aunque este viaje es ligeramente agridulce, porque acabo de dejarlo —dijo, y se pasó la mano por los rizos castaños, con el ceño fruncido—. Cuando vuelva, voy a mudarme al norte para empezar en un trabajo nuevo.

—No lo dices con mucho entusiasmo.

Él arrugó la nariz.

—Verás, no es el trabajo de mis sueños. Me encanta lo que hago ahora, pero, más o menos, estoy en deuda con mi nueva jefa. Además, tal vez tenga que viajar, así que estoy seguro de que todo irá bien. No se me da muy bien estar mucho tiempo en el mismo sitio —dijo, y se echó a reír—. Ahora vivo de alquiler al este de Londres, pero será estupendo conocer bien el norte.

—¿Adónde vas?

Él cerró los ojos y se quedó pensativo un instante.

—A Manchester.

—¡Yo vivo allí! Bueno, vivía. Bueno… —empecé a titubear y, al final, me quedé callada. ¿A qué lugar podía llamar «mi casa» ahora?

—¡Qué casualidad! —exclamó él, con una sonrisa—. Bueno, pues, si vuelven a cruzarse nuestros caminos, te contrataré de guía.

—De acuerdo —dije, y asentí.

Mientras él hablaba, empecé a tener una extraña sensación de *déjà-vu*. Su rostro amable, las pecas de su nariz y su amplia sonrisa… me resultaban familiares. Además, era muy mono.

—¿Y has estado trabajando en esta isla?

Él negó con la cabeza.

—No, en Tailandia no. Acabo de venir para reunirme con Jimmy. Él ha estado todo este año trabajando en Australia, así que se nos ocurrió venir a reunirnos aquí para volver a casa juntos. Él también va a venir a vivir al norte. Así que nos tendrás a los dos en el tour por Manchester —dijo, intentando imitar el acento del norte. Le salió muy mal, pero incluso eso fue mono.

Negué con la cabeza.

—¡Ja, ja! ¡Qué poco te acercas!

Él dio una suave patadita en la arena con el talón del pie y se ruborizó ligeramente.

—Sí, los acentos no son lo mío. Bueno, y ¿cuándo has llegado tú aquí?

Hacía muy pocas semanas, pero habían sucedido tantas cosas, que me sentía como otra persona. Le conté brevemente lo que había sucedido durante el tour de Kit y durante mi viaje hasta Koh Lanta. Él escuchó con atención, y no apartó los ojos de mi cara mientras yo hablaba. Cada vez tenía más la sensación de que ya lo conocía, aunque estaba segura de que me acordaría de él, porque era un chico muy guapo. No de una manera tan obvia como Dillon, pero era fácil darse cuenta de que él seguiría conservando su buen aspecto mientras envejeciera, porque tenía un atractivo masculino innato. Tal vez se pareciera a alguien famoso. Sí, debía de ser eso.

—¿Qué tal, Ben? —le preguntó Jimmy, chillando e interrumpiendo nuestra conversación—. Cuando termines de darle palique a esa pobre chica, podemos ir a comer algo. ¿Qué os parece?

Ben puso los ojos en blanco con resignación y, después, me miró.

—¿Tienes hambre, Georgia?

Yo tenía un poco de hambre, pero también estaba disfrutando de nuestra conversación y, además, necesitaba hacer algunas cosas. Además, me daba cuenta de que sentía reticencia hacia el mero hecho de hablar con otro chico guapo. Por muy impresionante que fuera Ben, no iba a permitir que aquello fuera más allá de una agradable charla.

—Oh, bueno, en realidad… —dije yo, pero, en seguida, me quedé callada al ver que Shelley me miraba con cara de súplica. Lentamente, asentí—. Sí, contad conmigo.

Las postales y el viaje a la lavandería tendrían que esperar.

Los cuatro nos fuimos al pequeño pueblo de al lado, en el que solo había una tienda que vendía ropa de playa y sandalias, una lavandería, una agencia de viajes cerrada y un pequeño supermercado con fruta y verdura expuesta en mesas de madera. Habíamos tomado un atajo que nos había explicado Dara y que, por suerte, ahorraba mucho tiempo. Shelley y Jimmy se quedaron rezagados, y yo oía que a mi amiga se le escapaba una risita cada vez que él decía algo. Ben y yo continuamos hablando, sobre todo, de comida.

—Debes de llevar mucho tiempo lejos de casa. ¿Nunca sientes morriña? —le pregunté.

—No, ya no mucho. Antes, cuando empecé a trabajar, sí, pero lo raro es que lo que más echo de menos ahora son las cosas pequeñas del día a día, aparte de la familia y los amigos, obviamente.

—¿Ah, sí? ¿Y qué cosas, por ejemplo?

—Bueno, por ejemplo, he pasado muchas noches durmiendo debajo de un toldo en medio de ninguna parte, soñando con comer bacalao rebozado con patatas fritas —me dijo, riéndose—. Parece que la comida es lo primero que echas de menos, no importa en qué parte del mundo estés. Por ejemplo, yo pasé una temporada en China. Allí puedes comer lo que quieras, pero yo no podía dejar de pensar en un huevo escocés o en un trozo de tarta de caramelo y chocolate de la que hacía mi madre cuando era pequeño.

—¡Me alegro de saber que no solo me pasa a mí! Normalmente, ni siquiera me gustan las patatas fritas de sabores, pero desde que estoy aquí, sueño con comprarme una bolsa y darme un festín.

—Lo entiendo, pero ten cuidado cuando vuelvas a casa y no hagas lo mismo que yo, porque si comes demasiado las cosas que más has echado de menos, al final no quieres comerlas más —dijo él, con una sonrisa. Tenía una sonrisa genuina que le iluminaba la mirada.

—Dios, con tanto hablar de comida, me ha entrado hambre.

Yo miré las instrucciones que nos había dado Dara.

—Bueno, tenemos que pasar las tiendas y, más allá, a la derecha, debería haber un restaurante.

—Perfecto.

Yo me esperaba unos increíbles aromas de especias, pero no olía nada en absoluto. ¿Y si era un restaurante parecido al que me había llevado Kit? Se me encogió el estómago.

—Ah, vaya, ¿de quién ha sido la idea? —gruñó Jimmy.

—¿Qué ocurre? —pregunté yo. Shelley señaló el letrero del restaurante: *Curso de cocina Koh Lanta.* Con razón no percibía el olor de la comida, ¡teníamos que hacerla nosotros!

—Le prometí a mi madre que no volvería a acercarme a un horno cuando estuve a punto de hacer saltar mi colegio por los aires durante las clases de Economía Doméstica —dijo Jimmy, y se mordió el labio—. Soy el peor cocinero del mundo, ¿verdad, Ben?

—Sí. Lo siento, señoritas, pero, si quieren a alguien que pueda quemar el agua, Jimmy es su hombre.

—No sabía que íbamos a cocinar —dijo Jimmy, releyendo el letrero.

Shelley asintió mirándome con complicidad. Ella sí sabía lo que íbamos a hacer.

—Ah, vamos, yo tampoco sé cocinar, ¡pero va a ser muy divertido! Los dos podemos aprender a cocinar algo medianamente decente sin morir en el intento —dijo Shelley.

Inmediatamente, la expresión de Jimmy cambió, en cuanto se dio cuenta de que ella estaba contenta de poder participar en el curso.

—Sí, bueno, supongo que no puedo empeorar más.

Lila, nuestra profesora, era una de las mujeres más felices que yo haya conocido, y nos dio una agradable bienvenida. Nos entregó unos delantales de color rojo y nos pidió que nos sentáramos en el suelo con las piernas cruzadas, alrededor de una mesa baja de madera, para poder mostrarnos los ingredientes.

—Bueno, ¡espero que tengáis hambre! Hoy vamos a preparar curry verde tailandés. ¡Está buenísimo! Es uno de mis platos favoritos, y hará que parezcáis cocineros profesionales delante de vuestros amigos, y vuestras novias —dijo, y guiñó un ojo mirándonos a los cuatro. Un chico por cada chica. Yo me ruboricé.

—Bueno, cocineros, ¿estáis dispuestos? —nos preguntó, gritando como John Fashanu en *Gladiators*. Nuestra respuesta no debió de ser lo suficientemente buena, así que repitió, a voz en cuello: Cocineros, ¿estáis dispuestos?

—¡Sí, chef! —respondimos, al unísono.

—Bueno, entonces, ¿a qué estáis esperando? ¡Seguidme!

Se echó a reír y nos llevó a una cocina perfectamente equipada y preparada para grupos pequeños. Yo formé pareja con Ben, y no me quejé. Parecía que él confiaba en su habilidad en la cocina; picó una cebolla rápidamente, manejando el cuchillo con la técnica de un cocinero de verdad. Jimmy, por el contrario, corrió el peligro de cortarse un dedo.

—¡Cuidado! —gritó Shelley, mientras se enjugaba las lágrimas de los ojos—. ¡No sé dónde hay un hospital en esta isla!

—Lo siento, mis dedos no fueron creados para este tipo de cosas —dijo Jimmy, moviendo el cuchillo en el aire.

—No te preocupes, yo pico la cebolla y todo lo demás —dijo Shelley.

—De acuerdo —dijo Lila, y suspiró de alivio al ver que Shelley se hacía cargo del cuchillo—. Ahora, chicos, recordad que para añadir sabor a vuestros platos... ¡Las especias son sexis!

—Dudo que a la mañana siguiente de comerse un *vindaloo* diga eso —me susurró Ben, y me hizo reír.

—Así que, vamos, chicos, ¡especiad bien la comida! —exclamó Lila, y comenzó a bailar por la cocina, añadiendo pellizcos de esto y de aquello a nuestras cazuelas.

—A mí no me entusiasma la comida muy especiada —le confesé a Ben.

—No te preocupes, si no está bueno, compraré algo en el supermercado cuando volvamos al hotel.

—De acuerdo. Ahora, deberíais tener algo espeso y cremoso borboteando delante de vosotros —dijo Lila.

Yo miré a nuestra cacerola. Sí, había algo borboteando, pero tenía un color más bien gris, y no era cremoso.

—¿Hemos omitido algún paso, o algo? —preguntó él, encogiéndose de hombros, y mirando las instrucciones escritas que nos había dado Lila para hacer la receta.

—Oh, no.

—¿Qué?

Ben no pudo mantener una expresión seria.

—Creo que no vamos a poder comernos esto.

—¿Por qué? ¿Qué ha pasado? —pregunté yo.

—Eh… ¿te acuerdas de cuando he dicho que necesitábamos cuatrocientos mililitros de salsa de pescado y dos cucharadas de leche de coco? —preguntó, y yo asentí—. Pues había una mancha en el papel. Las cantidades son al revés. Esto es curry de pescado tailandés —dijo, con un gesto de dolor.

—¡Oh, no! ¡Lo siento mucho!

—Eh, no te disculpes, ha sido culpa mía por no leer bien. Ya lo sé, es típico de los hombres. Lo he heredado de mi padre, lo de negarme a seguir las reglas. Ni siquiera a la hora de montar un mueble de Ikea —respondió él, y se echó a reír, tocando la comida de la cacerola con la cuchara de madera como si fuera una bomba a punto de explotar.

—Bueno, chicos, ¿qué tal va todo? —preguntó Lila, que acababa de reaparecer. Su sonrisa alegre se convirtió en una mirada de confusión y, luego, de repugnancia, al ver nuestra creación—. Oh.

—Sí, es culpa mía…

—He sido yo el que la ha pifiado —dijo Ben.

—¡Oh, Ben! ¡Creía que ibais a ser la pareja estrella! —exclamó Lila, con decepción. Después, se acercó a Shelley y a Jimmy y miró su cacerola—. Vaya, pues parece que la pareja estrella son ellos. ¡Tiene un aspecto estupendo, chicos!

Yo miré a Ben y le di las gracias en voz baja por atribuirse la culpa de todo. Él se encogió de hombros, como si no tuviera importancia. Lila estaba sirviendo el curry de Shelley y de Jimmy sobre un arroz hervido, con exclamaciones de admiración. Yo tuve que admitir que parecía exactamente lo mismo que aparecía en la foto que nos había enseñado Lila al principio de la clase.

—¡Muy bien! ¡Así se hace un curry verde! ¡Está delicioso! Excelente trabajo, equipo.

Jimmy tenía una sonrisa de orgullo. Yo miré a Shelley con la ceja enarcada, y ella se ruborizó y me señaló la bolsa de playa. Yo la miré con desconcierto. Ella me hizo una seña para que la acompañara a la zona de fregar.

—¡Bien hecho, nena! —le dije—. No sabía que cocinaras tan bien.

—Shh. No sé cocinar —dijo ella, muy sonrojada—. Sabía que íbamos a venir aquí hoy, así que le pedí a Chef que me preparara un curry. Cuando Jimmy estaba distraído y Lila estaba hablando con vosotros, tiré a la basura la porquería que habíamos hecho y di el cambiazo.

Yo me quedé boquiabierta y, al final, me eché a reír.

—¡Serás caradura!

—Lo siento mucho, pero, seguramente, cocino aún peor que Jimmy, y quería impresionarlo.

Yo rodeé a mi amiga con un brazo.

—No creo que necesites dotes culinarias para impresionarlo, cariño.

CAPÍTULO 27

Astrafobia (n.): Un miedo anormal a los rayos y los truenos.

Unos días después, estaba sentada en la terraza de mi cabaña leyendo y disfrutando de unos momentos de tranquilidad. Desde que habían llegado los chicos, todo había sido una fiesta interminable de carcajadas; yo no había podido hacerme la distante con Ben. Tanto Jimmy como él habían pasado a formar parte del grupo con facilidad. Little Em y Lou bromeaban mucho con Jimmy, y Astrid los había engatusado para leerles la palma de la mano; Phil estaba encantado de tener compañía masculina y Shelley estaba completamente enamorada.

Nos habíamos bañado en el mar, habíamos alquilado tablas de remo de pie, habíamos jugado al fútbol con algunos niños del pueblo y habíamos ayudado a Dara a hacer la compra en el mercado.

—Bueno, ¿ha valido la pena hacer todo el trayecto? —me preguntó Ben una mañana, cuando estábamos remando en un bote para alejarnos un poco de la costa.

Shelley y Jimmy iban sentados al otro extremo del bote, y sus carcajadas se oían por encima del sonido de las olas. Ben se quitó la camiseta y yo me quedé atontada, devorándolo con la mirada.

Tenía el estómago musculoso, y un rastro de vello castaño

claro que nacía en su ombligo y se perdía dentro de la cintura del pantalón. Ladeó la cabeza, esperando a que yo respondiera a su pregunta, y lo miré a los ojos rápidamente.

—Sí… yo… er… ¡esto es increíble! —exclamé, y me ruboricé.

De repente, me sentí muy azorada por el hecho de tener que quitarme la ropa delante de él. Aunque me había puesto morena y en forma, me parecía algo muy sexual desnudarme cuando sentía tal química entre nosotros dos. ¿La sentía él también? No me dio mucho tiempo para agobiarme, porque, en cuanto se quitó los pantalones cortos y se quedó en bañador, se tiró de cabeza al agua cristalina.

Yo lo seguí rápidamente, y comencé a chapotear con un gran suspiro antes de abrir los ojos. Ben me estaba observando atentamente.

—¿Qué pasa? —le pregunté—. ¿Tengo algo en la cara?

—No, nada —respondió él, y sonrió, como si estuviera a punto de decir algo más.

Sin embargo, el momento pasó, porque Jimmy corrió por la cubierta y se lanzó en bomba a las tranquilas aguas.

Por las noches, Jimmy tocaba la guitarra para Shelley, que le gustaba mucho, aunque intentara disimularlo. Ella no había dejado de sonreír desde que habían llegado y, seguramente, tenía la misma expresión que yo en la cara cada vez que Ben andaba cerca. Todas las noches, después de tomar unas copas, dejábamos volar farolillos chinos al cielo negro, y hacíamos promesas y pedíamos deseos que se alejaban flotando por el aire cálido.

Después de mi desastrosa relación con Dillon, si podía llamarla así, mi cabeza me decía que no flirteara con Ben, por mucho que me lo pidiera el corazón. Ya solo quedaban dos días para que ellos dos se marcharan a Nepal a hacer senderismo, así que, por el momento, yo me conformaba con una relación amistosa, aunque hubiera atracción entre nosotros. Teníamos muchas cosas en común; nos reíamos de las mismas cosas, nos mirábamos al mismo tiempo, compartíamos bromas silenciosas cuando Jimmy decía alguna bobada. Al final, no conseguí enviar las postales a casa.

La brisa hizo aletear las páginas de mi libro. El cielo se había puesto muy gris. Ya me habían advertido de que las tormentas no avisaban. La lluvia empezaba a caer rápidamente y torrencialmente, y uno se veía obligado a buscar cobijo y esperar. Las olas empezaron a romper con fuerza en la orilla, a pocos metros de mi cabaña, y todo se puso muy oscuro. Seguramente, los demás estaban en el bar, tomando algo y jugando a las cartas. Yo estaba debatiéndome entre ir con ellos o quedarme allí, cuando oí un trueno ensordecedor y vi un relámpago brillante atravesar el cielo. Tomé una decisión rápidamente.

Me subí la cremallera de la chaqueta, puse los pies en la silla de enfrente y me froté las manos para calentármelas. La lluvia caía con fuerza sobre el tejado de la cabaña. Otro trueno me hizo dar un respingo. No se veía nada; las nubes habían tapado la luna, y todo se había quedado negro.

Hubo un corte de electricidad, y las luces de mi cabaña se apagaron. Incluso el bar quedó a oscuras. Se oyeron risas, grititos y ruidos que alguien hacía para asustar a los demás. Yo palpé a alrededor en busca de la linternita que me había regalado Marie, y me golpeé el codo, la rodilla y el dedo gordo contra el borde de la cama.

—¡Mierda! —exclamé, y me agarré el pie para intentar mitigar el dolor.

Por fin, di con la mochila, saqué la linterna de uno de los bolsillos y la encendí, creando un pequeño haz de luz. Abrí la puerta para salir a la terraza, y oí gritar a alguien.

—¡Mierda!

Entonces, yo me asusté tanto que apreté el interruptor de la alarma antiviolación que me había puesto mi padre al extremo de la linterna. Un timbre agudísimo atravesó el aire. Iluminé la cara de mi atacante con la lucecita de la linterna, y tardé un momento en que mis ojos lo enfocaran; era Ben, que estaba tapándose los oídos y, alternativamente, frotándose la espinilla.

—¡Oh, Dios mío! ¿Estás bien? —grité, por encima de la sirena de la alarma antiviolación. Él se estaba frotando la espinilla porque yo, temiendo por mi vida, lo había pateado—. Creía que eras un violador. ¿Por qué no estás en el bar? —le pregunté.

El siguiente trueno fue tan fuerte que nos sobresaltó a los dos.

—¡Lo siento! Oh, demonios, ¿es que has tomado clases de defensa propia, o algo por el estilo? Me has dado una buena patada —dijo él. Tomó la linterna y apagó la sirena, y apretó otro interruptor de la linterna, lo cual aumentó el haz de luz—. Lo siento, no quería asustarte. Solo he venido a cerciorarme de que estabas bien. Acabamos de volver de ayudar a Chef en el mercado, y los demás estaban esperándote en el bar, así que les dije que iba a venir a ver si querías reunirte con nosotros.

En medio de aquella oscuridad, sus rizos mojados parecían casi negros.

—Estaba a punto de ir, pero nos hemos quedado sin luz. Como ya durante el día soy la persona con menos coordinación del mundo, sabía que podía causar algún daño grave si me iba a oscuras —le expliqué. Miré sus espinillas y capté un atisbo de sus pantalones calados por la lluvia, que se le pegaban a las piernas musculosas—. Lo siento, parece que puedo causar daños graves también sin salir de mi cabaña —dije, y me ruboricé.

Él se echó a reír.

—No te preocupes. Si hay un apocalipsis zombi, por lo menos sé con quién puedo esconderme.

Su repentina visita me causó una descarga de adrenalina.

Desde que él había llegado, no habíamos estado a solas de verdad. Yo intenté contener el cosquilleo que sentía en el estómago.

—Bueno, ¿quieres que vayamos corriendo? —preguntó Ben, mirando hacia el restaurante.

Yo me mordí el labio.

—¿No podríamos quedarnos sentados un rato? Seguro que terminará pronto.

Él sonrió al oír mi sugerencia.

—Sí, de acuerdo. Si no te importa.

—No, no me importa —respondí con timidez.

Ben buscó unas cerillas y unas velas en el armario del baño con ayuda de la linterna. Después de que se secara con una toalla, encendimos una de las velas en la terraza y nos sentamos, y él empezó a contarme sus viajes.

Hablamos de todo y de nada, y los silencios que se produjeron durante la conversación no fueron incómodos. El tiempo pasó muy rápido, y el cielo fue aclarándose; el gris se volvió azul de nuevo. El aire estaba muy limpio después de la lluvia, y de las hojas de las palmeras caían goterones a la arena.

—Bueno, y… ¿sales con alguien en Inglaterra? —me preguntó lentamente, tomando un trocito de cera de la mesa y evitando mirarme a la cara.

Antes de que yo pudiera contestar, alguien nos llamó.

—¡Eh, tú! ¿Cuándo vas a venir? —preguntó Little Em, que se acercaba corriendo desde el bar, riéndose. Sin embargo, al ver la romántica escena, se quedó parada—. ¡Oh, lo siento! Pensaba que estabas sola. He venido porque Chef ha conseguido cocinar algo con fuego, y estábamos a punto de empezar a cenar, si os apetece...

—¿Tienes hambre? —preguntó Ben.

—Sí, mucha —respondí. Necesitaba algo sustancioso en el estómago para librarme del cosquilleo.

El bar estaba precioso. Había velitas en pequeños tarros colgados de las vigas y, en un rincón, ardía una buena hoguera que hacía las veces de parrilla. En la entrada del recinto había un par de antorchas. Chef y Dara nos llamaron para que nos sentáramos en una mesa donde habían servido ensaladas de papaya, pan recién hecho y fideos de arroz.

—No sabemos cuándo va a volver la electricidad, así que hemos preparado una cena de tormenta —dijo Dara, con entusiasmo, tendiéndonos unos platos.

Ben se echó a reír.

—Es una buena excusa. Vamos, Georgia, las damas primero —dijo, y me pasó un cuchillo y un tenedor. Al tocarnos, nos dimos un chispazo, y nos miramos. Los dos tuvimos un escalofrío de emoción.

—¡Aquí! —gritó Lou, y rompió la magia.

Los demás, incluidos Phil y Astrid, estaban sentados en mesitas dispuestas en la arena húmeda. El camino desde el bar estaba iluminado con grandes faroles, y todo parecía la escena de una película romántica.

—Parece que somos los últimos en llegar —dijo Ben, mientras caminábamos por el sendero iluminado hasta la mesa que estaba más cerca de la orilla. El mar estaba mucho más calmado, y en el cielo brillaban miles de estrellas.

—Oh, oh, ¿qué habéis estado haciendo? ¡Hacía siglos que no os veía! —exclamó Jimmy, con una enorme sonrisa. Ben se movió con nerviosismo en su silla. A mí me pareció que se ruborizaba.

—Hemos estado… eh… arreglando el mundo, ¿verdad, Georgia?

—Umm… —respondí yo, con la boca llena de comida. Vi que Shelley me hacía un gesto de aprobación con los pulgares hacia arriba, escondiéndose detrás de la ancha espalda de Jimmy.

—Ah, ¿ahora lo llaman así? —preguntó Jimmy, y se echó a reír.

Ben me miró y me guiñó un ojo antes de tirarle a Jimmy un *dumpling* a medio comer. Falló la puntería, y la comida terminó en el vaso de Little Em.

—¡Oooh! Lo siento, Em.

Aquello hizo que Jimmy se riera aún con más ganas.

—No te preocupes, , seguro que normalmente tiene mejor puntería que esto —dijo, y me guiñó un ojo. Después, le lanzó un puñado de cáscaras de pistacho a Ben. Los pequeños misiles acabaron en su pelo y en su vaso.

—Bueno, ya está bien —gritó Ben, y se puso en pie para sacudirse la ropa y el pelo—. ¿Quieres jugar? Pues vamos a jugar.

Se fue hacia Chef y Dara, que estaban empezando a guardar la comida. Vimos que el susurraba algo a Dara al oído, y ella se tapó la boca con la palma de la mano y empezó a reírse.

—¿Qué hace? —preguntó Jimmy.

La mirada de asombro de todo el mundo debió de aumentar cuando *Born to Be Alive* empezó a sonar a todo volumen por los altavoces. Ben se acercó a nosotros con una mirada de férrea determinación y una sonrisa en los labios.

—Un baile. Tú y yo —dijo, señalando su pecho y el de Jimmy. Yo oí el jadeo de asombro de Little Em. Por un momento, Jimmy permaneció allí sentado, mirando a Ben fijamente. No se movió ni sonrió. Yo sentí una punzada de vergüenza por Ben. Tal vez aquello fuera mala idea. Entonces, de repente, Jimmy asintió, chasqueó la lengua y se puso de pie.

—Te acepto el reto.

Los dos hombres se movieron en círculo, enfrentados, como buitres que sobrevolaran su presa. El ritmo se intensificó, y el estado de ánimo, también. A medida que el coro iba in crescendo, los dos pasaron de ser dos luchadores implacables a dos payasos adorables. Empezaron a dar patadas en el suelo a la vez, a dar palmadas con un ritmo perfecto y a mover las caderas como Patrick Swayze.

No era un baile agresivo. Era una coreografía perfectamente ensayada.

Nuestra mesa estalló en carcajadas y en vítores. Era como ver aquellos primeros vídeos de YouTube en los que los novios sorprendían a los invitados de la boda con algún baile. Mientras agitaban en trasero, se movían en círculo y se tocaban los codos, los chicos hacían todo lo posible por mantener la seriedad. Yo no podía, estaba llorando de la risa al verlos.

—Vamos, chicas, vamos a enseñarles cómo se hace —dijo Shelley, y se remangó cómicamente. Me tomó de la mano y me llevó a la improvisada pista de baile.

De repente, todo el mundo se levantó, se quitó el calzado y empezó a bailar bajo la luna. Yo miré a mis nuevos amigos, que bailaban al estilo Miley Cyrus como si les fuera la vida en ello, con el corazón lleno de felicidad.

Shelley se reía al ver a Jimmy estropear los delicados movimientos que intentaba enseñarle Astrid. Lou y Little Em daban palmadas y se reían con Phil. A mi derecha, Dara y Chef estaban bailando lentamente, absortos en su mundo especial. A mí me dolían las mejillas de sonreír, pero me sentía completamente viva. No pensaba que mi experiencia en aquella isla pudiera ser mejor, pero, al mirar a los ojos a Ben, al notar su mano fuerte en la espalda para guiarme en los pasos que yo no conocía, me di cuenta de que sí.

CAPÍTULO 28

Lacrimoso (adj): Proclive al llanto. Triste.

Acababa de abandonar un enérgico partido de voleibol de chicos contra chicas para ir en busca de botellas de agua para todos. Astrid era el árbitro y nos miraba perezosamente desde la tumbona. Perdía la cuenta de los tantos, y eso sacó a relucir la vena competitiva de los hombres. Jimmy se tiraba al suelo al estilo de los jugadores de fútbol a cada atisbo de juego sucio, y eso provocaba bromas y pullas entre los dos equipos.

Yo pasé por delante de la recepción, enjugándome el sudor de la cara. En aquel momento, Dara me llamó.

—Ah, Georgia, iba a buscarte en este momento. Tienes una llamada de teléfono.

Yo me quedé parada. ¿Una llamada para mí? Ella bajó la mirada.

—Es tu madre.

Tomé el teléfono rápidamente al ver que Dara estaba pálida.

—¿Diga?

—¡Oh, Georgia! Me alegro tanto de poder hablar contigo, por fin —dijo mi madre. Su tono era de alegría, pero también de tensión.

—Mamá, ¿va todo bien?

—No, en realidad, no —dijo mi madre, y se le quebró la

voz—. Tienes que volver a casa, hija. Es por tu padre. Ha tenido… un accidente de tráfico.

Yo tuve la sensación de que me habían pegado un puñetazo en el estómago, y empezaron a temblarme las rodillas.

—¿Qué?

—Todo fue muy rápido. Se fue tranquilamente a la farmacia a comprar la medicina de la espalda y, al rato, me llamó una mujer diciéndome que había visto el choque y que había llamado a la ambulancia —dijo mi madre, y se sonó la nariz—. Se lo llevaron al hospital, y está en coma. Georgia. Georgia, hija, ¿estás ahí?

Yo asentí, pero me di cuenta de que ella no podía verme.

—Sí, mamá.

Se me empañaron los ojos, y no podía ver nada. Me sentí mareada y tuve ganas de vomitar.

Mi padre estaba en coma.

—Cariño… ¡siento mucho tener que decírtelo así! —dijo mi madre. Estaba sollozando en voz baja. Yo me la imaginaba con un pañuelo de papel entre las manos—. Pero necesitamos que vuelvas.

—De acuerdo —dije, y tragué saliva. Después, carraspeé—. Voy para allá.

—Oh, gracias a Dios —dijo ella, con un suspiro de alivio—. Bueno, nena, ahora tengo que colgar, por si llaman del hospital. Cuídate, cariño. Te quiero.

—Yo también te quiero, mamá —susurré, y colgué el teléfono.

Oí los gritos de alegría que llegaban de la playa, pero me fui tambaleándome al baño y vomité.

Aquello no podía estar sucediendo. Seguramente, mi madre iba a llamarme y a decirme que todo había sido un error y que los médicos se habían confundido con otro señor Green que estaba en el mismo hospital. Me limpié la boca y me agarré a las paredes de bambú, respirando profundamente. Sin embargo, volví a vomitar. Cuando no me quedó nada en el estómago, abrí la puerta del baño.

—¿Georgia? Ah, estás ahí —dijo Ben, que se acercaba con la pelota bajo el brazo—. He venido por si necesitabas ayuda con las botellas de agua.

Yo no podía mirarlo, no podía responder.

—Georgia, ¿estás bien? —me preguntó, con preocupación.

Al final, me fallaron las rodillas y tuve que sentarme en la arena. Ben se acercó corriendo. Yo dije:

—Es mi padre. Me ha llamado mi madre. Tengo que volver a casa —dije, en voz muy baja.

Él se sentó a mi lado.

—¿Cómo?

Me acarició la espalda suavemente, con cara de desconcierto.

—Tengo que irme a casa. Mi padre ha tenido un accidente —dije, con las mejillas llenas de lágrimas. De repente, me pareció que Tailandia estaba demasiado lejos de Manchester.

—Oh, Dios mío.

Yo intenté calmarme.

—No puedo creerlo.

—¿Puedo hacer algo para ayudarte? —me preguntó él.

—Tengo que marcharme ahora mismo.

Ben miró ansiosamente la hora.

—Es demasiado tarde para tomar un barco esta noche, pero te prometo que, en cuanto amanezca, te ayudaré a reservar un viaje a casa. ¿Quieres que llame a Shelley o a otra de las chicas para que esté contigo?

Yo hice un gesto negativo.

—Tengo que hacer el equipaje. Solo quiero dormir y, cuando me despierte, que nada de esto sea real —dije. Empecé a llorar otra vez.

Él siguió acariciándome suavemente la espalda.

—Tienes que ser fuerte, Georgia. Sé que esto es lo más difícil del mundo, pero tu padre necesita que seas fuerte —dijo.

Yo asentí, y él me ayudó a levantarme y me rodeó la cintura con un brazo para darme apoyo.

—Vamos.

—Gracias —dije yo, temblando a pesar de la calidez de aquel anochecer.

CAPÍTULO 29

Inquietud (n.): Falta de quietud, desasosiego, desazón.

Estuve sollozando en brazos de Ben hasta que me quedé dormida de agotamiento y terror, pero me desperté de repente empapada en sudor. Normalmente, las mañanas eran mi momento favorito del día; allí nunca había llovizna, como en Manchester, sino que me despertaban los rayos del sol y me animaban a sacar provecho de cada momento. Salvo aquel día, cuando solo quería estar en cualquier otra parte.

Lo que me había dicho mi madre el día anterior no encajaba con mi padre, mi adorable y bondadoso padre. Sabía lo mucho que él odiaba las agujas, y no me lo imaginaba en un entorno aséptico y extraño, lleno de pinchazos, sin su hija al lado. Al abrir los ojos, todo se me vino encima de nuevo. Aquel día iba a dejar mi refugio, mi santuario.

Shelley, Lou y Little Em me habían ayudado a hacer la maleta la noche anterior mientras yo permanecía aturdida entre ellas, porque no podía hacer ni la más nimia de las tareas sin perder el hilo. Astrid me llevó un cuenco de sopa que me había preparado Chef, y me observó hasta que me lo terminé.

—Tienes que reunir fuerzas para el viaje —me dijo, acariciándome el pelo.

Ben llevó todas mis cosas al tuk tuk que aguardaba. Yo tenía un largo viaje por delante, incluyendo un ferry y tres vuelos con escala, que él me había reservado nada más amanecer. Todos mis nuevos amigos se reunieron en el bar para despedirse. Dara me dio un paquete con comida, y Astrid me puso una pulsera de abalorios en la muñeca. Me parecía irreal abrazarme a aquella gente y despedirme cuando, hasta hacía muy poco, éramos unos perfectos desconocidos. En aquel momento, me sentía como si me estuviera despidiendo de mis mejores amigos, de mis almas gemelas, de los compañeros del Club de Viajes de los Corazones Solitarios.

—Me habéis ayudado a recuperar mi vida. Nunca os olvidaré —dije, entre sollozos, al abrazar a Shelley.

—Supongo que nos necesitábamos los unos a los otros —respondió ella, enjugándose las lágrimas.

—En cuanto llegues, llámanos para ver si hay algo en lo que podamos ayudarte. Todos vamos a estar pensando en ti, cariño. No estás sola en esto —me dijo Astrid.

—Gracias. Os voy a echar mucho de menos.

—Esto no es un «adiós», sino un «hasta luego» —me dijo Little Em, mientras me estrechaba entre sus brazos. Phil y Jimmy asintieron con vehemencia, con las manos en los bolsillos, sin saber qué decir.

Me giré hacia Ben.

—Muchísimas gracias por ayudarme a reservar los vuelos, y por estar ahí para apoyarme —le dije.

Ninguno de los dos había hecho ningún comentario al salir de mi cabaña, después de pasar toda la noche acurrucados, dándonos calor el uno al otro. Obviamente, no había ocurrido nada sexual, puesto que yo estaba demasiado alterada, pero había algo muy poderoso en su forma de tenerme abrazada sin decir una palabra.

Él dio una patadita al suelo.

—No ha sido nada, Georgia. Me da muchísima pena que nos tengamos que despedir así.

Yo asentí. Había muchas cosas que quería decirle, que quería preguntarle, pero me quedé callada. Se me encogió el corazón. Nuestra historia no podía terminar así, ¿no?

—Como te dije —continuó él—, intentaré que nos veamos en Manchester.

Yo sonreí débilmente. Sabía que no iba a volver a verlo. Eso eran cosas que se decía la gente. Se hacían promesas, pero la vida siempre seguía adelante y se interponía. Lou me dio un pañuelo de papel para que me secara los ojos y me sonara la nariz. Tuve que soltarme, prácticamente a la fuerza, de ella, para no perder los vuelos.

El resto del día pasó como en una nebulosa. Dormí durante toda la travesía en el ferry, de puro agotamiento. Tenía la sensación de que era una mala hija por haber estado divirtiéndome en Tailandia, preocupándome de mis problemas, sin enterarme de nada de lo que ocurría en casa.

Al llegar a Bangkok, tomé un taxi y llegué al Suvarnabhumi Airport con bastante tiempo de antelación. Tenía una sensación abrumadora de incertidumbre, tristeza y miedo. ¿Y si mi padre no despertaba? Con un escalofrío, fui rápidamente en busca de un teléfono y entregué todo el dinero suelto que me quedaba para llamar a mi madre.

—¿Diga? —respondió ella, inmediatamente.

—Mamá, soy yo —dije, entre lágrimas—. Ya estoy en el aeropuerto. Mi vuelo sale dentro de unas horas, y tomaré un taxi en cuanto aterrice. ¿Cómo está papá?

—Oh, Dios mío. Estoy impaciente por verte. Están haciéndole más pruebas. He venido a casa solo para cambiarme de ropa, así que me has pillado de casualidad.

—Oh, mamá. Llegaré cuanto antes. Siento muchísimo que hayas tenido que pasar por esto tú sola.

—No estoy sola. Tengo a tu padre, que es un verdadero luchador. Que tengas muy buen viaje, ¿de acuerdo? Cuídate, hija mía.

Nos despedimos, y yo colgué el teléfono llorando.

«Llegaré pronto, papá», murmuré, agarrando el colgante de

San Cristóbal que me había regalado mi padre con los dedos temblorosos.

En el vuelo de vuelta, me senté entre un hombre obeso que no dejó de tirarse pedos y de mirar a los demás pasajeros con desagrado. Yo me pegué el jersey a la nariz para intentar bloquear el olor, incliné la cabeza hacia la ventanilla y cerré los ojos. No pude concentrarme en ninguna de las películas que emitieron en la pequeña pantalla que tenía delante. Cuando la azafata me llevó la comida, picoteé un poco alguna de las pequeñas cantidades, pero no tenía apetito. Debía de habérmelo dejado en la Mariposa Azul. Me pregunté qué estarían haciendo en aquellos momentos, si Ben estaba pensando en la noche que habíamos pasado juntos, pero sin estar juntos. Me pregunté si volvería a verlos. Como no podía seguir comiendo, le ofrecí mi bandeja a mi gordo compañero, que la aceptó encantado. Al menos, alguien estaba feliz.

Plegué la mesita del asiento y cerré los ojos. No conseguía asimilar que volvía a casa, y que mi padre estaba inconsciente en el hospital. Mi gran aventura había acabado por completo. Durante mi corta estancia en Tailandia, me habían ocurrido muchas cosas, tantas, que me sentía como si fuera otra persona. El estrambótico tour de Kit, el piercing en el pezón, el hecho de conocer a Dillon, de estar a punto de ahogarme durante una sesión de buceo, de perder el teléfono móvil y sobrevivir al aro de fuego de la fiesta de las hogueras, de darle a Amelie su merecido con el excremento de elefante, de dejar todo aquello atrás y viajar a la Mariposa Azul. Hacer el viaje hasta allí en el barco de pesca, conocer a mis amigos del Club de Viajes de los Corazones Solitarios, bañarme desnuda a medianoche, hablar con un monje críptico, conocer a Jimmy y a Ben… las cosas habían pasado de ser horribles a ser estupendas.

Pensé en mi lista de deseos de viaje, la que había escrito en una playa de Turquía sin saber si algo de aquello iba a convertirse en realidad. Gracias a que Shelley se había empeñado en que la completara, casi lo había conseguido.

Bañarme desnuda a la luz de la luna — Sí
Bailar toda la noche bajo las estrellas — Sí
Probar comida exótica — Sí.
Montar en elefante — No quiero hacerlo
Visitar templos históricos — Sí
Explorar nuevas creencias — Sí
Subir una montaña — Todavía no
Hacer amigos de diferentes nacionalidades — Sí
Escuchar los consejos de una persona sabia — Sí
Cometer una locura — Sí

Yo pensaba que tenía todo el tiempo del mundo para cumplir todos los puntos. Sin embargo, aunque no había podido hacerlo todo, había conseguido más de lo que hubiera creído posible.

Manchester me recibió con cielos grises y una lluvia fría. Cuando llegué a casa de mis padres y salí del taxi, pisé un charco helado. Con la mochila al hombro, recorrí el caminito hasta la entrada, hacia la realidad que me esperaba detrás de aquella puerta roja, entre dos cestas de flores colgantes y dos hortensias. Al oír el timbre, mi madre bajó corriendo las escaleras y abrió la puerta sin quitar la cadena.

—¡Georgia!

—¡Mamá!

—Oh, Georgie, ya estás aquí —dijo ella. Cerró la puerta para quitar la cadena y abrió de par en par. Entonces, me abrazó alrededor de la mochila—. Te hemos echado tanto de menos…

Se le cayeron las lágrimas por las mejillas. Estaba pálida y demacrada, y no se había maquillado. Llevaba unos pantalones cómodos y una camiseta, y estaba muy delgada. Se le había puesto el pelo gris. El hecho de ver tan desarreglada a mi madre, que normalmente tenía un aspecto inmaculado, me dejó hundida.

—Yo, también.

—Vamos, pasa. Estás muy cambiada. Pareces toda una viajera —me dijo, y tomó un mechón de pelo entre los dedos. El cabello se me había aclarado mucho por el sol—. Entonces, has tenido muy buen tiempo. ¿Qué temperatura hacía, veinticinco grados todos los días?

—Mamá, no he venido hasta aquí para hablar del tiempo —le dije suavemente, mientras dejaba la mochila en el pasillo y me dirigía a la cocina.

—No, claro que no, hija. Voy a poner la tetera al fuego y charlamos.

—¿Cómo está papá?

Ella se giró a mirarme.

—Me temo que no ha habido ningún cambio. Pero tiene los mejores cuidados. Los médicos y el resto del personal han sido maravillosos. A pesar de todas las cosas malas que se oyen sobre la sanidad pública, yo solo tengo cosas buenas que decir de ellos —dijo mientras preparaba la tetera y dos tazas.

—No puedo creer lo que ha pasado. ¿Cómo fue? —le pregunté.

Mi madre terminó de servir el té, y nos fuimos al salón con dos tazas humeantes. El papel de flores de la pared, que siempre me había dado dolor de cabeza, seguía vivo y recargado. El sofá de cuero verde claro todavía seguía hundido en los sitios que ocupábamos cada uno de los tres. El reloj seguía dando las horas sobre la repisa de la chimenea. Todo aquello me reconfortaba; el hecho de que algunas cosas siguieran exactamente igual era reconfortante.

—Bueno, ya te dije que había salido a buscar medicinas. Por fin le habían recetado un analgésico para la espalda y se encontraba mucho mejor. Yo me quedé viendo la tele, y estaba tomando un té cuando sonó el teléfono. Llamaba una mujer, Susan, o Sandra, no lo recuerdo. Ella había encontrado el teléfono de tu padre y llamó a casa. La pobre mujer estaba angustiada por tener que darme la noticia del accidente —dijo mi madre, y se detuvo un instante para tomar aire—. Tu padre iba por Allington Street, a la altura de la parte trasera del concesionario de coches. La policía cree que dos ladrones acababan de robar un coche, salieron a toda velocidad, embistieron a tu padre y se dieron a la fuga. Esta mujer estaba paseando al perro y lo vio todo. Intentó tomar el número de la matrícula, pero todo fue demasiado rápido y no pudo. Gracias a Dios que ella estaba allí —dijo mi madre, y agitó la cabeza. Con los ojos llenos de lágrimas, miró al techo—. Ella fue quien llamó a la ambulancia.

—Entonces, ¿los ha encontrado la policía? —pregunté yo, apretando los puños.

—Todavía no. De todos modos, a mí solo me importa que Len se despierte ya —dijo mi madre, con un suspiro—. Marie ha estado llamando todos los días, preguntando si sabíamos algo. Se va a poner muy contenta cuando sepa que ya estás aquí.

—Yo también tengo muchas ganas de verla. Escucha, mamá, siento mucho no haber llamado más —dije yo, enjugándome las lágrimas.

—Oh, no pasa nada. Tú no lo sabías.

—No puedo creerlo —dije, cabeceando—. ¿Cómo estás tú?

—Bueno, no perfectamente, pero tu padre y yo lo vamos a superar —dijo ella, con un suspiro—. Esto me está enseñando cuáles son las prioridades en la vida, y que no merece la pena discutir con Viv, la del número veintitrés, sobre quién tiene las mejores cestas de flores.

—Aunque las tuyas son la leche, mamá —le dije, con un guiño.

Ella frunció el ceño al oír que decía una palabrota, pero, después, sonrió débilmente.

—Cuánto me alegro de que hayas vuelto, nena.

Se inclinó hacia mí y me dio una palmadita en la mano. Su piel blanca casi parecía traslúcida al lado de la mía, tan bronceada. Se le cayó la cucharilla a la alfombra, y aquel raro momento de afecto pasó. Ella volvió a contenerse y sonrió forzadamente. Se ajustó la camiseta, como si se diera cuenta, por primera vez, de cómo iba vestida. Se le puso cara de azoramiento por su atuendo relajado, y empezó a recoger nuestras tazas vacías.

—¿Por qué no te das una ducha, hija? Debes de estar agotada del viaje. En cuanto acabes, vamos al hospital a ver a tu padre. Se va a poner como loco al saber que has vuelto tan rápidamente —dijo, mientras se marchaba por el pasillo.

—Señora Green, acuda a la sala número dos, el despacho de la doctora Khan, por favor —dijeron por los altavoces.

Recorrimos los pasillos del hospital. Yo no podía creer que estuviera allí. Hacía veinticuatro horas estaba en Bangkok, y no me parecía real. Hice el camino hacia el despacho del médico con reticencia e inquietud. Tenía la cabeza llena de estadísticas de estados de coma que duraban semanas, incluso años, y de fluidos que podían dañar el cerebro, de parálisis y estados vegetativos. Estaba paranoica. Sentía terror por el diagnóstico que iban a darnos. Estaba desesperada por ir a ver a mi padre, pero mi madre, que estaba como petrificada, me dijo que primero teníamos que ir a hablar con la doctora.

—Adelante —dijo una voz alegre, cuando mi madre llamó a la puerta de roble.

Dentro del despacho, que contaba con una buena iluminación, estaba la doctora Khan, una atractiva mujer de mediana edad y de origen asiático, que tenía una melena negra y larga recogida en un moño y que llevaba gafas. Después de las presentaciones, nos indicó que nos sentáramos frente a su escritorio.

—Señora Green —dijo—, tengo buenas noticias. Su esposo ha empezado a respirar de manera autónoma.

Mi madre soltó un gritito de alegría. Yo contuve la respiración, esperando el «pero». La doctora continuó:

—Es una señal muy positiva.

—Pero… —dije yo, sin poder contenerme.

La doctora me sonrió comprensivamente.

—Pero… todavía estamos intentando averiguar por qué no despierta. Los resultados de las pruebas no muestran ninguna actividad cerebral anormal. Por supuesto, seguiremos haciendo pruebas, pero, hasta que no sepamos con exactitud qué es lo que mantienen a su esposo en estado de coma, no estaremos fuera de peligro.

Yo exhalé un suspiro.

—Bueno, al menos mi padre ha experimentado una mejoría, ¿no?

La doctora asintió.

—Sí, las señales son positivas. Lo único que se puede hacer es esperar y tener paciencia.

A mi madre se le llenaron los ojos de lágrimas y me apretó la mano.

—Oh, no se preocupe. Nosotras no le vamos a dejar solo. Va a despertar y se va a poner bien, ya lo verá.

—¿Podemos verlo? —pregunté yo.

La doctora asintió.

—Por supuesto. Sin embargo, Georgia, he de advertirle que puede ser un duro golpe ver a su padre postrado en una cama, intubado y conectado a tantas máquinas. Es para monitorizarlo, así que no debe alarmarse. Cuando llegó al hospital estaba grave, y puede que lo encuentre magullado e hinchado, así que, por favor, prepárese lo mejor que pueda —me dijo.

Yo también asentí, pero sus palabras habían multiplicado por diez mis temores.

—Por favor, vengan conmigo —dijo la doctora Khan.

Mientras recorríamos los pasillos, oí las toses y los ruidos de los enfermos, que reverberaban en las paredes. Mi madre me llevaba tomada por la cintura, ¿o era yo la que me estaba agarrando a ella? Contuve la respiración y entré en la habitación de mi padre. Lo primero que percibí fue el olor a antiséptico. Miré a mi padre, que estaba cubierto con una manta, pese a que hacía bastante calor.

Parecía que estaba dormido. Necesitaba un afeitado; tenía barba gris en las mejillas, ligeramente hinchadas, y la barbilla. Me pareció algo extraño en un hombre que se enorgullecía de ir siempre impecable y de estar como un roble. Mi madre había tenido, prácticamente, que obligarlo a que se jubilara, porque no quería admitir su edad.

—Hola, señor Green, hoy tiene una visita especial —dijo la doctora Khan, y me guiñó un ojo antes de mirar los números de uno de los monitores. Mi padre permaneció inmóvil—. Puede hablar con él, si quiere. Es bueno que oiga su voz, y tal vez nos ayude a obtener una respuesta.

Yo me acerqué con cuidado a su cama y me agarré a las barras.

—Papá, soy yo, Georgia —dije, y tuve que tragar saliva, porque tenía un nudo en la garganta.

Parecía que había envejecido diez años. Mi padre tenía el pelo castaño, pero se le había puesto gris y lacio. Sus ojos, normalmente brillantes, estaban hundidos, y tenía unas profundas ojeras amoratadas. Tenía un horrible moretón en la frente, y pequeñas heridas en el puente de la nariz.

—Solo son heridas superficiales del accidente. Se le curarán —dijo la doctora suavemente.

—Vamos, Len, despierta, cariño —le dijo mi madre, y metió bajo el colchón una esquina de la manta que se había salido.

Estaba intentando con todas sus fuerzas controlar sus emociones. Por mi parte, yo no podía creer que todas aquellas máquinas, con sus pitidos regulares, fueran lo que mantenía a mi padre con vida. Al pensarlo, me faltó el aire. No iba a poder mantener la compostura mucho más tiempo.

—He vuelto, papá. Todo va a ir bien —le susurré, acariciándole la mano suavemente, intentando convencernos a los dos.

—¿Lo oyes, Len? Georgia ha vuelto con nosotros —dijo mi madre, alzando la voz como si estuviera hablando con un paciente sordo. Entonces, se volvió hacia la doctora, y le explicó—: Mi hija acaba de volver de Tailandia. Ha estado viajando por el país, ¿verdad, Georgia? Yo asentí.

—Vaya, otro motivo por el que tiene que despertar, señor Green —dijo la doctora—. Tiene que ver el precioso moreno de su hija, y enterarse de sus vivencias durante el viaje.

—Oh, Len estaba muy orgulloso por que ella se marchara sola —dijo mi madre—. En realidad, los dos estábamos orgullosos —añadió, y se le quebró la voz. Enseguida, carraspeó. Yo nunca la había oído decir que estuviera orgullosa de mí. Pensaba que mi viaje le parecía una tontería—. Así que no puede perderse todo lo que Georgia tiene que contarnos.

—Oh, mamá —dije yo, pestañeando para que no se me cayeran las lágrimas, y pensando en la lucha que teníamos por delante—. Tiene que ponerse bien, ¿no?

—Tu padre no nos va a dejar y, mucho menos, así —dijo ella.

La voz se le quebró de nuevo, y las lágrimas rodaron por sus mejillas.

CAPÍTULO 30

Contrarrestar (v.): Actuar o luchar contra un poder, una fuerza o un efecto igual.

A la mañana siguiente, Marie vino a verme. Me dio tal abrazo que estuvo a punto de tirarme al suelo y aplastar la lasaña y la caja de fruta que llevaba en los brazos. Nos sentamos en el pequeño invernadero, el que mi madre había hecho construir a mi padre para ser como los Raines, que vivían en el número treinta y siete, a tomar el té, mientras mi madre entretenía a Cole. Le conté rápidamente a Marie todo lo que me había ocurrido y me disculpé por no haber llamado más a menudo; además, le prometí que ella seguía siendo mi mejor amiga. El hecho de que yo perdiera el teléfono había sido tan difícil para mi gente como para mí.

Marie me dijo que acababa de rodar la versión urbana de *Jane Eyre* y me contó que el director había intentado ligársela una noche, metiéndole la mano regordeta por debajo de la falda. Ella se había marchado, después de pintarrajear la pequeña caravana en la que la habían instalado.

—Desde entonces no tengo muchas ofertas, pero los otros actores me respetan mucho y hablan muy bien de mí —dijo Marie, y se metió unas patatas fritas a la boca—. Bueno, ¿y qué tal te sientes? —me preguntó, asintiendo hacia una foto de mi padre que había colgada en la pared—. Lo siento, cariño.

—Verás, no está muy bien, pero yo cada día lo veo más fuerte —dije.

No le conté que había estado durmiendo en la cama de mi madre para oler la loción de afeitar de mi padre en la almohada, ni que me había encontrado a mi madre llorando sobre la pila de los platos, ni que, unos días antes, estaba pasándolo como no me lo había pasado en mi vida y que, en aquel momento, no tenía trabajo, no tenía dinero, no tenía casa y mi padre estaba muy enfermo.

—Bueno, ¿y qué tal es ese Ben que has conocido? —me preguntó Marie, con una expresión de picardía, para animarme un poco.

—Ah, sí, Ben —dije yo. Me enjugué los ojos y sonreí.

—Te gusta, ¿no? ¿Ha ocurrido algo? Primero me hablas de un tipo llamado Stevie, después me mandas un correo babeando con un tal Dillon y, ahora, es un tal Ben. Tengo que decir que me gusta la nueva Georgia.

Sonreí de nuevo.

—¡Dicho así, suena horrible! Stevie solo era producto de mi imaginación, Dillon resultó ser un mentiroso y un ladrón, y Ben es un buen tipo que he conocido en la Mariposa Azul, pero fueron muy pocos días como para saber si habría podido ocurrir algo —dije, y noté un cosquilleo en el estómago—. Además, no creo que vuelva a verlo más.

—Nunca digas nunca jamás, Georgia —contestó Marie, y tomó un sorbo de té—. ¿Y qué vas a hacer ahora que has vuelto? ¿Vas a marcharte de viaje cuando tu padre se ponga mejor?

Yo negué con la cabeza.

—No. He venido para quedarme, pase lo que pase.

Marie miró tímidamente su taza de té.

—Bueno, mejor para mí. Entonces, ¿vas a empezar a buscar trabajo?

Suspiré.

—Sí. No he querido mirar la cuenta bancaria. Todavía no

puedo soportar enfrentarme a los números rojos que debo de tener, así que necesito encontrar trabajo cuanto antes.

—Umm... ¿Y por qué no te pones en contacto con esa Trisha, la de la agencia de viajes? Tal vez a ella le hagan falta un par de manos.

—¿Sabes? No se me había ocurrido.

Sin embargo, sería estupendo volver a verla. Todavía tenía que darle las gracias por haberme hecho la reserva en la Mariposa Azul.

—Y así, podrás investigar más sobre el misterioso Stevie —me dijo Marie, guiñándome un ojo, y me abrazó excitadamente. Después, se echó hacia atrás—. Aunque no tendrás mucho tiempo para pensar en eso, con todo lo que está pasando. Todavía no puedo creerlo.

—Yo, tampoco —dije—. Ahora, cuéntame más cosas de ti. ¿Hay algún hombre en escena del que deba saber algo?

Marie dejó la taza sobre la mesa y metió las piernas bajo el cuerpo, evitando responder.

—¿Marie?

—Bueno... Hay un tío...

—¿Solo uno? —bromeé, y ella se disgustó—. Eh, vamos, que era una broma.

Marie alzó la nariz y se metió un mechón de pelo detrás de la oreja.

—Ya lo sé, pero estoy harta de que todo el mundo me vea como una cualquiera.

—¡Yo no lo he dicho por eso! —exclamé. Me avergonzaba que Marie pudiera haber creído que yo pensaba así de ella. A Marie le gustaban los hombres, sí, pero no era una cualquiera. Yo sabía que, la mayoría de las veces, hablaba mucho y actuaba poco.

—Sé que tú no, pero otra gente, sí —dijo, y suspiró—. Supongo que ver que tú te marchabas a encontrarte a ti misma, y más después de lo que te pasó, me ha obligado a analizar mi propia vida.

—Vaya. Eso está bien, ¿no?

—Sí. Y… he estado pensando… que voy a pedirle a Mike que salga conmigo.

Yo me quedé atónita, pero también me sentí muy feliz por ella.

—Ni se te ocurra decirme lo de «ya te lo dije» —murmuró.

Me eché a reír por primera vez desde que había vuelto a casa.

—Ni se me pasar por la cabeza. Pero, dime una cosa, ¿qué le vas a decir a él?

Ella se tapó la cara con las manos.

—¡No lo sé! Yo nunca le he pedido salir a un tío. El otro día, cuando vino a recoger a Cole, tuve un momento de epifanía, o algo por el estilo, y no quería que se marchara —admitió Marie—. Dijo que no podía cuidar a Cole durante el fin de semana porque tenía planes. Así que hablé con su madre, y su madre me dijo que creía que tenía una cita con alguien. Me sentí como si me hubieran dado un puñetazo en el estómago. Y, en ese momento, me di cuenta de que yo quería ser la chica que saliera con él, que no quería que saliera con una extraña de la que pudiera enamorarse, porque yo nunca podría recuperarlo.

—¡Por fin!

—Ya lo sé, ya lo sé. Ahora necesito reunir valor para pedirle que salga conmigo.

—Tú tienes valor. Yo lo sé —le dije, y le di un abrazo.

Y, en aquel preciso instante, Cole entró en el invernadero con una gran sonrisa y cambiamos de conversación a los capítulos de *Coronation Street* que yo me había perdido.

Los siguientes días pasaron rápidamente entre noches en vela y visitas al hospital. Cuando no estábamos con mi padre, mi madre y yo limpiábamos la casa, tantas veces, que corríamos peligro de borrarla con la lejía, solo por tener algo en lo que ocupar la mente. Astrid estaba en lo cierto al decir que los viajeros tienen una sensación extraña al dejar el paraíso y volver a casa. Yo no quería salir de casa de mis padres, aparte de ir a hacer acopio de bolsas de té, leche y Don Limpio.

Marie me había pedido que cuidara a Cole, porque Mike y ella iban a ir a cenar. Cuando vino a dejar al niño en casa de mi madre, yo nunca la había visto tan nerviosa.

—¿Estás segura de que no te importa cuidarlo? Te prometo que volveré pronto. Ni siquiera voy a beber, para tener la mente despejada —me dijo, mientras me daba una bolsa de pañales y una caja de toallitas de bebé.

—No pasa nada. Ya te he dicho que nos viene muy bien para no estar pensando siempre en mi padre. Mi madre está muy contenta por tener a Cole, y yo estoy muy contenta porque tú tengas esta oportunidad con Mike.

—Bueno, si estás segura…

Yo asentí.

—De acuerdo. Te quiero muchísimo, y el pack de emergencias está en esta bolsa. Lámame si hay algún problema. Bueno, ¡deséame suerte!

Entonces, se marchó en un remolino de besos, abrazos y respiraciones profundas.

Cuatro horas más tarde, volvía de la mano de Mike. Los dos tenían la cara de un gato que se había bebido la leche. Mientras Mike charlaba con mi madre y tomaba en brazos a Cole, que estaba dormido, yo me llevé aparte a Marie.

—¿Y?

—¡Fenomenal! —dijo ella, emocionada, mirándolo de reojo con amor—. Al principio, cuando le dije que no había quedado con él para hablar de los potitos de Cole, se quedó alucinado. Yo intenté mantener la calma y explicarle lo que sentía, y preguntarle si quería que saliéramos juntos. Me dijo que llevaba esperando toda la vida a que se lo dijera.

—Ah, eso es fabuloso. Estoy muy contenta por vosotros.

—Gracias. Vamos a ir despacio, pero estoy muy contenta, Georgia.

Yo le di un enorme abrazo antes de que se marcharan, dándole las gracias una y otra vez a mi madre por ayudarlos.

Pasó el tiempo, y yo apenas sabía en qué día vivía. Una noche, acabábamos de volver del hospital. Mi padre no mostraba ningún avance. Yo estaba lavando los platos cuando mi madre entró en la cocina con los ojos enrojecidos.

—Mamá, ¿estás bien? —le pregunté.

—¿Que si estoy bien? ¡No, coño! Claro que no estoy bien —dijo, y yo me quedé asombrada. Ella jamás decía palabrotas—. No puedo seguir así, Georgia, te lo juro —dijo. Le temblaban las manos mientras intentaba sacar un vaso del armario.

—Oh, mamá, sé que es muy duro, pero tenemos que ser fuertes por papá…

Mis palabras de ánimo quedaron interrumpidas por el ruido de un vaso que se hizo añicos contra el suelo. A mi madre se le había caído de las manos.

—¡Todo va mal! —gritó. Yo abrí unos ojos como platos.

—Mamá, no te preocupes, solo es un vaso. Yo lo recojo.

Me agaché y empecé a tomar del suelo los trozos más grandes de cristal.

—Lo siento muchísimo —repetía ella, mientras yo iba a buscar la escoba y el recogedor—. Lo siento muchísimo. Yo debería ser la que te cuidara a ti. ¿Cuándo te has hecho tan fuerte? —me preguntó, entre lágrimas.

Sonreí con tristeza.

—Lo heredé de papá y de ti —respondí. Dejé la escoba y me acerqué a abrazarla—. Pero necesito que tú también estés fuerte. Papá nos necesita a las dos.

Ella me tomó la cara con ambas manos.

—Tienes razón. Nos necesita.

Y, como si se hubiera accionado un interruptor, se agitó, recogió los cristales del suelo y los tiró a la basura.

—Georgia, solo porque tu padre se empeñe en tomarse unas vacaciones de repente sin nosotras, durmiendo todo el día y haciendo el vago, nosotras no tenemos por qué aceptarlo.

—Mamá, yo no quería decir eso.

—No, Georgia, ¿es que no lo ves? Si nosotras estamos aquí, comportándonos como mujeres dóciles, tu padre no va a volver nunca a nuestro lado. Tenemos que demostrarle que debe despertar y volver a casa porque queremos que lo haga, no porque necesitamos que lo haga. Así que yo voy a ir a la reunión del comité de la iglesia, y tú vas a ir a buscar trabajo.

Era difícil perderse el brillo de acero de su mirada. Yo asentí:

—De acuerdo.

CAPÍTULO 31

Contradecir (v.): Negar, discutir.

Me envolví bien en la chaqueta, porque soplaba un viento helado, y todavía no me había acostumbrado al frío del invierno. Caminé por la calle sorteando charcos. No había nadie más. ¿Quién iba a ser tan tonto como para salir en una tarde como aquella? Me froté las manos para calentármelas. Después de nuestra charla de motivación, mi madre se había puesto a correr afanosamente de un sitio a otro, había hecho una gran compra en el supermercado, había tirado todas las cajas de comida preparada con las que habíamos estado sobreviviendo hasta ese momento y me había echado por la puerta con la orden de hacer lo necesario para que nuestras vidas volvieran a su cauce.

Me compré un teléfono. Como todavía tenía que pedirle al seguro que me reemplazara el antiguo que, en aquellos momentos, estaba en el fondo del mar por culpa de una superestrella del buceo, el primer paso en mi misión era comprar uno barato. El segundo paso iba a ser un poco más difícil.

Después de la visita de Marie, yo no podía quitarme de la cabeza su sugerencia de que fuera a ver a Trisha para pedirle trabajo, así que me encaminé hacia su agencia de viajes armada con un currículum vitae y toda la energía que pude reunir.

Al entrar, la campanilla que había sobre la puerta anunció mi llegada.

—Hola, ¿qué tal va todo? —le pregunté, y Trisha se sobresaltó.

—¡Georgia! ¿Qué haces ya de vuelta? —preguntó, y salió de detrás del mostrador para darme un abrazo. Su perfume me llenó la nariz. Olía a Navidad—. ¿Qué tal el tour? Yo creía que duraba algunas semanas más….

Me estremecí.

—Sí, bueno, fue… eh… interesante.

Ella frunció el ceño.

—Vaya, esa no era la reacción que esperaba. Siéntate, siéntate, y cuéntamelo todo. Voy a hacer té.

Con dos tazas humeantes, le conté lo que había ocurrido con Kit, y vi sus expresiones de horror, confusión y vergüenza.

—Bueno, ¿y por qué has vuelto?

Me mordí el labio, pensando bien cómo decírselo.

—Mi padre… eh… —hice una pausa, carraspeé y continué—: Mi padre no está muy bien, así que he vuelto a ayudar.

A ella se le apagó un poco el brillo de los ojos.

—Oh, lo siento mucho —me dijo—. Si puedo hacer algo por ayudar…

—En realidad, quería preguntarte una cosa. No sé si quieres contratar a alguien… Si tienes algún puesto de trabajo en oferta —dije yo, y señalé con la cabeza la montaña de cartas sin abrir, los papeles y la papelera, que estaba a rebosar.

Rápidamente, Trisha apartó la mano y se tapó la boca. Irguió todo el cuerpo.

—Oh, bueno, yo… —tartamudeó. Se puso en pie y se alisó la falda de color naranja.

—Trisha, ¿va todo bien? —pregunté yo, con el ceño fruncido.

Ella se giró como si estuviera pensando en algo.

—Ah… sí… Perfectamente, querida.

Estaba jugueteando con sus pendientes de oro.

—¿Ocurre algo con la agencia? —pregunté, en un tono más firme.

Por fin, Trisha se giró hacia mí, con los ojos empañados, y asintió.

—Sí.

A mí se me encogió el corazón.

—¿Qué es lo que pasa? —le pregunté.

—Oh, no —dijo ella—. Ya tienes suficiente como para preocuparte también de mis problemas.

Yo me saqué un pañuelo del bolsillo; aquellos días estaba constantemente aprovisionada.

—No seas tonta, si hay algo que me hace falta, es olvidarme un poco de las preocupaciones de casa. Vamos, cuéntamelo.

Trisha suspiró.

—Me temo que no puedo ofrecerte trabajo, aunque me encantaría, porque voy a cerrar la empresa.

Yo noté el pulso en los oídos. No podía ser. Aquella agencia era su creación, su vida, su pasión.

—¿Estás segura?

Ella se secó los ojos con el pañuelo.

—Supongo que no soy lo suficientemente moderna, no tanto como la competencia —dijo; yo me acordé de los idiotas de Aventuras Totalmente Asombrosas y me enfadé—. La gente ya no necesita agencias de viajes, a no ser que estén llenas de regalos y ofertas. Todo se hace online, con aplicaciones, manzanas, nubes y otras cosas que yo no entiendo. No puedo competir con eso.

—Pero… yo creía que iba a venir un familiar tuyo a ayudarte. ¿Stevie?

—Sí, mi ahijado Stevie. Iba a venir, pero, después de una reunión terrible con el banco que tuve la semana pasada, he tenido que tomar la dolorosa decisión de vender la agencia. Stevie se va a encargar de todo el papeleo. A él se le da mucho mejor todo ese tipo de cosas que a mí —dijo ella, y se rio débilmente—. Él está tan triste como yo, pero no hay otra solución. Así pues, el negocio sale a subasta la semana que viene.

—¡No! No puedes hacerlo, Trisha. Tiene que haber otra salida…

—Es demasiado tarde, Georgia. Tu tour es el último que reservé desde aquí, y mira cómo ha salido —dijo. En aquel momento, ya estaba llorando a lágrima viva, y yo le di unos golpecitos en el hombro.

—No.

Ella alzó la vista.

—¿Qué quieres decir? —me preguntó.

—Que podemos luchar. Yo te ayudo. Y, en cuanto al tour que me reservaste, es cierto que no era lo que me había imaginado, pero solo porque no sabías que los dueños de la empresa habían cambiado. Además, gracias a tu consejo, fui a la Mariposa Azul, y nunca en la vida voy a olvidarme de ese sitio. Conocí a gente que me ayudó a levantar cabeza. Tú todavía puedes arreglar esto, Trisha, si quieres.

Ella me miró. Estaba muy frágil, y había perdido el impulso de luchar.

—Georgia, es demasiado tarde.

Me despedí de Trisha y tomé un autobús para volver a casa, deprimida por el hecho de que Trisha hubiera aceptado la derrota. La brillante idea de mamá de continuar con la vida normal no iba a funcionar. Giré la llave de la puerta de casa de mis padres y oí hablar con alguien a mi madre. Por un momento, tuve la estúpida esperanza de que fuera mi padre. Sin embargo, en un extremo del sofá y fuera de su entorno, estaba Ruth, la madre de Alex.

—Ah, Georgia, mira quién ha venido a vernos —dijo mi madre, que se puso en pie cuando yo entré, con una sonrisa tensa en la cara pálida.

—Hola, Georgia —dijo Ruth, en voz baja, dejando la taza

sobre la mesa. Yo me di cuenta de que mi madre había sacado la mejor porcelana, un regalo de boda que les habían hecho a mis padres y que nunca había sido utilizado.

—Ah, hola —dije yo, mientras me quitaba el abrigo. El calor del fuego eléctrico me quemaba las mejillas—. ¿Qué estás haciendo aquí?

La miré cautelosamente. Ella estaba sentada al borde del sofá, con las piernas cruzadas bajo la falda. Nunca había ido a visitar antes a mis padres. Yo siempre me había sentido avergonzada de la casa pequeña de mis padres y de la decoración pasada de moda. En aquel momento, sin embargo, me avergonzaba de mí misma por ello.

—La señora Doherty acaba de llegar porque quiere hablar contigo —dijo mi madre, que seguía de pie, como si no supiera qué hacer—. Yo… os dejo solas. Voy a preparar unas galletas.

Salió de la habitación con cara de alivio por haber podido escapar.

—Ah —dijo Ruth. Respiró profundamente y me miró de pies a cabeza—. ¿Has estado de vacaciones?

Me quedé mirándola fijamente. ¿Qué hacía aquella mujer en casa de mis padres? Entonces, recordé que me había enviado un correo electrónico que yo había visto cuando estaba a punto de subir a mi vuelo en Dubái, y que no había contestado.

—He ido a viajar con mochila —dije, sin rodeos.

Ella asintió. Después, carraspeó.

—Tengo que hablar contigo, Georgia. ¿Te importaría sentarte?

Movió su brazo esbelto hacia la silla de enfrente, y sus carísimas pulseras tintinearon con el movimiento. Su tono de voz era comedido y calmado, pero había algo oculto en su estricto comportamiento, algo casi vulnerable. Yo me senté.

—Gracias —me dijo, y carraspeó mientras posaba las manos en el regazo—. Quiero disculparme.

Fue toda una suerte que ya me hubiera sentado, porque,

de lo contrario, me habría caído desmayada sobre la chimenea.

—¿Cómo? Disculpa, ¿qué has dicho?

Ella se puso a juguetear con un hilillo, pasándose la lengua por los dientes y repasando el discurso que, seguramente, llevaba preparado.

—Sí. Quería pedirte disculpas por haber pensado que no eras la esposa adecuada para Alex.

—Ah. Claro.

Yo ya solo esperaba que terminara pronto de decir lo que tenía que decir y nos librara a las dos de aquella incómoda situación. Mi madre estaba tardando mucho con las galletas. Sospechaba que tenía la oreja pegada a la puerta de la cocina y lo estaba escuchando todo.

—Últimamente he sabido algunas verdades muy vergonzosas, y quería venir a verte para arreglarlo. Para pedirte que vuelvas.

—¿Que vuelva? —pregunté yo, tartamudeando. ¿Acaso se había tomado una sobredosis de pastillas delirantes? Ella me odiaba, siempre se ponía de parte de la perfecta Francesca y aprovechaba cualquier oportunidad para despreciarme. ¿De qué verdades estaba hablando?

—Sí. Alex se ha comportado como un niño malcriado, pero ya se le ha pasado el encaprichamiento con esa Stephanie. Todo ha terminado entre ellos; en realidad, no creo que nunca empezara. Alex quería venir a decírtelo en persona, a rogarte que vuelvas con él, porque, al final, se ha dado cuenta de lo que ha perdido a cambio solo de un poco de diversión —dijo Ruth, con desdén.

Yo me froté la cara.

—¿Y por qué no ha venido, entonces?

Ella pestañeó rápidamente.

—Estaba demasiado preocupado por tu reacción. Yo me ofrecí a venir a arreglar las cosas entre vosotros, primero.

¿Alex quería que volviéramos? Al ver a su madre allí, con

los mismos ojos que él, se me formó un nudo en el estómago. ¿Estaba ocurriendo aquello de verdad?

—Si tengo que ser completamente sincera contigo, Georgia, yo también me he dado cuenta de que no te valoré como debía. Que, en realidad, a pesar de ciertas diferencias sociales, tú serías una nuera excelente. Y todo esto aumenta tu encanto —dijo, señalando el salón con un gesto de la mano.

—Un momento, ¿qué pasa con el niño?

Ruth se puso tensa y palideció.

—El niño no existe. Nunca existió.

¡Eso sí que era un bombazo! Entonces, ¿se había equivocado mi padre cuando los había visto en Morrison's? Además, yo estaba segura de que había visto el vientre de Stephanie un poco hinchado al encontrármelos durante el vergonzoso episodio del cubo de basura y la vomitona. ¿Me lo había imaginado todo? Me quedé tan asombrada que no pude decir nada.

—También he estado hablando con unos buenos amigos míos que trabajan para la revista *Elle*, en Londres. Una vez mencionaste que querías ser periodista —dijo. Yo la miré con la boca abierta. No podía creer que se acordara—. Pues están buscando a una nueva columnista, alguien que escriba sobre la vida en la ciudad de una chica del norte. Te darían formación con sueldo y, gracias a mis contactos, el sueldo es muy razonable —dijo, con una sonrisa tensa; su frente llena de bótox no se movió.

—Espera… Me estás ofreciendo un trabajo, Alex quiere que vuelva con él y no hay bebé…

Ella asintió.

—Exactamente. Puedes recuperar tu antigua vida, Georgia. Sin embargo, esta vez puedo prometerte que será mejor que nunca. Ve a vivir a Londres con Alex y empezad desde cero. Mucha gente tiene problemas pasajeros en sus relaciones, pero los superan. Solo ha sido un pequeño traspié, nada demasiado grave visto desde la perspectiva completa de las cosas.

Yo me quedé mirándola con incredulidad.

—Ruth, no fue un problema pasajero. Me dejó plantada justo antes de la boda, me mintió, se enamoró de otra mujer y me humilló delante de todo el mundo que conozco.

Ruth se echó a reír.

—Bueno, cosas de hombres, ya sabes. Además, tampoco te dejó plantada en el altar, ¿no?

Yo la fulminé con la mirada y apreté los puños.

Ella se movió nerviosamente y suavizó su tono de voz.

—¿Quién sabe? Puede que también haya sido bueno para ti. Así has podido irte a zascandilear por ahí y quitarte las ganas de viajar. Ahora puedes volver, arreglar las cosas y empezar desde cero en una ciudad nueva y emocionante, y concentrarte de verdad en tu carrera profesional. No creo que tenga que recordártelo, pero ya no eres una niña, Georgia.

Yo estaba apretando los dientes. Estaba tan enfadada que me había puesto tensa.

—Yo no he ido a zascandilear a ninguna parte.

—Oh, por favor, me estás diciendo que te has ido al extranjero… ¿a qué? ¿A encontrarte a ti misma? Georgia, ya te has divertido, pero, ahora, piensa en todo lo que estás perdiendo aquí. ¿De veras quieres permanecer en este escalafón social para siempre? —preguntó, y arrugó la nariz mirando hacia la puerta principal de mis padres.

Eso fue la gota que colmó el vaso. Me latía el corazón con tanta fuerza que creí que se me iba a salir por la boca.

—Ruth, tienes razón. Fue bueno también para mí. Me escapé por poco de ti y de tu familia despreciativa y esnob. Eres una bruja horrible que siempre nos has mirado por encima del hombro a mis padres y a mí. ¿Sabías que mi padre está en el hospital? ¿No se te ha ocurrido preguntarte por qué he vuelto antes de tiempo? No ha sido para volver a los brazos del mentiroso de tu hijo —le espeté.

Ruth me miró boquiabierta; yo nunca le había hecho frente. Sin embargo, aquella era la confrontación que yo había estado perfeccionando tanto tiempo. Iba a hacerlo magistralmente.

—Eliges las imperfecciones y las vulnerabilidades de los que te rodean para protegerte a ti misma. Estás aterrorizada por si tu vida, supuestamente perfecta, queda al descubierto tal y como es en realidad: una farsa superficial y vacía. No tienes amigos de verdad; tus nueras te soportan solo porque te tienen miedo, y tus hijos piensan que eres débil y patética por quedarte con tu marido, que todo el mundo sabe que es muy amistoso con las camareras del club de golf. ¡Pues yo ya no te tengo miedo! Podría haberme vengado por lo que me hizo tu hijo, pero dejaré que el karma se ocupe de eso. ¡Eres como un grano en el culo!

Bueno, tal vez con aquello último había perdido un poco los papeles.

—¿Cómo dices? —preguntó ella con indignación—. ¿Cómo te atreves? No tengo por qué aguantar esto.

Rápidamente, ella tomó el bolso y se fue hacia la puerta.

Justo en aquel momento, mi madre salió de la cocina con un ejemplar enrollado de *The Daily Mail* en la mano, blandiéndolo como si fuera un sable.

—¡Y puedes meterte toda la basura que has soltado por donde te quepa! —le gritó a Ruth, mientras ella se alejaba—. ¿De acuerdo, Viv? —añadió, saludando alegremente a la vecina, que había salido a la puerta para enterarse de qué era aquel escándalo.

Había funcionado. Por fin había dicho lo que quería decir sin que se me enredaran las palabras. Mi madre entró en casa de nuevo porque le pareció que oía el teléfono. Yo miré por última vez hacia la calle y vi a Ruth subirse a su enorme Range Rover y sacarlo a la carretera. Yo había tomado la decisión correcta, estaba segura de ello.

Entré en el vestíbulo con las piernas temblorosas. Entonces, vi la expresión de mi madre. El brillo de alegría de su rostro se había convertido en tensión.

—Georgia, eran del hospital. Tienen noticias de tu padre.

CAPÍTULO 32

Anhelante (adj.): Muy excitado por el entusiasmo, la curiosidad o la impaciencia.

Tomamos nuestros bolsos, cerramos la puerta y nos subimos al coche de mi madre. Ella siempre había sido una conductora muy prudente, y yo nunca la había oído rascar las marchas en su Fiat Punto.

—¡Mamá, ten cuidado! —exclamé, al ver que pasaba a un centímetro de un ciclista—. Papá nos necesita de una pieza.

—Lo siento, amor mío. Tengo que llegar ahora mismo. No me han dicho de qué noticia se trata porque parece que no pueden dar esa información por teléfono —respondió mi madre. Apretó la mandíbula; tenía los nudillos blancos de apretar el volante. Había un autobús que bloqueaba el paso, y ella gritó—: ¡Apártate!

Era la hora punta, y parecía que el mundo estaba empeñado en retrasarnos.

—¿Es que no saben que tenemos prisa? —preguntó mi madre, furiosa, tocando el claxon.

—Por favor, mamá, respira hondo. Vamos, gira a la izquierda y, después, a la derecha —le dije yo, explicándole un atajo que me había enseñado Marie cuando se puso de parto de Cole.

Veinte minutos después, mi madre entraba derrapando al

aparcamiento del hospital. Corrimos por los pasillos, sin hablar. Se me borró de la mente la visita de Ruth. Solo podía pensar en mi padre. Ni siquiera sabía si corríamos para recibir una noticia buena o mala.

—Mamá, por aquí —le dije.

Iba por detrás de mí, tan rápidamente como se lo permitían las zapatillas de deporte de Marks & Spencer.

—Hola, venimos a ver al señor Green. Somos su familia —dije, casi sin aliento, al enfermero que había en la recepción. Él bostezó y miró los papeles que tenía enfrente. Cada segundo parecía eterno. ¡Deprisa! ¡Deprisa!

—¿Señora Green? —dijo la doctora Khan, acercándose a nosotras.

—¡Doctora! —exclamó mi madre.

—Han llegado muy rápido —dijo la doctora, con una sonrisa—. Tengo muy buenas noticias. Su marido ha despertado.

La miramos con asombro. Aquellas palabras que tanto habíamos querido oír eran lo mejor que me había sucedido en la vida.

—¡No! ¡Oh, Dios mío! Pero ¿cómo está? —preguntó mi madre, agarrándose el pecho.

La doctora dejó su tablilla en el mostrador de la recepción.

—Milagrosamente, parece que todo está intacto. No tiene hematomas anormales ni secuelas. Se ha despertado como si llevara muchos días durmiendo y ha preguntado por ustedes dos.

Yo abracé a mi madre.

—Todavía está un poco adormilado por los analgésicos que le hemos dado, y quiero que se quede en el hospital unos cuantos días más, en observación, pero, sinceramente, nunca había visto una recuperación como esta —dijo la doctora, cabeceando con una sonrisa—. Hicieran lo que hicieran, ha funcionado.

A mi madre se le llenaron los ojos de lágrimas, y me apretó mucho la mano.

—¡Oh, gracias a Dios!

—Ahora, si quieren acompañarme, su marido está esperándolas.

Nos llevó a la habitación de mi padre. A mí me latía el corazón a toda velocidad. Casi no daba crédito a lo que estaba sucediendo.

Mi padre estaba en la cama, y apenas se había movido, pero tenía los ojos abiertos y, al vernos, sonrió.

—¡Oh, Len! —exclamó mi madre, y lo abrazó. Él hizo un gesto de dolor por la presión que ella ejerció sobre su frágil cuerpo—. ¡No puedo creerlo!

—Hola, amor. ¿Me has echado de menos? —preguntó, con la voz rasgada, secándole las lágrimas de alegría a mi madre.

—Nunca vuelvas a hacerme esto, ¿me oyes? —le dijo mi madre antes de volver a abrazarlo.

Él asintió con una sonrisa.

—Te lo prometo. ¡Georgia! Has vuelto —dijo.

Estiró el brazo y me acarició la mejilla morena. Se le caían las lágrimas, y aquella fue la primera vez que vi llorar a mi padre.

—Papá, te he echado tanto de menos… las dos te hemos echado de menos —dije, con un nudo de emoción en la garganta—. ¿Cómo estás? La doctora dice que te vas a poner bien.

Él asintió lentamente.

—Siento haber montado tanto lío —dijo.

—No te preocupes por eso —le respondí, y me giré hacia la doctora—. Muchísimas gracias, doctora Khan.

Me dolía la cara de sonreír.

—Tienen a todo un luchador aquí, señoras —dijo ella, y sonrió amablemente a mi padre.

—No le diga eso, ¡o no dejará de restregárnoslo en la vida! —exclamó mi madre, poniendo los ojos en blanco. Nunca la había visto tan feliz. Después de treinta años juntos, el amor que había entre ellos no se había debilitado. Aquello era lo que yo quería de un marido: amor incondicional y apoyo en los momentos difíciles, algo que Alex nunca me había dado. Por mucho que Ruth quisiera que volviéramos, yo sabía que ya nunca podría confiar en él. Había superado nuestra ruptura, y nuestra relación se había convertido en un recuerdo de mi vida anterior. Viendo en primera persona lo que era el amor verdadero, era consciente de que Alex y yo nunca podríamos tener aquello.

Después de diez minutos de abrazos y lágrimas, la doctora Khan nos pidió que nos marcháramos para dejar descansar a mi padre. Él todavía tenía que recorrer un largo camino hasta que se recuperara. Después de decirle que iríamos a verlo a la mañana siguiente y de darle las gracias de nuevo a la doctora Khan, mi madre y yo salimos al pasillo, casi con aturdimiento por lo que acababa de ocurrir. ¡Mi padre se iba a poner bien! Mi madre me abrazó con fuerzas renovadas.

—¡Mi niña! —exclamó, besándome la cabeza e intentando caminar por el pasillo sin dejar de abrazarme—. No sé qué haría sin ti.

Después de dormir como nunca había dormido en la vida, y de otra visita al hospital al día siguiente, mi madre me dijo que quería llevarme a celebrarlo tomando un café. Nos fuimos a Kendal's, y ninguna de las dos podíamos dejar de sonreír. Me parecía raro estar en el mismo sitio donde había empezado todo, donde había descubierto las noticias de Alex y el bebé, un bebé que parecía que nunca había existido. Moví la cabeza al acordarme de que, en aquel momento, yo había tenido trabajo, la idea del viaje solo era una lista que estaba metida en la maleta, no conocía a Dillon, no había conocido a Trisha... y nunca había visto a Ben. Al pensar en él, se me aceleró el corazón y me pregunté qué estaría haciendo en aquel momento.

—Voy un momento al baño, mamá —le dije a mi madre, mientras ella se secaba las lágrimas de felicidad.

Cuando entré en la zona de lavabos, había dos mujeres lavándose las manos, y una de ellas se estaba quejando.

—No sé qué hacer.

La otra respondió:

—Tú puedes estar con alguien mucho mejor que él, y lo sabes.

—Pero no sé estar sin él —dijo la primera mujer, con la voz quebrada, como si estuviera llorando.

Su amiga le advirtió que se le estaba corriendo el rímel.

—¿Y qué me importa? Puede que me marche al extranjero para escapar de todo esto. Así podré ponerme la ropa que quiera, hacer lo que quiera y ser quien quiera.

A mí se me formó un nudo en la garganta. Mi mente comenzó a trabajar a toda velocidad. ¡Aquella podía ser la solución de los problemas de Trisha!

Cuando me lavé las manos, las chicas ya se habían marchado. Yo volví rápidamente a nuestra mesa y me tomé el café con leche.

—Mamá, necesito hacer un recado ahora que estamos en el centro, ¿te importa? No voy a tardar mucho.

—Tarda lo que quieras, hija, yo voy a quedarme aquí un ratito —respondió mi madre, y se puso a hacer *scroll* en la guía de contactos de su teléfono para darles la buena noticia a todas sus amigas y al resto de la familia. Mi padre se iba a poner bien, y aquel pensamiento bailaba en mi cabeza como una canción de Pharrell Williams.

—Buenos días —dije alegremente, al entrar en La Fábrica de Recuerdos.

Al ver el caos que reinaba en el local, abrí unos ojos como platos. Había cajas de cartón, cinta de embalar y objetos raros por todas partes. Y, en medio de aquel maremágnum estaba Trisha, sudorosa. Así pues, lo estaba recogiendo todo para la venta.

—Ah, hola —dijo, afectuosamente, después de terminar de cortar un pedazo de cinta de embalar con los dientes—. Ah, tengo una noticia que darte.

—¿De verdad? —respondí yo—. ¡Pues yo también tengo que darte una noticia!

Trisha se levantó de un salto.

—¡Oh, Dios mío! ¿Qué tal está tu padre?

Yo sonreí.

—Se va a poner bien.

—Oh, gracias a Dios —me dijo, y me apretó la mano—. Bueno, mi noticia no es tan emocionante como esa. Después de que me contaras lo horrendo que fue tu tour, llamé a Kit y le dije cuatro cosas bien dichas. ¡Se disculpó! Creo que se dio cuenta de que nunca va a conseguir que su empresa sea un éxito, como había hecho su familia. Le dije que no iba a trabajar nunca más con él, aunque, por desgracia, esa es una amenaza hueca —añadió, y miró a su alrededor.

—Bueno, por lo menos se lo has dicho —respondí, con una sonrisa—. ¡Vaya, Trisha! ¡Cuántas cosas! Es increíble.

Entre las cajas había bisutería brillante, recuerdos y antigüedades de todo el mundo. Vi que el globo terráqueo del escaparate estaba envuelto con un precioso chal.

—Mi Fred me lo compró en la India. Regateó durante siglos con el vendedor —dijo Trisha, señalando la tela con una expresión de afecto.

Parecía que aquel día estaba más animada, como si se hubiera decidido a despedirse con dignidad de su tienda antes de cerrar las puertas por última vez.

—Es increíble —susurré, tocando la tela con las yemas de los dedos—. ¿Qué vas a hacer con todas estas cosas?

—Bueno, supongo que lo llevaré a una tienda de segunda mano y, lo que no pueda vender, lo tiraré a la basura —dijo, con algo de tristeza—. Mi piso es muy pequeño, y ya está a rebosar. Nunca se me dio bien contener el impulso de comprar durante los viajes.

—¡No puedes tirar estas cosas! —exclamé yo, con horror. Debíamos de estar rodeadas de miles de libras en objetos de valor. De repente, se me ocurrió una idea.

—Trisha, deja de empaquetar. Dentro de unos minutos vas a tener que abrir todas las cajas.

—Georgia, mi amor, eres muy amable por querer ayudarme, pero ya es demasiado tarde.

—Todavía tienes las llaves, ¿no? No has vendido el negocio.

—No, pero lo van a sacar a subasta. Stevie va a llegar muy pronto y me hará todo el papeleo.

A mí se me aceleró el corazón al pensar en que por fin iba a conocerlo en persona.

—Ya te he dicho, cariño, que no tengo el dinero necesario para mantener abierta La Fábrica de Recuerdos.

Yo moví la cabeza.

—Um... Por favor, escúchame antes de firmar nada. Todavía no tengo nada planificado, pero quiero que montemos una empresa juntas.

—¿Cómo? —preguntó ella, y dio un paso atrás, con asombro.

—Cuando mi mejor amiga me sugirió que escribiera una lista de lo que quería hacer, después de que me dejaran plantada antes de la boda, mi deseo más profundo era viajar, pero no tenía seguridad en mí misma, y los idiotas de la agencia de viajes del final de esta calle acabaron de hundirme, aparte del escepticismo de otra gente. Casi estuve a punto de quedarme aquí.

Trisha asintió, escuchando atentamente mis palabras, y me dio tiempo para continuar.

—Es obvio que mi despido y el encuentro con algunas almas sabias me empujaron a hacer realidad mi lista de deseos —dije, refiriéndome a ella—. Pero ¿y si hubiera un modo de animar a otras personas a hacer cambios en su vida y hacer realidad sus sueños de viajar, sin el drama que tuve que experimentar yo? Podríamos crear paquetes de viajes a medida que permitan a la gente conocer países que siempre han querido visitar, con una mezcla de aventuras y el apoyo de otra gente parecida a ellos. Serían viajes para que los viajeros pudieran hablar de sus rupturas y se dieran cuenta de que no son los únicos, de que pueden sobrevivir y salir de todo ello más fuertes de lo que eran.

Hice una pausa, tomé aire y añadí:

—Sería una especie de Club de Viajes de los Corazones Solitarios.

La idea se me había ocurrido después de oír a aquellas chicas que estaban en el baño: mujeres a las que les habían roto el corazón, que estaban confusas igual que lo había estado yo, y que sopesaban la idea de escapar de su antigua vida y, al mismo tiempo, los riesgos de ser libre, pero que no tenían ni idea de cómo empezar. La seguridad y la fuerza que yo había ganado durante el tiempo que había pasado en la Mariposa Azul, rodeada de desconocidos con los que había congeniado, me habían ayudado a aclararme la mente y a sonreír de nuevo. Me había dado cuenta de que no estaba sola. ¿Y si yo podía ayudar a otros? ¿Y si todos los mochileros con el corazón roto podían vivir la misma experiencia curativa para el alma?

Esperé la reacción de Trisha retorciéndome las manos. «Por favor, no te rías. Por favor, no te rías».

Trisha me estaba mirando con tanta intensidad, que yo prácticamente podía ver cómo funcionaban los engranajes de su cabeza.

—Me encanta la idea, pero… No tengo el dinero para hacerla realidad.

—Yo tengo algo de dinero. Por fin he cobrado el dinero que me correspondía del piso que tenía con mi ex. Son solo unos pocos miles de libras, pero con eso podríamos mantener abierta la agencia mientras lo ponemos todo en marcha.

Trisha se negó con vehemencia.

—No. Ni hablar, Georgia. Es tu dinero, y no puedo aceptarlo.

—Espera, Trisha. Escúchame. Yo puedo poner una parte, y tú puedes vender estas cosas tan increíbles, o en eBay, o por medio de subastas. Bueno, puedes vender las cosas de las que no te importe desprenderte. Estoy segura de que esto es una mina de oro.

Ella me miró como si fuera a seguir discutiendo, pero se quedó callada un momento. Después, dijo:

—Eso despejaría mucho el local. De todos modos, a Fred nunca le gustaron la mayoría de las cosas que me traje. Pero, Georgia… ¿y si no sale bien?

—Pero ¿y si sale bien? —repliqué, con una sonrisa—. Si he aprendido algo durante los últimos seis meses, es que hay que arriesgarse, probar cosas nuevas y darlo todo. Si no sale bien, nos retiramos, pero por lo menos lo habremos intentado.

Trisha asintió lentamente.

—Si mi Fred estuviera aquí ahora, te diría lo mismo que voy a decirte yo: me parece una idea maravillosa. ¿Por qué voy a terminar con el rabo entre las piernas si puedo hacerlo con una apoteosis?

Oh, vaya. Estaba claro que sí le gustaba mi idea.

—Pero… sí cabe la posibilidad de que no funcione —dije. Ahora que ella se lo estaba pensando en serio, yo me amedrenté un poco. Nadie se había tomado nunca en serio una idea mía.

—Eso lo entiendo, pero, como bien has dicho tú, por lo menos lo habremos intentado. No se puede vivir con miedo a los cambios, eligiendo siempre el camino más fácil. Fred siempre me decía que eligiera la vida más plena, la que haría que me sintiera orgullosa en mis últimos días, por haber sido valiente y no poder arrepentirme de nada —dijo ella, enjugándose las lágrimas—. Oh, Georgia, no tengo palabras para describirte lo feliz que estoy por que quieras ayudarme. Tienes razón, vamos a hacerlo. Fred nunca habría soportado que ganaran los idiotas de la agencia del final de la calle, con su música a todo volumen y su ropa hortera. Tenemos que luchar hasta el final.

—¿De verdad?

Ella se irguió y miró a su alrededor.

—Lo único que tenemos que hacer es informar a Stevie de que ha habido un cambio de planes —dijo, y se mordió el labio—. Me siento muy mal por haberle hecho volver de sus viajes para que me ayudara y decirle ahora que ya no lo necesito.

—Yo puedo explicárselo todo —dije, aunque sabía que tendría que enfrentarme a alguien a quien había convertido en Don Perfecto con la imaginación. Solo el hecho de que estuviera yendo a Manchester a ayudar a su madrina aumentaba mi fascinación por él—. Voy a preparar un plan de negocio bien detallado, con los costes y los gráficos, y conseguiré que le guste la idea tanto como a nosotras. Nunca se sabe, ¡puede que quiera participar en el negocio! Además, seguramente nos vendría muy bien que alguien nos ayudara con todo esto —añadí, refiriéndome a todas las cajas que había por el local.

Trisha se acercó a mí rodeando una caja llena de máscaras tribales y me estrechó la mano.

—¡Trato hecho!

CAPÍTULO 33

Sensiblero (adj.): Sentimental, llorón.

Me pasé el resto de la semana pegada al ordenador portátil, con la cabeza llena de ideas e inspiración. Por primera vez desde hacía mucho tiempo, sentía emoción por el futuro... además del estrés de crear un plan de negocio profesional. Consulté muchas páginas web al respecto y, desde que me levantaba hasta que me acostaba, pasaba todo el tiempo escribiendo, estresándome, planificando, calculando, desesperándome, redactando, sonriendo y esperando que aquello saliera bien.

Trisha había estado desenterrando en su piso otros objetos interesantes que podía vender y buscando en Internet los precios aproximados de las ventas. Me llamaba muy excitada con los resultados. Tenía colecciones completas y espléndidas que la gente estaba desesperada por comprar y rarezas exóticas que Fred y ella habían comprado por nada pero que ahora valían una pequeña fortuna. Obviamente, no iba a vender las cosas con un mayor valor sentimental, pero sí había sido estricta a la hora de hacer la limpieza.

Por fin, cuando tuve todas las ideas organizadas y plasmadas sobre el papel, imprimí mi trabajo, lo puse en una carpeta y fui a reunirme con Stevie. Esperaba poder convencerlo de que mi plan era bueno.

Le había dicho a Trisha que estaría en Kendal's a las tres. Era el lugar más pijo que se me ocurría para celebrar una reunión tan importante. Llegué con antelación, nerviosa y emocionada, con el estómago vacío. Me senté en una mesa y saqué la carpeta del bolso. Si podía combinar mi experiencia organizativa como secretaria de dirección, mi limitada pero auténtica experiencia de viajera, mi dolor por la ruptura justo antes de la boda, todo eso, con el conocimiento que Trisha tenía del negocio. Seguramente entre las dos podríamos crear algo que ayudara a los demás a transformar su sensación de desconcierto en ganas de viajar. Podríamos expandirnos online, basándonos en la idea del club e, incluso, crear una aplicación. Mientras esperaba a que apareciera Stevie, intenté contener la emoción, pero estaba demasiado agitada.

—¿Georgia?

Al oír aquella voz grave, me sobresalté. Alcé la vista de mis papeles y pregunté:

—¿Qué haces tú aquí?

Era Ben. Y estaba delante de mí, mirándome con confusión. Al verlo de nuevo, las mariposas empezaron a aletear en mi estómago.

—Eh, ¡me ha parecido que eras tú! Al principio no te reconocía, sin el biquini —dijo él, riéndose—. He quedado con una persona.

Se inclinó hacia mí y me dio un beso en la mejilla. Percibí su olor fresco y, al instante, me imaginé a una impresionante novia a la que estaba esperando para tomar un café antes de ir a la sección de ropa interior. «Concéntrate, Georgia».

—¿Qué tal está tu padre? —me preguntó.

Yo suspiré. Me asombraba que se acordara.

—Ah, está muy bien, gracias. Pronto saldrá del hospital, y estamos impacientes por que vuelva a casa. No sé si te di las gracias como es debido por ayudarme tanto, así que… bueno, gracias.

En mi mente apareció la imagen de nosotros dos, entrelazados en mi cabaña de la Mariposa Azul, y me ruboricé.

—Y, ¿cuándo has vuelto?

—La semana pasada. Jimmy ya ha encontrado trabajo de entrenador personal, y hemos alquilado un piso. Para ser sincero, ha sido un no parar. Pero… bueno, te dejo que sigas con lo tuyo —dijo él, señalando mis papeles con la cabeza—. ¿Puedo darte mi número? Vamos a tener que ir a tomar una cerveza y ponernos al día. Y nos tienes que hacer ese tour por la ciudad que nos prometiste.

Yo le di rápidamente mi nuevo número.

—Sí, claro que sí.

Después, metí su número en mi agenda, y él se marchó a la barra a pedir una bebida.

Yo agité la cabeza e intenté concentrarme en el trabajo que tenía delante, pero estaba emborronando la tinta con las manos sudorosas. De repente, me había puesto muy nerviosa. No solo tenía que venderle aquella idea a Stevie, ¡sino que, además, tenía a Ben de público! ¡Y qué guapo estaba! Llevaba unos pantalones de algodón que le sentaban a la perfección y un jersey grueso de color azul marino, y estaba tan guapo con ropa normal como en bañador.

Miré el reloj. Eran las tres y veinte. ¿Se habría perdido Stevie? Decidí llamar al teléfono que me había dado Trisha después de tomar un sorbito de té. De repente, sonó el teléfono de Ben.

—¿Diga? —respondió él, mirando su móvil.

Yo le hice una señal.

—¡Oh, Dios, lo siento! Creo que he llamado a tu número por error —dije, ruborizándome. Él se echó a reír y se giró hacia el camarero.

Qué tonta. «Concéntrate, Georgia. Esto es muy importante». En aquella ocasión, me cercioré de que marcaba el número de Stevie. Estaba sonando… De nuevo, lo que estaba sonando era el número de Ben. ¿Qué le pasaba a mi teléfono nuevo?

—¿Diga? —respondió Ben, girándose hacia mí.

—Lo siento, yo…

Estaba a punto de dar otra disculpa cuando, de repente, lo entendí… Y, a juzgar por la expresión de Ben, él también había atado cabos.

—¡Tú eres Stevie! —dije yo por el teléfono.

Él se acercó con su café, mientras colgaba.

—¿Y tú eres la mujer que va a salvar la agencia de viajes de mi madrina?

Asentí, mirando los papeles. Él agitó la cabeza.

—¡No es posible!

A mí me temblaban las manos y me ardían las mejillas. Magnífico; no solo tenía un enamoramiento imaginario hacia él, sino que tenía que convencerlo de que mi arriesgado plan para salvar el negocio era una buena idea. Cabía la posibilidad de que algún día estuviéramos trabajando juntos. Pensé en las postales; todas estaban escritas desde sitios en los que él había trabajado en su ONG para llevar el agua a los lugares que carecían de ella. Él era el tipo tan guapo que aparecía en el Empire State Building, en la foto que yo había visto de pasada en la agencia de Trisha. Por eso me resultaba tan familiar Ben; en Tailandia, él había dicho que había dejado su trabajo para ir a vivir al norte, pero yo no lo había relacionado; ni por un momento se me había pasado por la cabeza que aquel fuera el misterioso Stevie, el hombre perfecto por el que yo tenía tal encaprichamiento.

—Espera… ¿eres Ben o Stevie?

—Me llamo Ben, Ben Stevens. Trisha siempre me ha llamado Stevie.

Yo cabeceé.

—Pero… en Tailandia me contaste que habías dejado el trabajo. Un trabajo que te encantaba.

Trisha no me había dicho eso. ¿Por qué iba a hacer él algo semejante si ella solo necesitaba que la ayudara con el papeleo?

—Bueno, puede que te contara una mentirijilla. En realidad, me despidieron —dijo, y se estremeció—. Pero yo no quería admitirlo. Creo que todavía no lo había asimilado cuando te conocí. Acababa de llegar a Tailandia desde el sitio en el que trabajaba en Filipinas.

—¿Qué pasó? —le pregunté.

—Tuve problemas con mi jefe. A él le interesaba más reducir costes y conseguir beneficios que sacar adelante los proyectos y ayudar a la gente. Un día, me dijo que íbamos a fingir que habíamos visitado un pueblo en el que necesitaban desesperadamente nuestra ayuda y a decir que el proyecto no era viable porque no sería lo suficientemente rentable para nuestros resultados, y yo supe que no podía seguir trabajando para él. Así que no le hice caso y me fui solo a ese pueblo. En la empresa existía la norma de que siempre debía haber dos trabajadores sobre el terreno, por cuestiones de seguridad. Por suerte, todo salió bien, pero, cuando mi jefe se enteró de que yo había desobedecido las normas, y sus órdenes, se puso hecho una furia y me despidió. Técnicamente tenía razón, porque yo no había cumplido con la política de la empresa, así que no pude defenderme.

—Vaya idiota —dije.

Él se echó a reír.

—Sí, lo era. De todos modos, Trisha me llamó de repente unos días después, y me explicó todo lo que le estaba sucediendo. Aunque me pidió que la ayudara a preparar los papeles para vender la agencia, yo no sabía si era lo mejor que podía hacer. Eso no se lo dije, claro, pero tampoco sabía muy bien cómo conseguir que pudiera conservar la empresa, porque la situación financiera era muy mala.

—Bueno, ahí es donde yo puedo ayudar —dije, con una sonrisa.

Ben se quedó de pie, junto a la mesa, con algo de azoramiento.

—Entonces, supongo que será mejor que me siente.

Asentí, y me di cuenta de que todavía no había cerrado la boca de la impresión.

—¿No va a ser todo esto demasiado raro? —pregunté.

¡Estaba deseando contárselo a Marie! En cuanto lo había visto, había vuelto a sentir aquella conexión instantánea. Lo que no sabía era si él también sentía la química, o era solo cosa mía.

Se echó a reír y se rascó la cabeza

—Solo hay un modo de averiguarlo. Háblame del Club de Viajes de los Corazones Solitarios.

CAPÍTULO 34

Beatificar (v.): Hacer a alguien inmensamente feliz.

A Ben, o, más bien, a Stevie, le había encantado mi idea, pese a lo nerviosa que yo estaba durante la reunión. Entendió perfectamente lo que quería crear, y se mostró muy feliz de poder participar. Yo le recordé que, en Tailandia, me había dicho que no le entusiasmaba demasiado el hecho de ir a vivir a Manchester.

Se mordió el labio y admitió que se había equivocado.

—Quiero mucho a Trisha, pero pensaba que sería un trabajo de nueve a cinco preparando excursiones para jubilados, para gente a la que le sobraba el tiempo. Después de trabajar para Water Care y ver los verdaderos problemas del mundo, sabía que no iba a tener paciencia para resolver los problemas de unos cuantos turistas decepcionados o enfadados. Sin embargo, me da la impresión de que tu idea es algo distinto. El hecho de poder hacer feliz a la gente y hablar de viajes todos los días… creo que de eso no podría aburrirme.

Así que, un mes después, íbamos a inaugurar el Club de Viajes de los Corazones Solitarios.

Yo nunca había trabajado tanto. Tenía que madrugar mucho y asistir a reuniones, quedarme despierta hasta muy tarde y trabajar en mi habitación, y tener el teléfono pegado a la oreja. Había conseguido que líneas aéreas, hoteles y operadores turísticos conocieran nuestro nombre, y había empezado a construir relaciones con guías de viajes fiables. Por supuesto, Kit no estaba entre ellos. Íbamos a empezar poco a poco, entre otras cosas porque contábamos con un capital pequeño, pero, gracias al dinero que había reunido Trisha vendiendo sus recuerdos y sus antigüedades de los viajes, teníamos un fondo de emergencia para poder mantenernos hasta que el negocio empezara a funcionar.

Trisha no dejaba de repetir que se sentía feliz por el hecho de que trabajáramos juntos. Siempre salía por la tangente cuando yo le preguntaba si había intentado emparejarme con Stevie al enviarnos a los dos al mismo tiempo a la Mariposa Azul.

—Solo fue una feliz coincidencia —respondía, con una sonrisa de astucia.

Ben había pedido unos cuantos favores que le debían algunos antiguos compañeros y contactos, y teníamos una página web gratis. Yo ya había recibido miles de correos electrónicos de mujeres, y de hombres, también, que decían que necesitaban cambiar de vida, desafiarse a sí mismos y seguir adelante.

Mi padre ya estaba en casa y había engordado, y mi madre había vuelto a ser ella misma. Estaban muy contentos por mi nueva empresa. La policía había detenido a los ladrones que habían provocado el accidente, e iban a juzgarlos muy pronto. Yo me había ido a vivir a casa de Marie y Cole, porque estaba mucho más cerca de la agencia que la casa de mis padres. Además, creía que mi madre y mi padre necesitaban estar a solas una temporada. Sin embargo, estaba buscando un piso para mí sola, ahora que tenía ingresos más estables. Por mucho que quisiera a Marie y a Cole, una mujer sin hijos no podía aguantar tantos programas televisivos para bebés.

Marie pensaba que Ben y yo estábamos locos por montar una empresa juntos cuando, según ella, había tanta química sexual entre nosotros. Después del estupor inicial por la confusión entre Ben y Stevie y la emoción de verle la cara todos los días, nos habíamos acostumbrado a tener una relación amistosa y profesional. Yo había tenido que contenerme para no darle un lametón en la cara unas cuantas veces, cuando él se inclinaba sobre mi escritorio para mostrarme algún correo electrónico importante, y percibía el olor de su loción de afeitar. Por supuesto, él hacía como que no se percataba de nada. Supongo que lo que hubiera habido entre nosotros se había quedado en Tailandia, por desgracia.

—¿Estás lista, cariño? —me preguntó Marie, desde la puerta del baño—. ¡No puedes llegar tarde a tu propia fiesta!

—¡Sí, casi! —respondí yo, mientras me vestía a toda prisa en el baño lleno de vapor. Me puse unas medias negras y opacas y, al abrocharme el sujetador, me fijé en mi piercing, que brillaba. No me lo había quitado. Para ser sincera, me había acostumbrado a ver su brillo cada vez que me duchaba o me cambiaba, y eso me recordaba al punto «Cometer una locura» que había tachado de mi lista de deseos de viaje. Era algo que la antigua Georgia nunca se habría atrevido a hacer.

Me puse el vestido nuevo y me maquillé. Estaba arreglada y lista para salir. Lista para empezar aquel nuevo capítulo.

—Aaauuu —aulló Marie, como un lobo, e hizo reír a Cole, cuando yo salí del baño—. ¡Estás guapísima! Ben no va a poder quitarte las manos de encima.

Yo me eché a reír y acaricié el vestido. Era de color rojo rubí, de tirantes con abalorios cosidos a mano, y tenía una falda de vuelo que me llegaba por la rodilla.

—Gracias, tú también estás guapísima. Pero no va a ocurrir nada con Ben. Me da la sensación de que quiere que seamos solo amigos y tratar de conseguir que la empresa funcione. Nada más.

Marie soltó un resoplido.

—Lo que tú digas. Cuando te vea con ese vestido no se va a acordar ni de cómo se llama, y mucho menos de eso de ser compañeros de trabajo y amigos…

—¡Ya está ahí el taxi! —gritó Mike. Tomó a Cole en brazos y nos dijo que estábamos muy guapas. Parecía muy normal verlos como una familia a los tres.

—Pues ¡a la carga! —gritó Marie, y todos salimos a la calle, con un viento frío y cambiante.

La agencia de Trisha estaba iluminada como si fuera Navidad. En el escaparate habíamos colgado una tela escocesa y una enorme pancarta pintada a mano en la que se informaba a la gente de que al día siguiente volveríamos a abrir el negocio. Trisha iba a seguir vendiendo tours de La Fábrica de Recuerdos a los clientes más leales, y ofreciendo mi Club de Viajes de los Corazones Solitarios como un extra muy emocionante.

—Vaya —susurró Ben, cuando entramos. Marie tenía razón. Aquel vestido me estaba funcionando muy bien—. Sí que estás guapa —me dijo.

Yo me ruboricé.

—Gracias. Tú también estás muy elegante.

Llevaba un traje azul marino y una camisa blanca impecable, y se había peinado los preciosos rizos haciéndose una especie de tupé.

—No podía decepcionar, ¿no? —dijo. Sonrió y fue a saludar a Marie y a Mike. Ella se colocó a su espalda y, cuando no miraba, me hizo un gesto con los pulgares hacia arriba y puso cara de romántica.

Yo la ignoré y me giré hacia Ben.

—¿Puedo hacer algo?

Aunque todos habíamos llegado un poco pronto, la agencia estaba preparada para celebrar una fiesta, con velas, música y vasos de plástico dispuestos sobre una mesa. Trisha no había vendido todos sus recuerdos de viaje, sino que nos había dejado algunas piezas situadas artísticamente por el local. Habíamos pintado las paredes de un color azul claro muy calmante, y habíamos sustituido el sofá desvencijado por otro de color gris oscuro, y el local parecía más grande y más fresco.

Ben se inclinó y tomó en las manos una caja de botellas de cava que yo no había visto.

—No creo que haga falta —dijo—. Voy a meter esto en la nevera de la trastienda. ¡Ah, espera! Se me ha olvidado comprar patatas fritas. Creo que a Trisha no le va a dar tiempo a comprarlas cuando venga de la peluquería.

—No te preocupes, voy yo —dije, y me puse el abrigo.

—¿Seguro que no te importa?

—No. Vuelvo en un minuto —respondí. Tomé el bolso y salí a la calle.

En la cola de Tesco, me sentía fuera de lugar con un aspecto tan arreglado y los brazos llenos de bolsas de patatas fritas. La señora que iba delante de mí tenía un carrito de niño, y se le cayó una lata de alubias de la cesta. Me agaché para recogerla, pero se me cortó la respiración cuando ella se dio la vuelta. Era Stephanie, la chica con la que me había engañado Alex. Básicamente, ella era la razón por la que yo tenía una vida distinta. Había estado tan ocupada desde la visita de Ruth a casa de mis padres, que no había vuelto a acordarme de lo que me había dicho. ¿Por qué iba Stephanie empujando un carrito? ¡Según Ruth, no había ningún bebé!

—Ah, hola —dijo Stephanie. Tenía la piel blanca llena de manchas rojizas.

—Hola —respondí yo, con calma, mientras le pasaba la lata.

—Creía que te habías ido de viaje por el mundo —me preguntó, cautelosamente, mirándome de arriba abajo. Yo era un poco distinta a la chica humillada y agarrada a un cubo de basura, que era como me había visto cuando nos habíamos encontrado por la calle.

—Sí, me fui, pero ya he vuelto. Acabo de inaugurar una empresa, de hecho —respondí, sin preocuparme de si parecía petulante—. Bueno, veo que has tenido un niño —dije, con desconcierto.

—Sí —dijo Stephanie, y sonrió hacia el carrito con dulzura. Aunque tenía aspecto de estar muy cansada, también estaba enamorada del pequeño bulto que había dentro—. Mira, siento mucho lo que pasó —me dijo, y se mordió la uña del dedo índice—. Me siento muy mal por lo que te hizo Alex. Sobre todo, ahora que ya ni siquiera nos hablamos.

Señaló al bebé con la cabeza.

Bajo las mantitas había un pequeño que dormía plácidamente y que debía de tener solo unas semanas. Lo miré de cerca, y me quedé confundida. Obviamente, no era hijo de Alex, porque tenía la piel oscura y el pelo negro. ¿Era eso lo que había intentado explicarme Ruth? Que había un bebé, sí, pero que no era de Alex. Stephanie había engañado a todo el mundo. Estuve a punto de echarme a reír.

—Eh… bueno… En realidad, estoy mejor que nunca. Si ves a Alex, por favor, dale las gracias de mi parte —dije, con sinceridad.

Stephanie se quedó asombrada, y se hizo a un lado para dejar que yo pagara mi compra.

—Sí, claro, claro. De acuerdo.

—Y que tengas buena suerte.

—Sí, tú también —dijo Stephanie.

Si no hubiera analizado mi vida a causa de lo que me había hecho Alex, no me habría dado cuenta de lo infeliz que era, y habría seguido engañándome a mí misma y tratando de convencerme de que todo iba bien. Sin embargo, lo ocurrido me había obligado a ser franca y a descubrir lo que quería realmente de la vida. Durante aquellos últimos meses había experimentado más cosas que en veintiocho años, y estaba feliz. Tomé las bolsas del supermercado y volví a la agencia. A nuestra agencia.

Cuando entré, la campanilla anunció mi llegada, y la gente empezó a darme la enhorabuena y a hablarme de los viajes que querían hacer. Marie estaba con mis padres, que miraban con orgullo cómo Cole gritaba de entusiasmo al ver que Mike hacía girar el globo terráqueo, en una esquina del local.

Ben se acercó a mí con una sonrisa y me quitó las bolsas de las manos.

—Bueno, ahora necesito que cierres los ojos —dijo, y me puso la mano sobre los ojos.

—¿Qué haces? —le pregunté, con una risita.

Él se inclinó hacia mí y, al percibir su olor, casi me olvidé de que estábamos rodeados de invitados.

—No necesitábamos patatas fritas, en realidad. Solo quería que te marcharas de la tienda para prepararte una pequeña sorpresa.

Antes de poder hacer ninguna pregunta, noté que la gente pasaba a mi alrededor, olí diferentes perfumes y oí risitas ahogadas. Ben apartó la mano y, delante de mí, vi a Lou, a Little Em, a Astrid y a Shelley. Todas gritaron y me abrazaron a la vez. ¡Yo no podía cerrar la boca del asombro al ver sus caras allí, en Manchester!

—¿Cómo...? ¿Cuándo...? ¡Oh, Dios mío, esto es increíble!

—Cuando nos escribiste contándonos lo de tu nueva empresa, supimos que teníamos que venir, así que Ben planeó la visita sorpresa —dijo Lou, con emoción—. Little Em y yo volvimos pocas semanas después de que tú te marcharas, y ya estamos ahorrando para volver a irnos de viaje, aunque esta vez queremos ir a la India, a hacer algún tour de yoga espiritual de los que hemos visto en vuestra página web. Umm... Hombres flexibles, que se doblan con facilidad...

Little Em le dio un codazo.

—Lo que vende Georgia no son viajes para practicar el yoga tántrico.

—Mira, si hay amor de por medio, eso es un añadido más, ¿no? —dijo Lou, riéndose.

Astrid, que llevaba un vestido de terciopelo de color morado y un chal con lunas sonrientes bordadas, se acercó a mí y me tomó la mano.

—Estamos muy orgullosas de ti, Georgia, porque has creado este lugar donde las almas hermanas pueden encontrarse por fin. Además, en cuanto supe la fecha de la inauguración, calculé rápidamente los beneficios astrológicos y, por suerte, Júpiter está alineado.

—¡Por lo menos no es Urano! —dijeron Lou y Little Em, riéndose.

Al ver mi cara de confusión, e ignorando a las otras dos, Astrid continuó:

—Es el momento perfecto para emprender nuevas aventuras. Veo fortuna y felicidad. Esta alineación planetaria no se produce a menudo. ¡Es una señal!

El resto de las chicas fingió que bostezaba, y ella puso los ojos en blanco con resignación.

—Ya lo verás —me dijo, y se marchó a charlar con Trisha.

Shelley me llevó aparte y, con una sonrisa, me dijo:

—Tengo una cosa para ti.

Entonces, sacó su monedero y me dio doscientas libras.

—Te pertenecen, y son tuyas gracias a Dillon.

—¿Qué?

—Sé que tú no querías vengarte, pero, después de que te fueras, Little Em y Lou se fueron también. Jimmy y Ben se marcharon a Nepal, Phil se reunió con su mujer, por cierto, después vamos a hablar con él por Skype, y Astrid se fue a un retiro de yoga. Yo decidí que la isla no era lo mismo sin la pandilla, así que… bueno, me fui a Koh Pa Sai. No podía quitarme de la cabeza lo que te pasó, así que decidí arreglar las cosas, no solo por ti, sino por todas las mujeres a las que han engañado. Así que fui a buscar a Nige, y no me costó encontrarlo, con la descripción que tú me habías dado; era el único rasta que había en toda la isla. Inmediatamente se acordó de ti, porque eres «la chica que estuvo a punto de morir». Le expliqué que Dillon estaba casado, y que te había robado a ti y, seguramente, a muchas otras chicas.

—Bueno, en realidad, yo le presté ese dinero.

—Sí, pero él sabía que no te lo iba a devolver, y eso es robar.

—¿Y.. cómo…?

—Nige se ofreció a ayudarme, así que esa noche fuimos a ver a Dillon a un bar. Había un hombrecillo tailandés que hacía de guía de un grupo de mochileros recién llegados y, en cuanto los vio, Dillon dejó a Nige y se fue a ligarse a… ejem… al patito feo del grupo.

Yo me quedé sin habla, pero, como quería que siguiera contándomelo, me cercioré de que no nos estaba oyendo nadie más.

—Como Dillon se concentró en besuquearse con la chica, no se dio cuenta de que Nige le robaba la cartera del bolsillo de atrás. Parece que antes de que Nige se hiciera hippy, no era más que un ladrón que vivía en Birmingham. Yo miré su carné de identidad y sus otras tarjetas, y entre ellas tenía una foto de su mujer y él el día de su boda. Entonces, hice una foto a Dillon cuando estaba prácticamente devorando viva a esa pobre muchacha. En cuanto saltó el flash, él se volvió y me fulminó con la mirada. «Hola, Dillon Dungworth», le dije, con calma. ¡Ja! ¡Se quedó alucinado!

—¿Se apellida Dungworth? ¡Pero si eso significa «estiércol»!

—Ya lo sé. Es un apellido muy poco glamuroso. De todos modos, le dije: «Me llamo Shelley, y he venido a reparar tus malos actos. Si no me devuelves el dinero que le robaste a mi amiga Georgia, con intereses, esta foto le llegará muy pronto a tu mujer». Él estuvo a punto de echarse a llorar. «Sabemos que tienes un trato con Kit, que él te presenta a sus grupos de mochileros y tú eliges a alguna para acostarte con ella, engañarla y robarle el dinero, mientras tu mujer te espera en casa», le dije. Él tuvo la frescura de negarlo, porque todavía no se había dado cuenta de que teníamos su cartera.

Yo seguía mirándola con la boca abierta, y ella hizo una pausa para darle un sorbito a su bebida.

—Tenías que haber visto a Nige. Él le dijo: «Ni se te ocurra volver a usarme a mí para llevarte a las chicas a bucear». Entonces, sacó varios billetes de la cartera de Dillon, y le dijo que eran para pagarle todo lo que le debía y, el resto, para compensarle por las molestias, y que, si no se lo daba, ya podía ir largándose de la isla. Dillon se asustó de verdad. ¡Fue increíble! Lo mejor fue que su nueva chica lo oyó todo, y le gritó: «¡Me habías prometido que ibas a llevarme allí mañana! ¡Mentiroso!», y le tiró la copa encima. Se oyeron vítores por todo el bar, y Dillon empezó a rogarle a Nige que no le dijera nada a su mujer. Entonces, los gorilas del bar lo echaron, y Kit también desapareció de repente. ¡Tenías que haberlo visto, Georgia!

—¿Y se lo has dicho a su mujer? —le pregunté.

—Todavía no. Lo pensé, pero no quería ser yo la que destrozara un matrimonio. Sin embargo, le envié un mensaje críptico a través de Facebook, desde un perfil falso, diciéndole que estuviera atenta a su marido. Ella me respondió inmediatamente, diciéndome que debía de estar confundida, porque su marido estaba trabajando en Kuwait.

—Vaya, Shelley —dije. No creía que aquella chica pudiera caerme mejor.

—Bueno, así que has recuperado tu dinero. Le quitamos un poco más, pero nos lo gastamos en una juerga para celebrarlo, espero que no te importe —dijo, disculpándose, mientras yo me reía—. Nige utilizó el resto para pintar su barco. Te envía saludos, por cierto. Corre el rumor de que es de una familia de gángsters de las Midlands, y que está escondido, así que no me extraña que Dillon se muriera de miedo. Al día siguiente, me dijo que Dillon se había marchado de Tailandia.

—No puedo creérmelo.

—Ah, y en cuanto supe el apellido de Dillon, lo busqué en Google y, ¿sabes? ¡La historia de que su hermano murió era mentira!

—¡No!

—Sí. Tiene un hermano mayor, Matthew, que acaba de cumplir diez años trabajando para un bufete de abogados de Londres. ¿Y sabes quién aparece en las fotografías de la fiesta de celebración? El mentiroso de Dillon.

—¡Qué mentiroso! —exclamé, con indignación.

Sin embargo, al ver a Ben hablando con mis padres, me acordé de dónde estaba y de que había dejado todo aquello atrás.

—Pero, bueno, ya está bien de hablar de él. ¿Qué ha pasado durante el resto de tus viajes? Manchester está muy lejos de tu casa.

—Bueno, cuando Ben me llamó y me contó lo de la inauguración, me di cuenta de que siempre me había apetecido venir a conocer Europa —dijo ella, y señaló a Jimmy con la cabeza—. ¿Tienes algún buen tour preparado? —me dijo, con una sonrisa resplandeciente, y yo la abracé.

Después, volví con Ben

—Gracias por todo. Ha sido la mejor de las sorpresas.

—De nada, de nada —dijo él, inclinando la cabeza—. Para mí también es estupendo ver a todo el mundo reunido de nuevo. Dara y Chef también querían venir, pero no podían dejar el hotel.

Alguien golpeó un vaso con un cuchillo, y bajaron el volumen de la música.

—¡Un discurso! —gritaron desde el fondo del local.

Ben me empujó hacia delante, hacia un espacio vacío frente a todos los demás.

¡Ayuda! No había preparado nada, pero carraspeé.

—Hola… eh… Buenas noches, damas y caballeros. Voy a ser breve. Gracias por haber venido a la inauguración del Club de Viajes de los Corazones Solitarios. Aquellos que me conocen sabrán de la aventura que me ha traído hasta aquí esta noche. Hay cierto grupo de gente a la que conocí durante mis viajes y que me dio la idea de formar este club, y siempre les agradeceré las noches de conversación con unos cócteles. Shelley, aquí presente, hace un mojito sensacional —dije, y la señalé.

Ella hizo una reverencia teatral.

—Gracias a mis padres por soportarme, a Trisha por creer en mí y a Ben por apoyarme —dije, y lo miré con agradecimiento. Después, respiré profundamente y continué diciendo—: Durante el tiempo que he pasado viajando, he aprendido que, algunas veces, necesitas a un desconocido para mostrar quién eres y quién quieres ser. Pronto volveremos a ponernos en camino, a probar nuevos viajes y a asegurarnos de que podemos ofrecer el mejor servicio en todos nuestros tours. ¡Yo ya no puedo quitarme el gusanillo de viajar! Pero, hasta ese momento, disfrutad de la fiesta y no os olvidéis de darle a «Me gusta» en Facebook. ¡Ah, y contádselo a vuestros amigos!

Todos gritaron vítores y aplaudieron, y Ben me apretó la mano y me dijo que tenía un don innato para aquello. Posamos para que nos fotografiaran los periodistas de algunos periódicos de la ciudad, que habían aparecido de repente. Yo nunca había visto a mis padres tan orgullosos de mí y, ahora que mi madre había recuperado su energía, no tenía ninguna duda de que iba a enseñarles aquellas fotos a todos sus conocidos. Al sentir los brazos de Ben alrededor de mi cintura durante la sesión de fotos, tuve la sensación de que encajábamos perfectamente. Con Alex, los abrazos se habían vuelto forzados y torpes y, con Dillon, yo había perdido la noción de mí misma y había intentado siempre ser alguien que no era, pero con Ben, todo era distinto. Me pregunté si él sentía lo mismo.

Unas horas después, tiré otro vaso de plástico a la papelera, con una sonrisa. Ben ya me había llamado dos veces para decirme que dejara aquel caos y fuera al pub de la esquina, donde todos estaban esperándome, porque habíamos decidido seguir con la celebración hasta muy tarde.

Había sido un éxito. Cuando iba a apagar las luces del local, mi ordenador pitó. Lo abrí rápidamente, porque pensé que sería Phil llamando por Skype, pero tenía un nuevo correo electrónico.

De: Clare Lefebvre
Asunto: ¡Ayuda!

Hola, Georgia:

¿Cómo estás?

Cuando te marchaste de Tailandia, no tuvimos ocasión de despedirnos. Vi en Facebook que has montado una agencia de viajes, y creo que necesito tus servicios. ¡Pierre y yo rompimos! Me di cuenta de que no era el hombre adecuado para mí, así que esta vez quiero viajar y hacer lo que me apetezca. ¿Tienes alguna sugerencia?

Con afecto,
Clare

Sonreí y respondí rápidamente a su mensaje, pensando que tenía exactamente lo que ella quería.

Agradecimientos

Cuando la vida te lo pone difícil, tienes que seguir adelante, porque… hay que vivir. Sin embargo, algunas veces no nos damos cuenta de lo lejos que hemos llegado hasta que no miramos atrás. Esto es para ti, Katy del Pasado: te dije que todo iba a salir bien.

Me he sentido abrumada, he recibido una cura de humildad y he tenido una gran inspiración con los muchos mensajes de apoyo que me han llegado de todo el mundo. Nunca podréis saber lo mucho que ha significado para mí darme cuenta que no estoy sola en esta aventura. Espero que tanto el viaje de Georgia como el mío demuestren que es posible encontrar la felicidad después de un golpe doloroso. Se cometerán errores y se aprenderán lecciones, pero saldremos de ello fortalecidos. Lo prometo.

Muchísimas gracias a mi ruidosa, divertida e inspiradora familia. Papá y mamá, nunca habéis dudado de mí, y me habéis infundido un espíritu valiente para decir que sí e intentar dar siempre lo mejor de mí misma. Espero que os sintáis orgullosos de mí.

Un agradecimiento especial para Paula Stokes, una dama inteligente y perspicaz con una gran vista para los detalles. Tu apoyo infatigable habría sido el orgullo de mis abuelos.

A Gregoire Pruvost, por darme tarta y hablar conmigo sobre mis ideas en otro idioma. A John Siddle, por ser un rayo de sol durante el más extraño de los momentos. A mis maravillosos amigos, a los antiguos y a los nuevos, incluida Jen Brown, un verdadero diamante. Mi vida es mejor porque tú formas parte de ella.

A Victoria Oundjian y a Lydia Mason, por vuestros valiosos conocimientos en el ámbito de la edición, porque habéis dejado este libro tan pulido, que brilla. También quiero darle las gracias a Carina UK por creer en mí y a los otros autores de Carina por darme la bienvenida en esta nueva familia, con abrazos virtuales y un apoyo lleno de entusiasmo.

Seguramente, no estaría escribiendo esto si no fuera por Rosie Blake y Kerry Hudson. Gracias al WoMentoring Project, pude conocer a dos mujeres increíbles que me animaron a emprender este viaje salvaje.

Gracias a mi grupo de escritura, Holly Martin, Kat Black, Helen Redfern, Rachael Lucas, Cesca Major y Emily Kerr. Nunca hubiera pensado que los jacuzzis en medio de un corte de luz y unos lugareños persiguiéndonos con mermelada pudieran ser tan divertidos.

Siempre le estaré agradecida a la gente increíble que he conocido durante mis viajes. Gracias, en especial, a las siguientes personas, en las que me he inspirado para el viaje de Georgia: Jenny Silkstone, Rachel Bryant, Laura Hughes, Lars Hognestad, Adam Whitley, Desiree McCaffrey, Mary Wade, Brent Alexander, Ryan Harrison y Zoe Collie.

A mis amigos de las redes sociales, a los estupendos bloggers de viajes y libros y a los fans de NotWedorDead.com: muchísimas gracias por animarme sin descanso. Aunque nos hayamos conocido por medio de Internet, sois una parte importante de mi mundo.

Y, finalmente, quiero darte las gracias a ti, lector, por comprar, leer, compartir y hacer crítica de este libro. Si has disfrutado de mi pequeña historia, por favor, díselo a todos tus amigos; estoy segura de que son tan maravillosos como tú.

www.ingramcontent.com/pod-product-compliance
Lightning Source LLC
LaVergne TN
LVHW030215230826
846093LV00010B/471

* 9 7 8 8 4 6 8 7 8 5 1 3 4 *